中公文庫

孤拳伝（一）

新装版

今野　敏

中央公論新社

目次

【主な登場人物】

朝丘剛（あさおか　つよし）
香港で少年時代を過ごし、母の仇を討つため日本へ渡航。独力で形意拳のひとつ、崩拳をマスター。

劉栄徳（りゅう　えいとく）
中国武術の達人。中華レストラン『梅仙楼』を経営。横浜中華街を仕切る華僑長老会のナンバー・ツー。

松原弘一（まつばら　こういち）
劉栄徳のもとで修行に励む大学生。劉栄徳に後継者として見込まれている。

マリア
剛と同じ船でフィリピンから売られてきた美少女。

李兆彩（り　ちょうさい）
香港黒社会のひとつ『九和溝』のボス。中国の伝統文化をこよなく愛する老人。英名はチャールズ・リー。

宋陵元（そう　りょうげん）
李兆彩のボディーガードで、かつ腹心の部下。ストイックな元プロボクサー。英名はロバート・ソン。剛にライバル意識を燃やす。

松任源造（まつとう　げんぞう）
横浜の新興暴力団・松任組組長。若いながら目端の利く男。

和泉正吾（いずみ　しょうご）
松任組のナンバー・ツー。

孤拳伝㈠

黎明

1

朝剛《チャオカン》と呼ばれる少年は、まだ十七歳だったが、すでに、九龍城砦《カオルンセンツァイ》のあたりでは有名だった。

細い路地を数人の男たちが声高に駆け抜けていく。いずれも、ひどく人相の悪い男たちだ。

住民たちは、巻き添えになるのを嫌って窓を閉ざした。

そのあたりの住民は、また朝剛の日課が始まったのだと考えていた。事実そのとおりだった。

朝剛は知り尽くした迷路のような路地を駆けていた。

人相の悪い男たちは、朝剛を追っているのだ。彼らは、このあたりを縄張りとしている黒社会の『九和溝《ゴウウォコウ》』の構成員だった。

黒社会というのは、日本語では暴力団に当たる。

朝剛は、必死で逃げ回っているように見える。

人ひとりがようやく通れるくらいの細い路地が続く。

朝剛は、故意に、広い辻に姿を現したりした。そして再び、細い路地へと駆け込むのだ。

そのたびに九和溝の連中は大声を上げて追う方向を変えねばならなかった。

朝剛は逃げるふりをして誘っているのだった。

やがてひと固まりだった九和溝の男たちが二、三人の少人数に分けられていった。

九和溝の若い衆が立ち止まってあたりを見回した。

今、彼は仲間とふたりきりになっていた。

突然、背後から朝剛が姿を現した。九和溝の若者は、大声でわめきながら、殴りかかっていった。

朝剛は、右足を半歩踏み込むと、相手のパンチなどまったく気にする様子もなく、拳を縦にして突き出した。

その拳は、相手の胸に叩《たた》き込《こ》まれた。見事なカウンターだった。

相手の男は、後方に吹っ飛び、そのまま昏倒《こんとう》した。

その仲間が、蹴《け》りを出してきた。武術をやっているようだ。香港で中国武術をやっている人間は珍しくはない。

相手が蹴りできても、朝剛はまったく同じことをした。

さばくでもなく、よけるでもない。

ただ半歩踏み込んで、右の縦拳を突き出すだけだ。

相手はまたひっくり返った。そして、そのまま動かなくなった。

たった一撃で相手を倒すというのは、たいへんな技の威力であることを物語っている。

殴り合いをしたことがある人なら知っていることだが、二発や三発のパンチが入ったからといって喧嘩《けんか》の相手は眠ってはくれない。

ちょうどタイミングよく、しかも当たりどころがよければ、相手が倒れることがある。

一撃で相手を倒すというのは、偶然に頼らず、そのタイミングと攻撃のポイントを自分のものにしていることを意味する。

そして攻撃そのものの威力も大切だ。一朝一夕に身につくものではない。

朝剛は、さっと身を翻して、別の辻へと走った。

そこにも、九和溝の若者が三人いた。

朝剛は、ひとりの背後から近づいた。

仲間が大声で背を向けている男に、朝剛のことを告げた。

背を向けていた男はさっと振り向いた。

その瞬間に朝剛は、また半歩踏み込んでまったく同様に縦拳を打ち込んだ。

不意を衝《つ》かれて、九和溝の男は、ふたりの仲間のところへ投げ出された。

ふたりの仲間は、その男が朝剛の一撃で気を失ってしまったことを知った。

ふたりは、口々に罵《ののし》りながらナイフを抜いた。凶暴な形をしたファイティングナイフだ。

相手が複数でしかも刃物を手にした場合、たいていの者は震え上がるような思いをするものだが、朝剛は、表情を変えなかった。

その眼に獰猛《どうもう》な光を宿し、ふたりのやくざ者を見つめている。

ふたりは同時には動かなかった。まずひとりが突きかかってくる。

朝剛は両手を開き、ナイフを持ったほうの腕を上からおさえるような動きをした。

さらに一歩踏み込んで、そのまま両手を突き出し相手の胸を打った。

ナイフを持っていた男は、後方に吹っ飛び右の壁に全身を打ちつけて倒れた。

すかさず、もうひとりがナイフを振り回しながら迫ってくる。

朝剛は、相手のナイフの動きに逆らわず、ナイフをやりすごした瞬間に一歩踏み出し、縦拳を出した。

同じく相手は大きく跳ね飛ばされ、右の壁に激突した。

朝剛は、次の辻へと進み、またしても縦拳の一撃のみでふたり眠らせた。これで七人を片づけたことになる。

朝剛は冷静に追っ手の数を思い出していた。八人いたはずだった。

残るはひとりだ。逃げた可能性もある。すでに仲間が打ち倒されたことには気づいているはずだった。

だが、朝剛は油断しなかった。

最後の一撃、最後の一歩、最後のひとり——そういったものが一番大切なのだ。

たとえ九十九人を倒しても、最後のひとりに殺されては何にもならない。

人の気配がして、朝剛ははっとそちらを見た。

石の壁の一部が長方形に刳《く》り貫《ぬ》かれたようになっており、そこに羽目板のドアが取り付けられている。

その板は割れ、ドアのむこうの薄暗がりが見えていた。

朝剛は、一気にそのドアまで駆けた。彼の行動には一切迷いというものが見られなかった。

朝剛は、そのこわれかかったドアに向かって、踵《かかと》を打ちつけるように蹴りを見舞った。

ドアはあっけなく、ほとんどばらばらに崩れてしまった。

薄暗がりのなかで、朝剛を見返している者がいた。

やせ細り、まったく生気のない眼をした老人だった。

老人は、逃げようともしなかった。まるで魂が抜けてしまったような表情をしている。

難民の巣、九龍城砦に流れつき、そこで死んでいくしか道のない老人だ。生きながらすでに死んでいるようなものだった。

麻薬で神経がむしばまれているのかもしれなかった。老人は、一切表情の変化を見せなかった。

朝剛は、一言もしゃべらず、老人に背を向けた。

そのとたんに、顔を殴られた。

頬骨にショックがあり、目のまえでストロボをたかれたような感じがした。

腰が軽くなり、地面が傾いていくような感じがする。鼻のなかでキナ臭いにおいがした。

地面が傾くように感じたときに人間は倒れ込んでしまう。

顔面を殴られて倒れるときは、この浮遊感によって立っていられなくなるのだ。

胸や腹を打たれて倒れるのは、苦痛や脱力感に耐えられなくなるからだ。

朝剛は、よろよろと横に移動し、壁に背を当てて何とか踏みこたえた。たった一発のパンチなら、ダメージはすぐに回復する。

視界が急速にはっきりしてきた。

目の前の辻に、体格のいい男が立っていた。黒いタンクトップを着ているが、むき出しの肩や二の腕などの筋肉がすばらしく発達していた。

胸も厚く、広背筋——背中の、俗に言うパンチング・マッスルも張り出している。

その男は、朝剛より十センチほど背が高かった。

彼は、ボクシングスタイルで構えていた。クローズドスタンスで、堂に入っていた。

長年ボクシングのトレーニングを続けてきたことがわかる。

彼が最後の追っ手だった。

その男は、軽くフットワークを使いながら朝剛に言った。

「おまえが強いのは知っている。仲間がやられたのも当然だ」

朝剛は黙ってその男を見返していた。猛々《たけだけ》しい眼をしていた。理性などかけらほども感じられない。野獣のような眼だった。

九和溝の男は言った。

「だが、俺たちは、このままおまえをのさばらせておくわけにはいかないんだ」

いきなり左のジャブを放つ。連続して二発だった。

切れのいいジャブで、スピードがあるため、一瞬、拳が見えなくなるほどだった。

朝剛は、回り込むようにそのジャブを避け、同時に壁際から逃がれていた。

間を取ろうとした朝剛に、九和溝の男は、軽快なフットワークで近づいた。

そして、目にも留まらぬジャブで牽制《けんせい》する。決して自分の間合いから逃がそうとしなかった。

朝剛は、咄嗟《とっさ》に上体を振ってよけようとしたが、それでも二発か三発のジャブを喰らってしまった。

まず顔面がじんとしびれ、温かいものが鼻のなかを流れ落ちる感覚があった。

朝剛は鼻血を流していた。口のなかにも切り傷ができている。

血の味と臭いがする。

九和溝の男は自信に満ちた態度でさらに言った。

「おまえは確かに強い。しかし、所詮自己流だ。ちゃんとトレーニングした者には勝てない。この俺みたいに、何度もプロとしてリングに上がった者には、絶対に勝てない」

朝剛はまだ、何もしゃべろうとしなかった。

彼は、本能的に、回り込むように横へ横へと移動していく。

しかし、すぐに相手のフットワークで追いつめられてしまった。

前へ出ようにも、執拗な相手のジャブがそれを許さない。

朝剛は、上体を大きく引いてジャブをやり過ごした。その瞬間、前へ出ようとしたら、同じく左のフリッカー・ジャブが伸びてきた。

空手の裏拳気味に繰り出す、射程距離の長いジャブだ。

フリッカー・ジャブをテンプル（こめかみ）に受けた朝剛は、膝《ひざ》がくだけて転びそうになった。

何とかふんばり、朝剛は右に左に動き続けた。

止まったときに狙い打ちされ、敗北することが、彼にはわかっていた。長年にわたる喧嘩の経験が、彼に合理的な動きをさせていた。

だが、九和溝の男は、巧みに朝剛の前に回り込んだ。彼はまだ左しか使っていない。

おそろしい威力を秘めた右が朝剛を待ち受けている。

朝剛はまたもや壁に追いつめられた。

九和溝の男は初めて右を出した。

左のジャブ、右のフック、さらに左のアッパーから右のボディー・ブローと続くコンビネーションだ。

朝剛は顔面にくるパンチはすべてかわしたり手でさばいたりできたが、最後のボディー・ブローは避けられなかった。

朝剛は腹をおさえてうずくまった。前のめりに倒れていく。

九和溝の男は小刻みにバックステップした。彼は自分のパンチに自信を持っていたので朝剛のダウンを疑わなかった。

朝剛は、うつぶせに倒れた。

九和溝の男はボクシングの構えを解き、薄笑いを浮かべて近づいた。ボクシングのフットワークなどもう使っていなかった。彼はただ無造作に歩み寄っただけだった。

彼は、朝剛のすぐ脇に立ち、その腹でも蹴ってやろうかと考えていた。

そのとき、うつぶせだった朝剛がいきなりあおむけになった。

それと同時に右足を振り上げた。右足は宙に弧を描いて、相手のあばらへと飛んだ。

九和溝の男は、完全に虚を衝かれた。朝剛のあおむけからの回し蹴りはきれいに決まった。

体勢が整った状態で出した蹴りではないので、相手を倒すほどの威力はなかった。しかし反撃のチャンスを作るのには充分役に立った。

朝剛は跳ね起き、あばらをおさえている男に向かって踏み出した。

信じ難いほどの距離をたった一歩で詰めていた。

朝剛は、相手の胸に縦の拳を突き出す。九和溝の男は弾《はじ》き飛ばされ、もんどり打って倒れた。

そのまま起き上がってこなかった。

彼は、ふたつの意味であやまちを犯した。ひとつは、朝剛の打たれ強さを甘く見たことだ。

喧嘩に明け暮れている朝剛が、いくら強烈とはいえ、たった一発のボディー・ブローで倒れてしまうのは不自然だと考えるべきだった。

ふたつ目のあやまちは、彼がグローブの威力を忘れていたことだ。

彼は素手でボディーを殴った。

グローブは、危険防止のためにつけるのだが、そのためにパンチの威力をも殺すと一般に思われている。だが、ボクシングのグローブはノックアウトを増やす役にも立っているのだ。

素手の拳で顔を殴ると、皮膚や骨に衝撃を与える。そのため骨折させたり、皮膚を切り裂いたりする。

グローブで殴ると、衝撃力が広範囲に伝わるので皮や骨を傷つけることは少ないが、脳をゆさぶる結果になる。

そのため、グローブをつけていたほうがノックアウトが多いのだ。

同じ理由でボディーを打つときも、グローブをつけていたほうが圧力が広範囲におよぶので、苦痛はずっと大きいのだ。

これは経験者ならほとんどが知っていることだ。

朝剛は、まったく無表情だった。勝利の喜びや興奮を顔に表わしたりはしない。ぐずぐずしていると、一度倒した連中が息を吹き返すはずだった。

朝剛は、細い路地を駆けて行った。

騒ぎがおさまると、人々は戸や窓を開け、何事もなかったように、日常の生活を始めた。

九龍城砦《カオルンセンツァイ》は、伝説の魔窟だ。香港の無法地帯とも呼ばれている。

九龍城の北側、町並がとぎれた賈炳達道《カーペンターロード》の先にその異様な情景が見えてくる。

一言で言えば、腐りかけたビルディングがぎっしりと肩を寄せ合っている、という感じだ。

もともとここは、清朝政府の役人の駐屯地だった。九龍がイギリスの支配下に置かれてからも、非干渉地区とされていた。

清朝が倒れ、中華民国の時代になっても、九龍城砦は放置されたままだった。中国にもイギリスにも見捨てられた形になったのだ。

そこに犯罪者が逃げ込み、難民が住みつく。そうして無法地帯が形作られていった。

第二次大戦中、日本軍が香港を占領すると、この魔窟の表情も一変した。

日本軍は、九龍城砦の住民をすべて追い出し、城砦を取り壊し始めた。城砦の破片は、啓徳《カイタック》空港の滑走路拡張のための埋め立てに使われた。

九龍城砦は、住む人のないゴーストタウンとなった。

終戦後、香港がイギリス領となり、イギリスは九龍城砦の接収に乗り出した。

だが、新生・中華人民共和国は、これを認めず、九龍城砦は両者の奪い合いのなかで、再び放置されることになった。

そして、たちまちスラムと化した。

城砦の跡地には違法建築物がはびこり、犯罪の巣となっている。

現在では、警察も巡回しているし、電気、水道も通っている。周辺の再開発も進んで、すぐ隣に低所得者向けの団地もできた。

西隣にある市場はごく普通の活気あるマーケットに過ぎない。

しかし、九龍城砦の伝説は残っている。

ここには、他の土地に住むことができないような人々が住みついており、依然としてスラムなのだ。

そして、犯罪が日常、といった街であることは確かだった。

朝剛は、この九龍城砦で何年も過ごしていた。まだ子供のころからの住人だった。

母親に死なれ、孤児となった朝《チャオ》は難民として、ここに流れつくしかなかったのだった。

彼は生きるために、盗みを覚えた。そのうちに、腕に覚えがあったことから、強盗まがいのことをやるようにもなった。

一番金になったのは、日本人観光客相手の恐喝だった。

日本人はあまりに無防備に見えた。他人を疑うことにうしろめたさを感じているような節さえある。

朝にしてみれば、信じがたいおめでたさだ。生きてきた世界が違うのだ。苦労の桁《けた》が違う。

彼は、九龍城砦から夜の市街地に稼ぎに出た。

当然、地元の黒社会――暴力団とのトラブルも多かった。だが、朝剛は、黒社会に対してきわめて強気だった。

彼らとの揉《も》め事《ごと》を楽しんでいるようにすら見えた。

確かに、彼は、さまざまな組織のチンピラたちと喧嘩を繰り返し、一度も負けたことがないのだ。

有名な14Kや和勝和といった暴力団ともトラブルを起こしたことがある。それでも生きていられたというのは奇跡に等しい。

14Kや和勝和は朝が組織を持たないことを知って相手にしなかったのかもしれない。大組織の面子《メンツ》だ。ネズミ一匹どうということはないと考えたのだ。

だが、日常顔をつき合わす中小組織の九和溝などは違った。朝剛を目の仇《かたき》にしている。そういったわけで、朝剛と九和溝の連中は顔を見れば、追っかけっこや殴り合いをやっているのだ。

結果はいつも同じだった。

朝剛は、九龍城砦を出て、啓徳空港そばにある九龍城の繁華街に向かった。

彼は恐喝の相手に女性は絶対に選ばなかった。日本人女性ほど商売をやりやすい相手はいないはずだが、朝剛はそれをルールとしているようで、なおかつそのルールを破ったことがなかった。

彼は、恰幅《かっぷく》のいい日本人の中年に近づいて、彼のもうひとつの武器を披露した。

彼は、まったく淀みのない完全な日本語で言った。

「どうです、お客さん。少しこづかいをはずんでくれれば、とびきりの場所に案内しますよ……」

八人で追い回し、そのすべてを叩きのめされた九和溝では、朝剛《チャオカン》に対して苛立《いらだ》ちをつのらせていた。

2

しかも、今回は、自信をもってもとプロボクサーを送り込んだのだ。

もとプロボクサーの名は、宋陵元《そうりょうげん》といった。英名はロバート・ソンだ。

香港人はたいてい、中国名と英語名を持っている。香港で生まれた者は、両親の国籍に関係なく、英国籍となる。

だが、イギリス本国の国籍と同等ではない。

イギリスは、大植民地時代に、植民地で生まれた子供に英国籍を与えた。その名残りに過ぎない。つまり、香港人は、英植民地人としての国籍を与えられるわけだ。

そして、香港人は、両親がつけた名とは別に英語名を持っている。李小龍がブルース・リー、陳成龍がジャッキー・チェン、陳美齢がアグネス・チャンといった具合だ。

これは、クリスチャンの洗礼名である場合もあるが、小学校や中学校で、英国人の先生から与えられることが多い。

英国人には、陳《チェン》と張《チャン》の区別すらつけにくい。そして、中国名は、同姓が多い。生徒を区別するために、先生が名前をつけるわけだ。

これが、ただのニックネームではなく、香港政府の発行する身分証明書には必ず記載される。

香港が国際マーケットとして成長した要因のひとつに、この英語名があったと言っても過言ではないかもしれない。

西欧の人にしてみれば、慣れ親しんだ名前を持つ人々には、親近感を覚えて当然だ。

九和溝のボスは、李兆彩《りちょうさい》といった。英名はチャールズ・リー。

彼は、近代的な香港人と違い、中国的なものを重んじるタイプに見えた。

李兆彩の居室は、清朝時代の香港そのままだった。

赤、黄、緑といった原色で、複雑な竜や鳳凰の模様をあしらった大きな四角いテーブルがあり、その一番奥に、高い背もたれのある椅子を置いてそれにどっしりとおさまっている。

宋陵元はテーブルをはさんで、李兆彩の正面に立っている。

彼はうつむいていた。全身で屈辱を表現しているような感じだった。

李兆彩は、しぼり出すような嗄《しわが》れ声で言った。

「おまえは切り札だと思っていたんだ、宋陵元」

宋陵元は、まったく同じ姿勢で黙っていた。李兆彩に口ごたえすることは、死を意味すると考えられていた。

李兆彩はきわめて残忍な男だ。それでなければ、14Kや和勝和に対抗して香港で組織を作ることなどできない。

そして、ただ残忍なだけではだめだ。組織の頂点に立つ者は独創的でなければならない。李兆彩はその点でも組織を率いる条件を満たしていた。

彼は興味深げに訊いた。

「なぜあんな小僧に負けた。こっちは八人もいたはずだ。しかも、おまえがいた。どうしてなんだ?」

宋陵元はようやく顔を上げた。

「あいつは、九龍城砦《カオルンセンツァイ》で育ったんです。あそこの迷路のような路地を知り尽くしていて、そいつを利用するんです」

「やられた理由にはならんな……。おまえなら、ひとりでもあんな小僧は簡単に片付けられるんじゃなかったのか?」

「もちろんそうです」

「私は嘘は嫌いだ。特に、私をあざむく嘘は……。おまえは、朝剛にやられた」

「嘘は言っていません。今度会ったら、必ずこの手で始末して見せます」

李兆彩はじっと宋陵元を見つめた。宋陵元はその冷たい眼差しに、ぞっとする思いがした。

李兆彩は、続いて宋陵元のたくましい体軀《たいく》を上から下まで眺め回した。

「おまえのボクシングの腕はこれまで幾度となく役に立ってきた。ボクシングというのはおそろしいものだと私は思ってきた」

「そうです、李大人《リー・ターレン》。今度は絶対に負けません」

李兆彩は、しばらく無言で宋陵元を見つめていた。

宋はひどく居心地が悪かった。一刻も早く李兆彩から解放されて、この部屋から出て行きたかった。

李兆彩は言った。

「朝剛は、何でも、一撃で相手を打ち倒すということだが、本当なのか?」

宋陵元は、自分の立場を優位にするために、何か言い訳をしようとした。

例えば、一撃で倒すなどというのは彼を恐れるあまりのデマに過ぎないといったような——。

しかし、李兆彩の眼差しはそうした嘘を許さなかった。

宋陵元は汗をかき始めていた。

「そのとおりです、大人《ターレン》。ボディーへのパンチ一発で相手が倒れてしまうのです。これは信じられないことです」

そう言ったあと、宋陵元は眼を疑った。

李兆彩が笑ったのだ。

宋陵元にはその笑いの意味がわからず、おそろしくなった。

だが、李兆彩は上機嫌になったように見えた。宋陵元は訝《いぶか》った。

李兆彩が言った。

「ボクシングなど西洋の格闘技をやっている者にはわからんだろうな。それが功夫《コンフー》だよ」

「功夫？　ジャッキー・チェンの映画みたいなものですか？」

「香港で生まれた若者にはわかりにくかろうな。あれは功夫などではない。功夫というのは、武術の修行を長年続け、初めて得られる本物の威力のことを言うのだ」

「中国武術なら、うちの若い者のなかにもやっているのはたくさんいます」

李兆彩はかぶりを振った。

「本当に威力のある武術を伝えている人は少ない。形だけの武術を学んでも強くはならない。見せかけだけの技を、花招《かしょう》というがな……。最近では、中国の武術も花招ばかりとなった……」

宋陵元は驚いて言った。

「ですが……、朝剛のやつは、正式には誰にも拳法を学んでいないということですが……」

李兆彩は、ふと考え込んでから言った。

「朝剛が、相手を倒すところを見たかね？」

「見ています。ほとんど、同じパンチしか使いませんでした」

「そのときの姿を覚えているか？」

「ええ……。だいたい」

「やってみてくれ」

「え……？」

「見よう見まねでいい。再現してみてくれ」

宋陵元は面食らったが、逆らうわけにはいかなかった。

彼は、腰を落とした。何とか、特徴的な足の形を思い出そうとしていた。

朝剛は、移動するときも、打つときも、どちらの足も伸ばしはしなかった。

ボクシングでは考えられないことだが、拳を出すときでも、体重は、曲げた後ろ足にかかっているように見えた。

ボクシングでは、慣性や角運動量を利用するために、いっぱいに引いたところから、体重を前にかけながら繰り出したパンチがいちばん強力だ。

「ええと……。こんな具合でしたね……」

宋陵元は、腰を落とした姿勢のまま、一歩踏み出し、踏み出した足とは逆のほうの拳を突き出した。

拳は縦にしていた。

その拳の動きはあまり大きくなく、威力があるようには見えなかった。

宋本人がそう感じていた。ボクシングのパンチに慣れているので、動きが小さく、あまりにスクウェアな感じだった。

ひどく心もとない気分だった。

宋は、ちらりと李兆彩の顔を見た。

李兆彩は、目を丸くして、なぜか嬉しそうな顔をしている。

宋は、落ち着かない気分になり、突きの型を解こうとした。

「そのまま」

李が言った。「ちょっと動かずにいてくれ」

宋は言われたとおり、突きを出したときの形に戻った。

李はしばらくその姿を見ていたが、やがて尋ねた。

「朝剛は、相手を打つときも、そうやって、うしろに体重を移したままだったのだね？」

「俺にはそう見えました」

「これは大切なことだが、相手を打ったとき、おまえがやっているように、腕が伸び切っていたか？」

宋はしばらく考えてから、言った。

「いえ、そういえば、腕はわずかに曲がっていたような気がします。このくらい……」

宋は、突き出した腕を少しばかりゆるめた。

「ほう……」

李は満足そうにつぶやいた。「いい形だ」

宋は、型を解いてもとの立ち姿に戻った。

「ひどく足が疲れますね……」

「そうだろう。よっぽど下半身を練らねば、さきほど言った花招となってしまう」

「ははあ……」

「朝剛は、ほとんどその突きだけで相手を倒したと言ったな？」

「ええ、そうなんです。相手が殴りかかろうが蹴ろうがおかまいなしで、一歩か半歩、前に出て、この突きを出すだけなんで……」

李兆彩はついに笑い出したので、宋はびっくりしてしまった。

宋は訳のわからない顔で立ち尽くしていた。李兆彩が立ち上がった。

李が近づいてきたとき、宋は思わずあとずさった。

「心配するな。ちょっと遊んでみたくなったのだ」

李兆彩が言う。

「おまえのボディーは充分に鍛えてあるな？」

「ええ、もちろん」

「では、腹に力を入れろ」

宋は言われたとおりにした。

李兆彩は、左足を前に出し、右足を曲げた。どちらかというと、後方の足に体重がかかっている。

その状態で、両手を開いて構えた。左手を胸の前に掲げ、右手は腰のあたりに置く。すっと両足を合わせる。膝は曲げたままだ。そのとき、両手は拳を作り、両方の乳の下のあたりにぴたりと付けた。

そこから半歩左足を進め、右拳を出した。朝剛の動きとほとんど同じだ。

突き出された拳は縦で、腕がわずかに曲がっている。

とても強力な突きには見えない。

しかし、その拳がボディーに打ち込まれたとき、宋は思わず顔をゆがめ、よろよろと後方に退《さ》がってから、耐えきれず片膝をついてしまった。

宋は腹をおさえたまま顔を上げた。

「こ……これは……？」

「はあ……」

李兆彩は、笑いながら宋を見降ろしていた。

「形意拳《けいいけん》だ」

「形意拳……？」

「形意拳のなかにある五行拳のなかのひとつ、崩拳《ポンチェン》だ」

李兆彩はもとの席に戻ってすわった。

宋陵元は立ち上がった。

「信じられません。それほど強く突いたようには見えなかったのに……」

「朝剛のときもそうだったろう？」

「はい……」

「勁《ジン》を使うのだよ。発勁《はっけい》という。西洋の格闘技はひたすら筋肉を鍛える。西洋の格闘技は骨と筋肉の格闘術と言っていい。だが、わが中国に伝えられた最高の武術は、五臓六腑の格闘術だ。五臓は木火土金水《もっかどごんすい》の五行と結びつき、さらに陰陽の理を得て、経絡に結びつく。勁というのは内面から発する力だ。呼吸法とも密な関係がある」

「勁……」

「私も、今やった程度のことはできる。だが、ことごとく、崩拳のみで勝ち続けることはできない。それを、朝剛はやっている……」

宋陵元はかぶりを振った。

「そんな……。やつを小さなころから知ってる者がいるんです。そいつが言ってました。朝のやつは、正式に武術なんて学んだことはないのです。すべて自己流なはずです」

李兆彩は鼻で笑ってから言った。

「郭雲深《かくうんしん》の生まれ変わりかな……」

それは、ひとりごとのようなつぶやきだった。

宋陵元は、その意味がまったくわからず、思わず訊き返していた。

「は……？」

李兆彩は、急に、夢想を妨げられたときのように不快そうな表情になった。彼は言った。

「何でもない。とにかく、ますます朝剛に興味が湧いてきた」

「必ずぶち殺して見せます」

「いや……」

李兆彩は言った。

「できれば、殺さずに捕らえてきてくれ。会って話がしてみたくなった」

宋は一瞬不満に思ったが、従うしかなかった。

「わかりました」

李は、さっと手を振った。「行っていい」という意味だ。

宋は一礼して、あとずさりした。彼はその部屋を出られることを心から喜んでいた。

宋陵元は、李兆彩の今しがたの態度について考えを巡らせていた。

朝剛の技が「形意拳」の一招《いっしょう》だと知り、李兆彩は妙に機嫌がよくなった。招というのは中国語で「技《わざ》」という意味だ。

李兆彩は、失われていく中国古来の文化を惜しみ、ことさらに愛している。

中国武術は、中国文化の大きな位置を占めている。

李兆彩は、宋陵元に、朝剛を生きたまま捕らえてこいと言った。

ひょっとしたら、李兆彩は朝剛のことを気に入ってしまったのかもしれない。

冗談ではない――宋陵元は思った。

朝剛は、たまたま「形意拳」の一手をどこかで覚えたに過ぎないのだ。

たった一手だ。

あとは、ほとんど本能にまかせた自己流の喧嘩術だ。

それに比べ、この俺は、ボクシングのありとあらゆるテクニックに精通している。

朝剛と戦ったとき、俺は油断をしていたに過ぎない。あんな小僧に負けるわけがない。

俺はそれだけのトレーニングを積んできたのだ。

「宋の兄貴……」

声をかける者があった。見ると舎弟分の張伯英《ちょうはくえい》だった。英語名はハック・チャン。

香港の青年によく見られる、やせ細って、色が浅黒く頬骨が突き出たタイプだ。

黒い半袖の開襟シャツを着ている。

「張伯英か……」

「ボスの話は何だったんです？」

「当然、朝剛の野郎のことだ」

「早いとこ、片付けちまえっていうわけですね」

「それが違うんだ……」

宋は苦い顔をして見せた。

「違う……？」

「朝剛の野郎を、生きたまま連れて来いということだ」

張伯英は、訳がわからないといった顔で宋を見た。

「どうしてまた……」

宋は説明するのが面倒だった。しかも、その内容は不愉快なものだった。

彼は、舎弟分を怒鳴りつけた。

「うるせえ！　ボスがそう言ってんだよ。理由など俺の知ったことか」

張伯英は、首をすくめて見せた。そして、犬が主人にするように、すがるような眼をした。

「宋の兄貴……、別に怒らせようと思って訊いたわけじゃないんで……」

「いいから、朝剛を探し出して来い。今ごろ九龍城の繁華街で観光客相手に稼いでいるはずだ」

「わかりました」

張は、若い者を何人か連れて出て行こうとした。

すでに、繁華街の角々には、若い連中が出て、町の様子を見ているはずだ。

彼らは横に突き出たネオンの看板や、庇《ひさし》の下で、しゃがみこんで煙草を吸ったりしているはずだった。

「待て」

宋陵元は張伯英を呼び止めた。

張伯英は立ち止まり、振り返った。宋陵元は言った。

「九和溝《うち》の者のなかで、形意拳をやっている者はいないか？」

張伯英は仲間と顔を見合って考えた。張は言った。

「形意拳をやっている者は知りませんね。武術をやってる若い者は、形意拳が身について役に立つようになるには時間がかかり過ぎると言ってます」

「その武術をやっている若い者というのは、何をやっているんだ？」

「ブルース・リーが作った截拳道《せっけんどう》なんかをやってますね」

「どんな武術だ？」

「ボクシングのようなフットワークを使い、パンチもボクシングのように使います。それにキックを多用します。キックは韓国のテコンドーのような使いかたをするのです」

「功夫《コンフー》が身につくのか？」

張伯英は笑った。

「兄貴も古いですね。功夫なんて時代遅れだし、第一眉つばですよ」

「わかった……。行け」

宋は命じた。

舎弟分たちが去ると、宋は思った。

なるほど、もし、朝剛が本物の功夫を得ているとすれば、李兆彩が喜ぶのも無理はない、と。

3

九和溝の事務所は、九龍城《カオルンセン》の西のはずれにある中華料理を出すレストラン兼ナイトクラブといった趣きの店の奥にある。

そこは九龍城のなかでも、九龍城砦《カオルンセンツァイ》からも啓徳空港からも最も離れた位置にある。

とはいえ、ジェット旅客機が発着するすさまじい音から逃がれられるわけではない。

夜がふけてくると、ようやくこのあたりも落ち着きを取り戻すことができる。

香港の、観光客相手の酒家《レストラン》は、意外に店を閉めるのが早い。

だが、香港の夜は長いのだ。九和溝の事務所があるレストラン兼ナイトクラブでも、午前二時ころまで店を開いている。

その店に、一目でやくざ者とわかる日本人がやってきたのは、午後十時を過ぎたころだった。

店のボディーガードをやっている宋陵元はその連中を見て緊張した。

やくざ者らしい日本人は三人いた。宋は、その三人の顔を知っていたが、まだ一度も話をしたことがなかった。

三人のなかのひとりは、明らかに他のふたりと雰囲気が違っていた。

首が太く、胸が厚い。髪を短く刈り、眼をきわめて暴力的にぎらつかせている。

この男が、松任《まっとう》組組長の松任源造《げんぞう》だった。彼はまだ三十八歳という若さで一家を構えているということだった。

ふたりの子分のうち、ひとりは松任源造と同じ雰囲気の暴力的な男だが、もうひとりは金の細いフレームの眼鏡をかけたインテリ風の男だ。

このインテリ風の男は、通訳を兼ねているということを宋は知っていた。

組長の松任がタキシードを着たフロア・マネージャーに何事か言った。フロア・マネージャーは、観光客が多いせいで、ある程度日本語を理解するのだった。

フロア・マネージャーは、すぐに宋に目配せした。

宋はうなずき、日本のやくざの一行に近づいていった。

松任は、宋にあまり親しげではない目礼をした。顔は覚えているらしい。

通訳の金縁眼鏡が言った。

「李兆彩に会いたい。約束はしてある」

宋は、相手が自分のボスを呼び捨てにしたことで、少しばかり頭にきた。

宋陵元は言った。

「松任源造が会いたがっているのだな？」

通訳はやはり顔色を変えた。

「客にはミスターをつけるべきだろう？」

宋陵元はポーカーフェイスで言った。

「それなら、そちらも同じことだ。大人《ターレン》とか先生《シエンシン》とか言うべきだな。もちろん、ミスターでもかまわない」

暴力のにおいをぷんぷんさせているもうひとりの子分がわめいた。日本語だった。

「何をごちゃごちゃ言ってやがる。早く案内しろ」

宋は、相手が何を言っているかすぐにわかった。

彼は店の奥をさっと指差した。その乱暴そうな子分は、思わずそちらを向いた。

その瞬間に、宋はパンチを三発、繰り出していた。

パンチは正確に、相手のテンプル、キドニー（腎臓）、チン（顎）を打ち抜いていた。

日本人のやくざはもんどり打って店の奥へひっくり返った。

松任源造は、顔色ひとつ変えなかった。彼はただ粗暴なだけの男ではなかった、道理というものを、ある程度は心得ている。

でなければ、この若さで一家は背負えない。彼は、冷たい眼で宋陵元を見ていた。

宋の腕は、今のパンチでよくわかった。松任は眼鏡の男に何事か言った。

眼鏡の男が宋陵元に英語で言った。

「非礼があったのなら詫びよう。私たちは、ミスター李に会うためにやってきた」

宋陵元はうなずき、一同の先に立って歩き出した。

「こちらへどうぞ」

殴られた男が立ち上がり、殺意に満ちた眼で宋陵元を睨《にら》みつけた。

宋はまったく気にしない振りをして、奥の部屋に案内した。

李兆彩は立ち上がり、松任組の一行を迎えた。部屋のなかには、九和溝の幹部クラスがふたりいた。

宋陵元は、そのふたりにうなずきかけ、退出した。

宋陵元に殴られた男は、宋が出て行ったあとも、ドアを睨みつけていた。

李は、松任源造に、例の派手な模様のついたテーブルに着くようにすすめた。

松任が席につくと、李もいつもの席に腰を降ろした。

松任がいきなり言った。

「こっちは商売の話で来ている。あんたにとっても儲《もう》け話だ。なのに暴力はいただけねえな……」

李兆彩は、すでに六十歳近い。彼は老獪《ろうかい》なところを見せた。

何があったかはだいたい想像がついたが、とぼけたように言った。

「失礼なことがあったのなら、あとで部下をきつく叱っておきましょう」

「日本の極道なら、客人に手を出したりしたら、指の一本や二本じゃ済まんのだがね」

すぐに通訳が英語で伝える。李兆彩がこたえる。

「もちろん、私どもも礼節は重んじます。こちらに非があればそれ相当の処分をしますがね……。お望みなら、その部下の首を塩づけにして差し上げてもいい。ご存じでしょうが中国人は、それくらいに礼節についてうるさい」

通訳がそれを伝えると、さすがの松任源造も鼻白《はなじろ》んだ様子だった。

わずかに顔をしかめると、松任源造は言った。

「仕事の話を始めよう。中国製トカレフとヘロインを買いたい。こっちは、あんたたちが欲しがる日本円をたっぷり用意できる」

トカレフというのは、もともとソ連製の自動拳銃の名だ。

そのコピー銃が中国で作られ、しかもそれが南海ルートで大量に出回っている。

また、非合法ドラッグの世界では、今や南米――特にコロンビア産のコカインが主流だといわれている。

日本国内も、今はコカインの世の中と言っていいほどだ。

一方で、東南アジア――特にゴールデントライアングルと呼ばれる一帯で生産されるヘロインも、日本に市場を求めている。

中国を経て世界に流出するヘロインを、一般に、チャイニーズ・ホワイトと呼んでいる。

日本国内の麻薬・覚醒剤の量は、警察や厚生省の厳しいチェックにもかかわらず着実に増加している。

麻薬・覚醒剤は、暴力団の主要な財源だ。しかも、これほど効率よく稼げるものは他にない。

ある暴力団は、声高に、麻薬・覚醒剤のご法度《はっと》を叫んでいるが、すべての所属団体がその本家の主義に従うとは限らない。

また、別の広域暴力団は、麻薬・覚醒剤については黙認しているという現状がある。

バブル景気のころは、不動産がらみ証券がらみで収入源を確保していた暴力団が、バブル崩壊後は、思うにまかせなくなった。

豊かなころは比較的おとなしくしていた連中だが、収入の道が閉ざされるとなると、必死になり始める。

もともと他人の命などどうでもいい暴力集団だ。手っ取り早く麻薬・覚醒剤に手を出す。暴力団は金さえ手に入ればいいのだ。

もし、本当に任俠《にんきょう》だ、あるいは愛国だということを考えるのなら、体を張ってでも、麻薬の国内流入を阻止するはずだ。

麻薬・覚醒剤は重要な労働者や、未来をになう若者をむしばみ、あるいは弱者を経済的に追い込み、結局は国力を弱めるのだ。

アヘン戦争がいい例だ。

松任源造も、そうしたやくざのひとりに過ぎない。

人並外れた残忍さ、野蛮さと、商売上手でのし上がってきた男だ。

李兆彩は、松任源造のような男にまったく興味はなかった。付き合いたくもない相手だ。

他人を威嚇《いかく》したり、いやがらせをしたりすることに喜びを感じる典型的なやくざだ。

だが、正直に言って松任が持ってくる日本の円には魅力があった。

李兆彩も、自分が扱う商品を少しでも高く買ってくれる相手に売りたい。だが、李兆彩は、トカレフもヘロインも、決して中国や香港のなかには流さなかった。すべて海外にさばくのだ。それが彼の商売だ。

彼は言葉どおり、愛国者なのだった。

李兆彩は言った。

「よろしい。それでは具体的な商談に入りましょう」


店の外が騒がしくなって、宋陵元は、ふと出入口のほうを見た。

十一時になろうとしている。

まだ、店のなかには大勢の客がいた。土地の者は別に気にした様子はなかったが、観光客風の連中が不安げな表情で出入口のほうを眺めている。

面倒事が店内にまで及ぶと宋の責任となる。彼は小さく舌打ちしてから、店の出入口のほうへ向かった。

あくまでも優雅な足取りを崩さなかった。彼は今、タキシードを着ている。仕事の最中なのだ。

どこかのチンピラか、酔漢が小競《こぜ》り合《あ》いをやっているのなら追っぱらおうと思っていた。

宋陵元はドアを開けた。

ドアボーイの驚いた顔がまず眼に入った。それから、見慣れた顔に気づいた。

騒いでいるのは、宋の舎弟分の張伯英たちだった。

そして、その張たちと向かい合っている――つまり店の入口近くに立ち、宋のほうに背を向けているのは、間違いなく朝剛《チャオカン》だった。

宋陵元はすっかり驚いてしまった。

「張……」

宋陵元は言った。「おまえ、本当に朝剛を生け捕りにしてきたのか」

張伯英は、おびえた顔をしている。彼は言いにくそうに言った。

「いや、宋の兄貴、そうじゃないんで……」

ゆっくりと朝剛が振り向いた。

「追い回されるのがうっとうしくなった」

朝剛は表情を閉ざしたまま言った。

他人を一切信用しない態度だった。その眼の暗さに、さすがの宋もたじろぐ思いがした。

朝剛の声も、暗く沈んだ感じがする。

宋は気を取り直して言った。

「それでおまえは、自分からここへやってきたというのか？」

「そうだ」

「殺されるかもしれないのに？」

「俺は死なない。死ぬとしたらおまえたちのほうだ」

「地の利を考えんとは愚かな……」

「俺のほうでも、ここに用があったのだ」

「どんな用だ？」

「今夜、ここに日本人が来ていると聞いた。俺は日本人に用がある」

こういう裏社会のニュースは、どこからともなく外へ流れ、伝わっていく。

宋は小ばかにするように言った。

「日本人は、李大人《ターレン》の大切な客だ。おまえなんかが会えるはずがない」

朝剛は相変わらず、表情を閉ざしたまま、暗く沈んだ声で言った。

「会わせてくれとたのんでいるわけではない」

「なに……？」

「案内などされなくても、俺は会いに行く」

「ふざけやがって！」

朝剛がしゃべり終わったとたん、張といっしょにいたチンピラが、そう叫んで殴りかかった。

このチンピラは、武術の心得があるらしく、両手をカンフー映画の登場人物のように大きく振りながら朝に襲いかかった。

朝は相手の攻撃を気にしていないように見えた。

彼はまた、すっと両足をそろえると、そこから半歩左足を踏み出し、右拳を出した。

かかっていったチンピラが勢いよく吹っ飛んだ。

李兆彩が言った崩拳《ポンチェン》だ。

朝剛が相手の攻撃を見ても動じないのは、崩拳の一撃に絶対の自信を持っているからに違いなかった。

技と技がぶつかったとき、絶対に自分のほうが打ち勝つという自信だ。

その自信があれば、相手の攻撃を見切ることができる。

自信さえあれば、相手の攻撃がどんなに複雑でも見切れるのだ。

宋は朝の崩拳を見て、李兆彩の言葉を思い出した。

李は朝剛と話がしてみたい、と言ったのだった。宋は不愉快だったが、李兆彩の言葉に従わないわけにはいかない。

彼は弟分たちに言った。

「待て。手を出すんじゃない」

朝剛が再び振り向いた。ゆっくりとした動作だった。表情に変化はない。

宋は口惜しそうに朝剛に言った。

「李大人《ターレン》がおまえに会いたがっているのは確かだ。だが今夜はまずい。出直してくれ」

朝剛は耳を貸そうとしなかった。

「俺が会いたいのは李兆彩じゃない。日本人だ」

朝剛は出入口のドアに近づこうとした。

宋陵元は舌を鳴らして、さっと身構えた。

「そんなことをされたら、こっちの首っ玉があぶないんだよ」

朝剛は、知ったことではない、というふうに前進してきた。

宋陵元は、朝剛の攻撃パターンを知っていた。そうなれば、宋も喧嘩のプロフェッショナルだ。そう簡単にやられはしない。

朝剛は、ふと立ち止まった。宋陵元は今、プライドも捨てて戦おうとしていた。

朝剛は、野生動物のような勘でそれを察知したのだ。必死になったときの宋は確かに手強《ごわ》いはずだった。

朝剛はにわかに用心深くなった。

朝と宋の間に、ぴりぴりとした強い静電気のようなものが感じられた。

朝剛は、宋陵元を見つめていた。眼を見ているのだが、全身の動きに気を配っているのは間違いなかった。

宋はそれを知っていたので、うかつに動けなかった。

また、朝剛も慎重にならざるを得なかった。今の宋陵元は、さきほど相手をしたときとは少しばかり違っていた。驕《おご》りがなかったし、朝剛をなめてもいなかった。

朝剛は殺気を消した。彼は言った。

「では、李兆彩に伝えてくれるだけでいい。朝剛が外に来ている。日本人の客と会いたがっている、と」

宋陵元はボクシングのファイティングポーズのままだった。

「俺はメッセンジャー・ボーイじゃない」

朝剛はその言葉を無視して言った。

「その後のことは、李兆彩の判断にまかせよう」

宋陵元は考えた。

今このまま朝剛に去られてしまっては、またつかまえるのに一苦労しなければならない。朝剛は一筋縄ではいかない。李の命令どおり、生きたまま捕らえることができるかどうかはわからない。

宋陵元は苦慮した。そして考えた末に、言った。

「待っていろ。今、李大人《ターレン》に訊いてくる」

宋陵元は、朝剛に背を向けると入口のドアを開けた。そのまま、まっすぐ店を横切って奥へ行く。

彼は、李兆彩の部屋の前まできた。李と日本のやくざとの商談はまだ続いているようだった。

しばし迷っていたが、思いきってノックをする。

「何事だ？」という李兆彩の声が聞こえてきた。

宋はドアを閉じたまま、名乗り、言った。

「朝剛のことでちょっと……」

少し間があった。李の声がした。

「入れ」

宋はドアを開けた。さきほど宋に殴られた日本人が宋をまた睨みつけた。

宋は、彼を無視してまっすぐ李の近くへ行った。彼は「失礼します」と断っておいて、李に耳打ちした。

「朝剛が店の外に来ていて、妙なことを口走ってます」

「妙なこと？」

「その……。日本人に用があるのだとか……」

李は眉根にしわを寄せて宋の顔を見た。

宋は、少しばかり李から離れ、返事を待っていた。

松任源造は何事かというふうに李を見、それから、通訳の子分を見た。

だが、李と宋は広東語《カントン》でしゃべっており、通訳の男は英語と日本語しかわからない。彼は、お手上げです、というように、松任源造に向かってかぶりを振って見せた。

李は、その日本人たちの様子をさりげなく眺めていた。

彼は長い間考えていた。

宋は、判断を李にゆだねてしまったので少しばかり気が楽になっていた。李が何と言うか楽しみな気すらし始めている。

やがて李が日本人たちに英語で言った。

「外にもうひとり客が来ていて、同席したがっている。かまわないだろうか?」

通訳からそれを聞くと松任は訊いた。

「何者だ?」

李はおだやかにほほえんで言った。

「このあたりのちょっとした有名人だ」

松任は、大物ぶって見せようと考えたようだった。彼は言った。

「俺はかまわねえよ」

通訳がそれを伝えると、李は宋にうなずいて見せた。

宋はただちに部屋を出て、朝剛を迎えに行った。

朝剛が李兆彩と日本人やくざたちのまえに姿を現した。

4

李兆彩は、まず、朝剛《チャオカン》を、久し振りに会った孫でも眺めるような眼で見た。

だが、朝剛の抜き身の剣のような殺気に満ちた眼に気づくと、表情を引き締めた。

李は朝剛に尋ねた。

「私の客に用があるということだが？」

朝剛は李兆彩を無視して日本語でやくざたちに言った。

「俺を日本に連れて行ってくれ」

松任源造は、まずその流暢《りゅうちょう》な日本語に驚いた。

九和溝の幹部ふたりは、朝剛の態度に驚いていた。

九龍城《カオルンセン》あたりで、李兆彩の問いかけを無視するような人間はいないと信じ込んでいたのだ。

李もいささか気分を害したが、辛抱強く言った。

「ここは私が用意した席だ。おまえも中国人なら礼儀をわきまえたらどうだ」

朝剛は李兆彩のほうを向いて言った。殺気を宿し、なおかつ暗い眼差しだった。

「俺は中国人じゃない」

朝剛は広東語で言った。

その言葉は李兆彩を驚かせ、同席していた九和溝のふたりの幹部をも驚かせた。

李兆彩は言った。

「しかし、おまえはこの香港で生まれた。それを知っている者は私の知人のなかにも何人かいる。そして、おまえは小さなころから、悪党だった。盗みをしては警官や町の人々に追われていた」

李兆彩はそこで言葉を区切って一息つき、さらに言った。「そして、私はさきほどおまえの戦いぶりをつぶさに聞き、強さの秘密を知った。それは中国武術の形意拳だ。これでもおまえは自分が中国人ではないと言い張るのか？」

「生まれたのは確かに香港だ。だが、俺の母親は日本人だし、父親も日本人だ」

朝剛は、父親のことを言うとき、なぜか苦しげな表情をした。

李兆彩は、また驚かされた。

「なんと……。そのようなことは初耳だな……」

「俺は死んだ母親のためにも日本へ行かなくちゃならないんだ。俺の名は本当は朝剛《チャオカン》ではない。朝丘剛《あさおかつよし》というんだ」

そのとき、松任源造が李に通訳を通じて言った。

「何だか知らんが、商談は終わった。こっちには用のないことだ。帰るぜ」

咄嗟に朝剛——朝丘剛は言った。

「待ってくれ。俺を日本に連れて行ってくれ」

それは日本語だった。

「何で俺がどこの馬の骨とも知らねえおまえを日本に連れて行かなきゃならねえんだ？」

「頼む。何でもする……」

松任は取り合わなかった。

「まったく……。日本に来さえすれば金が稼げると思ってやがるんだからな……」

「俺は日本人なんだ」

朝丘剛は、言った。「名前は朝丘剛、母親の名は朝丘京子《きょうこ》だ。俺は、母親の仇《かたき》を探しに日本に行かなければならないんだ」

ふと、松任はその話に興味を覚えた。

「何だって日本人の女が、香港でおまえのような子供を生んだんだ？」

「売られたんだ。日本のやくざが香港の黒社会の連中に売ったのだ」

李は、通訳を指で招いた。

日本人の通訳は、松任と剛の話の内容を英語で説明した。李は黙って聞いていた。

松任は、朝剛——朝丘剛の顔をじっと見つめていた。

「パスポートは持ってるのだろうな？」

「何とか手に入れた」

「ビザは？」

朝剛は、口惜しそうに、首を横に振った。話はそれで終わり、という合図だった。

松任は、片手を振った。

「話にならねえな。今日本じゃな、俺たちのことを指定団体といって警察が眼を光らせている。不法入国なんぞさせた日にゃ、すぐにつかまっちまう」

「ヘロインや拳銃はいいのか？」

剛が言うと、血の気の多そうな松任の子分が、怒りをあらわに身を乗り出した。

松任源造はその男を片手で制して言った。

「そういうことには慣れているんでね。ヘマはしねえんだ。要するに、不慣れなことをやってドジ踏むのが一番やばいんだよ。外国人を不法入国させるっていうのはその不慣れなことなんだよ」

「俺は日本人だ」

「おまえが持っているのは香港のパスポートなんだ」

剛は黙った。

松任源造は立ち上がり背広の襟を直した。李兆彩のほうを向くと言った。

「取引はつつがなく頼む」

彼は出口へ向かった。ふたりの手下がそれに続いた。

彼はドアのまえで、ふと立ち止まり、振り返って朝丘剛のほうを見た。

「小僧」

剛は松任を見た。松任源造は続けて言った。「来たけりゃ自力で日本へ来い。もし、本当に日本に来れたときにゃ、横浜の港の松任源造を訪ねて来い。港で松任と言やすぐにわかる」

松任は返事も聞かずにドアの外へ消えた。

三人の日本人が去り、部屋のなかは静まりかえった。

朝剛――朝丘剛は、魂が抜けたような顔で立ち尽くしていた。

李兆彩が言った。

「掛けんかね？」

朝剛は身動きひとつしなかった。

李兆彩はもう一度言った。

「さて、詳しく話を聞こうか？　椅子に掛けるんだ」

しばらく立ち尽くしていた朝剛だったが、やがて、言われたとおりにした。

李兆彩は茶を運ばせた。剛は茶に手をつけようともしなかった。

遠慮しているわけではない。警戒しているのだ。野生の動物が捕らえられても人からもらった餌《えさ》を食べようとしない。それと同じことだ。

剛は他人をまったく信用していないのだ。

李は茶をすすってから剛に語りかけた。

「うちの若い連中はおまえを目の仇にしている。うちの縄張りのなかで堂々と悪どい稼ぎをしているからだ。その点は私も気に入らない。だが、おまえはそれを補って余りあるものを身につけていると、私は考えている」

剛は、李の話を聞いているのかいないのか、テーブルの上の一点をじっと見つめたまま黙っている。

李兆彩はかまわず続けた。

「おまえは喧嘩をするときに、ほとんどただひとつの技しか使わないそうだな？ これはたいへん珍しいことだ。違うか？」

剛がこたえた。

「ひとつの技で充分だからだ」

李兆彩はうなずいて言った。

「本当はそうだ。だが、なかなかそう考える者はいない。昔から中国武術の世界では『千招を知る者より、一招に秀でた者を恐れよ』との言葉がある。つまり、絶対的な功夫《コンフー》を養うことこそ第一とされていたわけだ。最近の武術は花招ばかりだ……」

「武術の話など興味はない。帰らせてもらう」

「待て。おまえが使う技は、形意拳の五行拳のひとつ、崩拳《ポンチェン》だろう」

「何というかは知らない」

李は、怪訝《けげん》な顔をした。

「知らない？　では、どこで技を覚えた？」

「どうでもいいだろう」

李はきわめてまじめな表情でかぶりを振り、すがるように、わずかに片手を掲げて言った。

「知りたいのだ。私にとっては大切なことなのだ」

「ガキのころに、カンフー道場をのぞいたのさ」

カンフーというのは武術をさす香港独特の言いかただ。それがアメリカなどに伝わった。功夫からの転用だ。

北方においては、拳法のことを把式《はしき》と呼び道場のことも把式場と言う。

「のぞいた？」

「俺はろくに学校へも行かず働かなければならなかった。母親が病気がちだったんでな……。幼い子供の働きなんてたかが知れている。だから、貧乏のどん底だ。九龍城砦《カオルンセンツァイ》に流れついたんだから、そのあたりの事情は、想像できるはずだ」

「もちろんだ」

「ある道場をたまたまのぞき見たとき、俺は一瞬にして夢中になった。だが、カンフーの月謝など払えるはずがない。食うのに精一杯なのだからな」

「なるほど……」

李兆彩は言った。「それで、道場をのぞき、基本技をまねて練習したというわけか。まさに郭雲深《かくうんしん》の再来だな……」

剛は、訳がわからないといった表情で李兆彩を見た。

「郭雲深というのは、山西派形意拳の名手でな。逸話に富んだ人物だ。河北省深県の人でな、李洛能《りらくのう》という老師から形意拳を学ぶのだが、最初は、入門を許されなかった。郭雲深が喧嘩好きだからという理由だった。そこで、郭雲深は苦力《クーリー》（人夫）となり、李洛能の家の工事にもぐり込んだ。そして、李の指導を盗み見たのだ。そのとき、李洛能が教えていたのが崩拳だ。それ以来、郭雲深は三年間、崩拳のみを必死に練習する。やがて、それが李洛能の知るところとなり、郭雲深は李洛能のまえでその崩拳を披露した。李洛能は、その崩拳が形意拳の理にかない、充分な功夫があることに驚き、ついに、郭雲深の入門を許したのだ。その後、さまざまな相手と戦ったが、郭雲深は、敵がどんな攻撃をしてこようとも、崩拳だけで打ち勝ったのだ。そして『崩拳郭天下無敵』と評判になった」

「崩拳だか何だか知らないが、この技は使いやすいし、強力だ」

「想像するに、ずいぶん練功を積んだのだろうな」

「口惜しかったんでな」

「口惜しかった？」

「道場の外で型をまねていると、道場生がたくさん出て来て、門外の者が技を盗むのは許せんといって袋叩きにしやがった。それから俺はいっそう稽古《けいこ》に励むようになった。覚えたたった一手のな」

「さっき、日本人たちに言っていたのは、本当のことか？　日本へ行きたいがための嘘ではないのか？」

「本当のことだ？」

「詳しく話してくれないか」

「よしてくれ……」

剛は不愉快そうに表情を曇らせ、また席を立った。

「場合によっては、日本までの足を何とかしてやってもいい」

剛は李の顔をじっと見つめ、不可解そうに尋ねた。

「なぜ、あんたが……？」

「功夫だよ」

「功夫？」

「功夫は中国人にとっての宝だ。だが、最近では本物の功夫を身につける者が少なくなった。おまえはその数少ない人間のひとりだ。だが、おまえは日本人だという。日本人が、この香港でどんな生活をしてきたのか、そして、どうしてそんな生活をしなければならなかったのか、私は知っておきたい。このままここを出ようとすれば、私の手下たちがただでは済まさないだろう」

剛は、椅子にすわりなおした。

李は満足げにうなずいた。

「そうだ。それが利口な態度だ。おまえを日本へ送ることは、私にとっても利がある。おまえとの争いごとでけがをする手下を見ないで済むようになる。つまり、私にとってはおまえを追放したのと同じことになる」

「本当に日本へ行かせてくれるのか？」

「足を用意すると言っただけのことだ。私はさきほどの日本のやくざに荷を届けなくてはならない。その荷を載せる船の船長は私の知り合いだ。船で働きながら日本へ行く気があるなら口をきいてやってもいい」

「日本へ行くためなら、何だってする」

「まず、おまえのことを詳しく話すんだ。それが船長に紹介する条件だ」

剛は、再び李から眼をそらして、テーブルの一点を見つめ始めた。

やがて彼は重い口を開き、ぽつりぽつりと話し始めた。

朝丘剛《あさおかつよし》は、九龍の南端にある歓楽街、尖沙咀《チムサアチョイ》で生まれた。

今では少なくなったものの、剛が生まれたころ、尖沙咀には、まだガーリィ・バーやトップレス・バー、ボトムレス・バー、そして日式夜總會《ニッポン・キャバレー》が乱立していた。

ガーリィ・バーというのはつまり、女のいるバーという意味だ。

客は女と話をつけ、店にいくらかを払って外へ連れ出すのだ。

剛の母は、こうした尖沙咀のガーリィ・バーのひとつで働いていた。名は、朝京《チャオキン》と呼ばれていた。

本名は朝丘京子だ。彼女は自分の意志で香港にやってきたのではない。売られてきたのだ。

一九七〇年代、中国、タイ、フィリピンを始めとする日本への外国人の出かせぎはまだ本格化していなかった。

空前のバブル経済はまだ始まっていない。この時代、裏の世界では、まだ日本から香港、マカオなどに女が売られることがしばしばあった。もちろんすべて暴力団がらみだ。

朝丘京子は当時全盛期だった暴走族にあこがれる少女だった。

高校生くらいのときには、多少、反社会的な気分が芽生えるものだ。それはいろいろな形で現れる。

朝丘京子の場合は、ちょっと不良じみたまねをし、知り合った連中に誘われ、たまに暴走族の集会に顔を出すといった行動に現れた。

彼女は色が白く、実に端整な顔をしていた。化粧をしていなくても、まるでしているように美しい顔立ちで、眼の色と髪の色が生まれつき、脱色でもしたような美しい鳶色《とびいろ》をしていたのでかなり目立った。

京子はやがて、ある暴走族のリーダーに見初《みそ》められ、その彼女となる。

そこで終われば、青春時代の笑い話で済む。

だが、京子が付き合った男は、かなり質《たち》のよくない男だった。

本格的なブームも去り、また警察のきびしい締めつけで、族を解散したその男は、暴力団の事務所に出入りするようになった。

当時、暴力団は、暴走族を若い衆の予備軍と見ていた。暴走族に右翼的な色合いをつけたのも暴力団だ。

京子はその時点で身の危険を感じ始めたが、すでにその男から逃げられなくなっていた。男は狂暴な性格で、逃げたら、どこまでも追いかけて殺すと脅していたのだった。

京子も、その男を怖れながら、一方で愛していた。彼に抱かれると、狂うほどの幸福を感じることがあった。

まだ彼女も若かったのだ。男も京子もまだ未成年だった。

男は、頻繁に組に出入りするようになった。だが、正式な組員ではない。収入の道はなかった。

結局、京子が働くことになった。若く、モデルのように美しい京子の仕事はすぐに見つかった。

六本木のクラブだった。京子は、水商売の世界に喜びを見い出した。

クラブの生活は、一種芸能界に通じるものがある。美しい服で着飾り、虚飾の華やかな一時を過ごす。

京子は、たちまち指名ナンバーワンとなった。月に六十万から、多いときで百万円以上稼いだ。

完全なチンピラとなった男は、見栄で金を使い出した。組への出入りもさらに頻繁になり、その世界でいうゲソツケ——つまり組員となる日も近いと言われていた。

そんなとき、その男は、組員同士の金銭トラブルに巻き込まれた。

詳しい事情は京子にもわからなかった。しかし、五百万以上の現金をすぐに用意しなければ男の命にかかわるということだった。

いくら水商売で稼いでも、その金額は無理だった。

水商売では、稼ぎが上がるほど、出て行く金も多くなる。つまり、身の周りに金がかかるようになるため、それほど現金が身につかなくなるのだ。

男は、京子にソープで働くようにと頼んだ。涙を流して、手をついて頼んだ。

そして、京子は男の言葉に従った。金はすべて男に吸い上げられた。

彼女は、落ちるところまで落ちたと感じていた。ここまで来たからには、もう男とは離れられない――そう思っていた。

だが、男にしてみれば、そうした女の気持ちは重たく感じられる。そのために、その男は、別に女を作った。

若い女だった。京子は怒った。そして、京子の怒りは、ことさらに男の心を冷ましてしまった。

そして、決定的なことが起こった。京子が妊娠していることがわかったのだ。ソープランドで働くからには店では必ず避妊具を用いた。

だが、付き合っているチンピラと寝るときは、一切避妊をしていなかった。

妊娠させたのはその男以外に考えられなかった。

しかし、男は、ソープにつとめているのだから、誰の子供かわかりはしないと言い張った。

若い別の情婦もでき、京子のことが邪魔になってきたのだ。そして、妊娠したとなると、近々ソープランドでも働けなくなる。

男は組に話をつけ、京子を香港の黒社会に売り飛ばすことにした。ソープランドにつとめたとき、落ちるところまで落ちたと感じた京子だったが、そんなものは本物の絶望ではなかった。

信じていた男に売られたのだ。京子は日本を出されるとき、半狂乱で泣き叫んだ。だが、泣こうがわめこうが無駄なことだった。香港に着いた京子は、尖沙咀のガーリィ・バーで働かされた。

やがて、剛を生んだ。剛を育てるために、子供を生んだあともガーリィ・バーで男を取り続けた。絶望のため、酒と麻薬を常用した。

そして、絶望は体をもむしばんでいく。京子は無理がたたり病気がちになった。麻薬のせいで体力も落ちていた。やがて彼女は働けない体となった。

剛が十五歳のとき、京子は三十八歳の若さで死んだ。

5

「俺は、母親の笑顔を一度も見たことがなかった」

朝丘剛《あさおかつよし》は言った。

李兆彩は、その話をまったく平気な顔で聞いていた。同情心などかけらも持ち合わせて

ではない。

李にとってみれば、たいして珍しい話ではないのかもしれない。悲劇ではあるが、香港、マカオ、そしてタイなどでは、そうした悲劇は驚くほどのことではない。

李兆彩自身、女を売ったり買ったりしたことが過去にないとは言えない。

李は世間話を聞いたような顔でいた。彼は朝丘剛に尋ねた。

「日本語をおまえに教えたのは、母さんか？」

剛はうなずいた。

「母親は俺を日本語で育てた」

「……で、日本に行って探したい母親の仇というのは、おまえの母さんを香港に売り飛ばした男のことか？」

「そうだ」

「だが、その男は、おまえの父親ではないか」

「違う！」

珍しく剛は感情を露《あら》わにした。「断じて父親などではない。俺に父はいない。その男は母親の仇でしかない。母は死ぬ間際まで、その男への怨みを俺に訴え続けたんだ」

「その男の名は？」

「八十島亨太《やそじまきょうた》」

「しかし、日本へ行ったところで、どうやってその男を見つけられるというんだ？」

「母親の話だと、八十島亨太はおそらくやくざになっているだろうということだ。やくざの世界を訪ね歩けば必ずいつかは見つけられるだろう」

「それで、私の客に会いに来たのか……」

「そういうことだ」

「話はわかった」

「日本へ行く船は世話をしてくれるのか？」

「そのまえに、ひとつ聞かせてくれ。おまえは武術の道場をのぞいて、密かに稽古していた。それを道場生に見つけられて、袋叩きにあった——そうだったな」

「そうだ」

「それが口惜しくて、いっそう崩拳《ポンチェン》を磨いたと言ったが、その後の話を聞いてみたい」

「道場の連中のいやがらせはその後も続いた。だが、いつしか、その道場で俺に勝てる者はいなくなった。そのとき、俺は思った。どたばたと動き回らなくても、たったひとつの拳で相手は倒せるのだ、と」

「見せてくれぬか？」

「何を？」

「崩拳——おまえの得意の突きを、だ」

剛は、奇妙な眼で李兆彩を見ていた。が、やがて彼は立ち上がった。

通常、形意拳の五行拳は予備動作ともいえる三体式に続いて行なわれる。

だが、剛は、三体式を省略して、三体式の最後の形から始めた。

左足を前に、右足を後方にして、どちらの膝も曲げ、体をまっすぐ下に落とす。

両てのひらは開き、左手は胸のまえに掲げ、右手は腰につける。

その状態から両手を握ると、左右の足を半歩ほどすっと進め、右拳を打ち込んだ。

そして、続けて足を入れ替え、右足を前に出すと同時に左拳を出した。

その後、正式には旋回して、大きく踏み込み、姿勢を低くして、三体式の最後と同じ手技を用いる。それを狸猫倒上樹《リマオタオシャンシュ》という。猫がさかさに木に登っているという意味だ。

剛はその動作をも省略した。

まさに、崩拳のみを行なったのだ。だが、李兆彩は感心していた。

郭雲深の崩拳を見た李洛能もこのような気分だったかと思った。

続けざまに六本ほど突くと、剛は構えを解いて李兆彩のほうを見た。

「なるほど、すばらしい功夫《コンフー》だ」

李は言った。「だが、崩拳しか修行しないというのはよくない」

「喧嘩にはこれで充分だ」

李はかぶりを振った。彼は、今は黒社会のボスの顔をしていなかった。中国武術を心から愛する老人のひとりでしかない。

「崩拳は、形意拳の五行拳のひとつだとさきほど言った。五行拳とはどういう意味かわかるか？」

「知るものか」

「木火土金水《もっかどごんすい》――宇宙の理《ことわり》を表わすものだ。よいか？　崩拳は矢に似て性は木に属するといわれている。五臓で言えば木は肝臓に当たる。

五行拳は、他に、劈拳《ピーチェン》、躦拳《サンチェン》、炮拳《パオチェン》、横拳《ワンチェン》がある。劈拳は斧《おの》に似て性は金に属す。五臓では金は肺に当たる。躦拳は雷に似て性は水に属す。五臓では水は腎臓に当たる。炮拳は炮に似て性は火に属す。火は五臓では心臓に当たる。そして、横拳は弾丸に似て性は土に属す。土は脾臓《ひぞう》だ」

剛は、立ち尽くしたまま、黙って李兆彩の話を聞いていた。

李兆彩は説明を続ける。

「木は土に尅《か》ち、土は水に尅つ。水は火に尅ち、火は金に尅つ。そしてまた金は木に尅つ。これが五行の相尅《そうこく》という。これに五行拳を重ね合わせれば、崩拳は横拳に尅ち、横拳は躦拳に尅つ。躦拳は炮拳に尅ち、炮拳は劈拳に尅つ。そして劈拳は崩拳に尅つ。わかるか？」

「わかるものか」

「まあ、わからなくてもいい。とにかく、聞いておけ。また五行の相剋とは逆に相生という関係もある。木は火を生み、火は土を生む。土は金を生み、金は水を生む。そして水はまた木を生むのだ。つまり、崩拳は炮拳を生み、炮拳は横拳を生む。横拳は劈拳を生み、劈拳は蹟拳を生む。そして蹟拳は崩拳を生む。つまり、お互いに殺し合う関係もあれば、生かす関係もある。ここで、五行が五臓と結びついていたことを考え合わせるがいい。五行拳をまんべんなく修行することによって、五臓をすこやかにすることができるのだ。例えば、修行が崩拳だけにかたよっていたとしよう。崩拳は木だから肝臓と結んでいる。木はよく火を助ける。火は心臓だ。だが一方で木は土に剋つ。土は脾臓だ。つまり、肝臓と心臓は丈夫になるかもしれないが、精をそちらに取られすぎ、脾臓が虚となり、やがて脾臓を悪くする」

剛は、理解しきれないながらも、自分が身につけている拳法には深遠な理論の裏付けがあることに、ぼんやりと気づいた。

李は言った。

「形意拳では、五行拳を学んだ後に十二形を学ぶ。竜《りゅう》形、虎《こ》形、猴《こう》形、馬《ば》形、鼉《だ》形、鶏《けい》形、鷂《よう》形、燕《えん》形、蛇《だ》形、鮐《たい》形、鷹《よう》形、熊《ゆう》形——この十二形だ。だが、古くには五行拳しかなかったといわれる。また、五行拳を極めれば、勝利するに充分といわれている。朝剛《チャオカン》よ、その崩拳だけでは惜しい。機を見て、あとの四拳も学んでくれんか？」

剛にとってはどうでもいいことだった。だがここで李兆彩の機嫌をそこねるわけにはいかなかった。

日本へ渡る方法が見つかるか否かの瀬戸際なのだ。

剛はうなずいた

「わかった。機会があったら学ぼう」

「すぐれた練功ある者を天は放ってはおかん。修行成ったときには、きっとその名が私の耳にも届こう」

剛は言うべき言葉が見つからず、小さく肩をすぼめたのみだった。

李は言った。

「三日後の夜八時に、海港城《ハーバーシティ》の第三埠頭《ふとう》に来い。船への荷の積み降ろしがある。苦力《クーリー》（人夫）として紹介してやろう」

剛は、表情は変えなかったし、あいかわらず猜疑心《さいぎしん》に満ちた眼をしていたがそれでもこう言った。

「礼を言う」

彼は部屋を出て行った。

九和溝の幹部がそのうしろ姿を見送った。店のなかには宋陵元がいたし、出口の外には張伯英たちがいた。

彼らは一様に剛を睨みつけていたが、誰ひとりとして手を出そうとしなかった。

少なくとも今夜、剛は李大人《ターレン》に会見を許された客なのだ。

彼らは歯噛《はが》みする思いで、堂々と去って行く剛の姿を見つめていた。


朝剛——朝丘剛は、約束の日時に約束の場所へ現れた。海港城の第三埠頭。

このあたりの風景は昔ながらの港の風景だ。コンテナや貨物が積み上げられた暗いどこかわびしい波止場だ。

かつてはこのあたりが主要な港だった。外国航路の客船もこの埠頭に着いた。

第二次大戦後は、海運大厦《オーシャン・ターミナル》ができ、海運の中心はそちらに移ってしまった。

四階建ての海運大厦には、豪華客船が横づけにされていた。

そちらのほうは照明が明るく点《とも》っている。剛は、一瞬、その豪華客船で旅したいという気になった。

だが、すぐにそれは自分とは無縁のことだと思い直した。

彼は荷物らしい荷物を持っていなかった。キャンバス地のザックに、下着類と一組の着替えが押し込んである。それを背にかついでいるだけだった。

剛は、第三埠頭に立ち、用心深く周囲を見回した。

コンテナや船に積み込む貨物の陰には、いくらでも人が隠れる場所がある。

朝丘剛はこういう場所にくると、警戒心の固まりとなる。

頭の毛先から、足の爪先までがぴりぴりと張りつめてしまう。

埠頭の突端のほうに、古くそれほど大きくはない貨物船が停泊しており、すでに、荷の揚げ降ろしの作業が始まっているようだった。

クレーンが一本だけ動いているのが見えた。

剛はそちらへ行ってみようと、一歩踏み出した。

次の瞬間、彼は、大きく後方に飛びのいていた。

積み荷の材木の陰からふらりと人影が現れたのだった。

剛は、手にしたキャンバス地のザックを思わず放り出しそうになった。

人影は言った。

「あわれなやつだ。おびえた犬のようだ」

その声に聞き覚えがあった。

ほの暗い光にその顔が照らし出された。宋陵元だった。

剛は緊張を解かなかった。宋陵元が弟分たちを連れて自分を殺しに来たのかもしれないと疑った。

宋陵元は、鼻で笑ってから背を向けた。

「ついて来い」

彼は歩き出した。

それでも剛は、周囲に気を配っていた。動こうとしない。

宋陵元は立ち止まり、振り返ると言った。

「どうした？　来いよ。あの船の船長を紹介してやろうってんだよ。俺がボスに命令されたのさ」

剛は宋陵元の顔を見て黙っていた。宋は言った。「まさか、ボスの李大人《ターレン》が直接出向いてくると思っていたんじゃないだろうな？」

そう言われて、剛は初めて緊張を解いた。

宋陵元は歩き出した。剛は二、三歩遅れてそれに付いて行った。

船は近づくにつれ、そのいたみかたがつぶさにわかるようになってきた。

あらゆる舷窓《げんそう》の周囲のネジは、錆《さ》びで固まってしまっている。

ペンキを塗りそれがはげ落ち、錆びてへこみ、そこにまたペンキを塗った跡がはっきりとわかった。

そういうわけで、壁面という壁面がでこぼこだった。

上部構造がそういったありさまだから舷側も、かなりくたびれて見える。舷側は基本的には濃い緑色に塗られていたが、夜の暗さのせいで黒く見えた。

だが、古いが、すべての部分にきちんとペンキが塗られており、手入れは悪くないようだった。

一基のクレーンが大型のコンテナを載せている。肩にかつげる荷は、人夫が運び込んでいる。

その船の乗組員と、港湾労働者が入り混じり、手分けして作業をしていた。

宋陵元は言った。

「船の名前はすごいぞ。エルドラド号だ」

そして剛の顔を見た。剛は怪訝な顔をしている。宋が言ったことの意味がわからないのだ。

宋はまた鼻で笑った。

「黄金郷という意味だよ。このちっぽけな貨物船が笑わせるよな」

船籍はパナマだ。舳先《へさき》近くに、船名が書かれており、それに照明が当たっていた。

宋が、その船名の近くにいる人物を指差した。

「あの男が船長だ。孫達《そんたつ》という名だ。デビッド・ソンという名で通っている」

デビッド・ソンは、港湾局の係員と何やら話し合っていた。

彼はパイプをくわえ、せわしなく、クリップボードにはさまれた紙をめくり、早口で何ごとかわめいている。

係員のほうも、負けじとわめき返していた。やがて、そのやりとりが終わり、ふたりは形ばかりの握手をして別れた。

「キャプテン」

宋が声をかけた。孫達――デビッド・ソンが振り向いた。

その顔は、日焼けしてたくましかった。顔は丸く、首が太く、体はずんぐりとしている。古い海軍式の帽子をかぶっており、シャツの肩には肩章がついていた。

これで濃い顎鬚《あごひげ》があれば申し分ないが、残念ながら、孫は典型的な漢民族らしく、濃い鬚は生えないようだった。

日焼けした顔のなかで、眼だけがぎょろりと大きく光る。

「おう、賭けボクシングで俺に損ばかりさせた宋陵元か」

「俺の相手に賭けるから悪いんだよ。今日は、李大人《ターレン》の使いで来た」

「連絡は受けているよ。そのガキか?」

デビッド・ソンは剛のほうを見た。値踏みする眼つきだった。

頭の先から足もとまで無遠慮に観察した後にソンは言った。

「情けない体つきをしているな。役に立つのか?」

宋陵元は肩をすぼめた。

「役に立たせるかどうかは、あんた次第だよ、キャプテン。李大人《ターレン》は紹介するだけだ。船に乗せるかどうか決めるのも、どんな仕事をさせるか決めるのもあんたの役目だ」

デビッド・ソンは眼を剛から宋陵元に移した。

「なるほどな。ものにならなかったら海に放り出して魚の餌にしちまえばいいんだからな」

「あんたの判断だ。船長はあんたなんだからな」

「よし、小僧。船に乗せてやる。さっさと荷の積み込みにかかれ」

「俺が、甲板長《ボースン》に紹介するよ」

「そうしてくれ。俺はいろいろとやることがあるんでな」

「来いよ、朝剛。こっちだ」

宋陵元は今度は船尾のほうに向かって歩き始めた。剛はそれに付いて行った。

「船に乗ったら、今までのようにはいかんぞ」

宋陵元はまえを見たまま、半歩遅れて付いてくる朝剛に言った。

朝丘剛は何も言わない。宋陵元は続けて言った。

「海に出ちまえば、どこにも逃げられない。デビッド・ソンの野郎がさっき言ったのは冗談なんかじゃない。あいつは気に入らないやつがいたら本当にさっさと殺しちまって、海に放り込む。広い海で死体に気づくやつなんていない。本当にそいつは魚や鮫の餌になるんだ」

朝丘剛は、一度振り向いてデビッド・ソンを見た。

船長はもう別の用に追われて、剛のことなど気にしていないように見えた。

宋は積み荷作業をしている人々の間を悠々とすり抜けて歩いていく。

やがてクレーンに吊り下げられたコンテナを見上げ、しきりに何かを怒鳴っている男に近づいていく。

その男は、一九〇センチほどある巨漢だった。全身の筋肉がおそろしく発達している。特に、大胸筋、僧帽筋、三角筋、上腕二頭筋といった上半身の目立つ筋肉が発達していた。

重い荷をかついだりする重労働を長年続けることによって培《つちか》われた鋼鉄のような体だ。

これだけ筋肉の鎧《よろい》を身につけていると、多少のパンチではまるで歯が立たない。

その男の自信に満ちた態度はそれを物語っていた。荒っぽい海の男たちを、実力で抑えつけ束ねているのがわかる。

「甲板長！」

作業の喧騒《けんそう》に負けまいと、宋陵元は大声で呼びかけた。

甲板長と呼ばれた男は、宋を見ると、不愉快そうな顔ですぐ眼をそらした。再び、クレーンでぶら下げたコンテナを見つめる。

だが気持ちがそっちにいっていないのは明らかだった。

彼は宋陵元のほうを強く意識しているのだ。

宋陵元はもう一度呼びかけた。

「甲板長。新入りを紹介する。朝剛だ」

「新入りだって？　なんで黒社会のあんたがこの俺に新入りを紹介するんだ？」

「李大人《ターレン》がキャプテンに紹介した。それで、キャプテンの代わりに俺があんたに紹介する。こういうわけだ」

「おたくのチンピラかい？」

「そうじゃない。うちに楯《たて》ついていた悪ガキさ」

甲板長はあらためて宋の顔を見た。だが詳しい事情は聞こうとしなかった。

彼は剛に眼を移した。一瞥《いちべつ》すると命じた。

「あの列に加わって小麦粉の袋をかつぐんだ。前のやつについていけばどこへ運べばいいのかわかる」

剛はうなずいてそちらに向かった。宋陵元がついてきて言った。

「甲板長の名は杜金強――ジョセフ・トゥだ。あいつは俺の幼なじみでな……。俺が黒社会にいるのも気にくわなければ、自分たちが黒社会のために違法行為をやらなければならないのも気に入らない。おまえ、俺たちの紹介だから、きっと目の仇にされるぞ」

剛は言った。

「もう用は済んだはずだ」

宋はわずかの間、黙っていた。そして言った。

「船のなかで死んじまうなんて許さないぜ」

「何だって？」

剛は宋の意外な言葉に驚いた。

「いいか。俺は街中の喧嘩で負けたことなんかなかったんだ。あのときは油断していたんだ。今度やったら負けない」

「そうかもしれない。だが、あのとき俺が勝ったのは事実だ」

「生きてもう一度俺のまえに現れろ。そのときはリターンマッチだ。いいか、もう一度、俺と戦うまで死ぬな」

剛は宋から眼をそらし、小麦粉の袋に手をかけた。

宋はそれ以上何も言わなかった。埠頭から舷側の昇降口に渡した横木つきの板を登り、剛は下部甲板に足を乗せた。

そのとき、埠頭を振り返ると、宋陵元がまだ立っているのが見えた。

6

エルドラド号は、まっすぐに日本に向かうわけではなかった。

香港を出ると、日本とは正反対の南西に針路を取った。

インドシナ半島を回り込むように進んでタイのバンコクに寄港する。

ここで小麦を降ろし、九和溝の息のかかった大切で危険な荷を積み込む。

朝丘剛《あさおかつよし》は、船の旅は初めてだった。エルドラド号は、総トン数が約二三〇〇トンと、貨物船としては小さい部類に入る。

外洋へ出て少しでもしけるとかなり揺れる。

剛はたちまち船酔いに苦しめられることになった。

剛は、船底の最低の部屋をあてがわれた。ベッドなどない。湿った床の上に油でよごれきった毛布が一枚敷いてある。それが寝床だ。

六畳ほどの狭い部屋に四人押し込められている。他の三人は、どこの国の人間かわからなかった。

三人のしゃべる言葉は、剛が聞いたことのないものだった。剛は知らなかったが、彼らはバングラデシュの人間だった。

剛と同じように船で働きながら日本へ行こうとしている連中だ。

剛は、毛布の上に横になってもどし続けた。食べ物などとうに受けつけなくなっている。胃液を吐く。そのうち、胃液も出なくなってくる。剛は水を飲んではまた吐いた。脱水症状を起こしそうになる。

それでも、船内では働かされた。海上を航行している間は、甲板と上部構造の掃除が主な仕事だ。

這《は》うようにして最上の甲板まで行った剛は、手すり越しにまた胃液を吐き、舷側をわずかに汚した。

すでに貧血を起こしかけており、意識もはっきりしなかった。

それを見た甲板長《ボースン》の杜金強《ジョセフ・トウ》はしたたかに剛を殴りつけた。

顔を殴り、倒れたら腹を蹴った。その腹への一撃がこたえた。

胃が猛烈にあばれた。気を失いかけ、今度は、甲板の上にわずかに胃液をもどす。全身がけいれんを始めた。

杜金強は、胎児のような恰好《かっこう》で体をぴくぴく震わせている剛に、バケツで海水をかけた。

甲板長は言った。

「たった一週間の航海でこのざまか。俺たちゃおまえに頼んで乗ってもらったわけじゃないんだ。役立たずはてめえの反吐《へど》といっしょに海に洗い流すぞ」

海水をかけられ、剛は、そこが熱帯の海であるにもかかわらず、ひどい悪寒がしてきた。けいれんは止まらない。

「どうした?」

船橋《ブリッジ》から船長の孫《デビッド・ソン》達が降りてきて、杜金強に尋ねた。杜金強はいまいましげにこたえた。

「船で働きたいってやつが、このざまですよ」

舌打ちする音が聞こえた。杜が舌打ちをしたのだが、剛には誰がしたのかわからなかった。

ふたりの会話がどこか遠くで交わされているように感じられる。

ひどく酒に酔ったときのように、意識がはっきりとしない。

船長のデビッド・ソンが言った。

「船にただ乗りされちゃかなわねえ。いいから働かせろ」

杜金強がこたえる。

「ええ。もちろんそのつもりですよ」

「くたばるのも時間の問題かもしれんな」

「そうですね。でも、船に乗るのはこいつが望んだことです」

「死ぬんなら外洋にいるときにしてほしいな。処分がしやすい」

「ええ、そうですね。なるべくそうなるようにします」

「うまくやれ」

船長はキャビンのほうに去って行った。

遠ざかりかかる意識で、剛は考えていた。

いったい、何のことを言っているのだろう？

誰が死ぬというのだろう？

外洋で死ねば処分しやすいというのはどういうことだろう？

そのとき、甲板長は剛の背を踏みつけた。作業靴のゴム底が背骨に当たった。

その鋭い痛みで意識が一瞬はっきりした。そして、剛は、ふたりの会話の内容をそのときすべて理解した。

死ぬのは俺なのだ。俺は死んで魚の餌にされるんだ。

とたんに、意識の底に明かりが点った。これまで死ぬほどの思いは何度もしてきた。もうだめだと本気で思ったことがある。

そのときに、不思議なことが起こる。

不意に意識のなかが明るくなるような気がするのだ。

次に、体の奥底にわずかに残っていたエネルギー源に点火されるような気がする。

すると動くはずのない体が動くのだ。

甲板長の杜金強はもう一度、剛の背を踏みつけた。

「邪魔だ。いつまでも寝てるんじゃない」

剛の顔色は、死人の色をしていた。実際そのまま気を失ったら絶命してしまいそうだった。

もう動けないはずだった。剛本人もそう思っていたし、まわりで見ていた乗組員や作業要員たちもそう思っていた。

だから、剛が甲板に両手をつき、起き上がろうとしているのだと知り、周囲の人間は驚いた。

剛はこれまでこうやって生きてきたのだ。香港の社会の最低層で、殴られては起き上がり、病気と独力で闘い、餓えに耐えて生きてきたのだ。

剛の上体が持ち上がった。次に膝をつく。剛は舷側の手すりにつかまり、ついに立ち上がった。

彼の目は落ちくぼみ、目の下には黒々と隈《くま》ができている。顔色は、相変わらず死人の色だ。

眼の焦点が定まっていない。

甲板長《ボースン》の杜金強は、嫌なものを見るような眼つきで剛を見ていた。

彼は何事もなかったように乗組員や臨時雇いの船員たちに命じた。

「日が暮れるまえに、さっさと掃除を終わらせとけ。いいか、ぴかぴかに磨き上げるんだぞ」

杜金強は、デッキブラシを剛に差し出した。まだ意識が朦朧《もうろう》としているのか、剛は受け取ろうとしない。

杜金強は、剛の胸にデッキブラシの柄を押しつけた。剛はようやくそれを受け取った。

杜金強は剛に言った。

「いいか。海のなかに放り込まれたくなかったら働け」

剛は、デッキブラシにもたれかかるようにしながら動き出した。

とても掃除しているとはいえない。だが、とにかくデッキブラシを持って何とか動いていた。

今は、杜金強に言われるままに動くしかない。

剛には反抗する体力も気力もなかった。極限をとうに迎えているので、命令されることに無意識に従ってしまうのだ。

これに近い状況を運動部の練習で見ることがある。体力の限界までしごききると、反抗的だった部員が言いなりになるのだ。

もっとも今の剛は、スポーツの練習など問題にならないくらいにひどい状態だった。立っているのが不思議なのだ。

もう剛は苦痛を感じていなかった。それを通り越してしまったのだった。

ふわふわとした感じがし、少しでも気を抜くと、暗黒の世界に引きずり込まれそうになる。

その暗闇に吸い込まれたら、二度と目覚めることはないかもしれない。

剛は、必死でそちらの世界に行かないように戦い続けていた。

どのくらいそれを続けていたかわからない。いきなり、剛はデッキブラシを取り上げられた。

剛はそう感じた。

だが、周囲の者は、何度も剛に作業は終了した、と告げたのだ。

剛の耳にそれが届かなかっただけだった。剛と同室のバングラデシュ人たちは、キャビンに引き上げていった。

剛は、もう動けなかった。彼はその場に倒れた。そして、暗黒の世界と戦う気力ももはや使い果たしていた。

彼は気を失った。

同室の三人は、剛が部屋に戻ってこないのをむしろ喜んでいた。

同じ部屋で吐き続けられるのはたまらない。船酔いは伝染することがある。酔っている者を見ているうちに、自分も気分が悪くなったりするのだ。

そして、剛の分の食事を三人で分けて食べることができる。

彼らは生き残るために、そうすることが必要だった。

剛は全身に何か心地よいものを感じて目を覚ました。

南洋独特のスコールだった。

さきほど甲板長にバケツで海水を浴びせられたときは、ひどく寒い思いがしたが、今はまったく違っていた。

蒸し暑い夜に、冷たいシャワーを浴びるのとまったく同じ気分だった。

意識を失ってから、ぐっすりと眠り続けたせいだった。

すでに夜が明けようとしている。船に乗ってから一週間と一日目だが、剛は初めて深く眠った気がした。

これまでは船酔いの苦しさで、ろくに眠ることもできなかったのだ。

当直《ワッチ》が、剛の姿を見かけたはずだが、一度も声をかけなかった。

誰も剛の生死など気にかけていないのだ。海の男たちは結束が固いという定評があるが、それは正規の乗組員同士の連帯感でしかない。

このエルドラド号のような船では、一時的に船に乗り込んだ人夫などのことは知ったことではないのだ。

だが、当直《ワッチ》が剛を放っておいたことが、かえって剛に幸いしたのだ。彼は休息を取ることができた。

それは、何よりも剛に必要なものだったのだ。

そして、スコール。

剛は口をあけた。口のなかは渇いていた。雨は甘かった。これまで飲んだどんなものよりもうまく感じられた。

スコールの雨粒は大きく、瞬間的にすさまじい量が降る。口を開けているだけで、たっぷりと注ぎ込まれる。

剛は、何度も雨を飲み込んだ。胃は反逆しなかった。すんなりと雨を受け入れた。水がじっくりと全身に浸み渡っていくようだった。

剛はゆっくりと体を起こした。

ロープを巻くドラムの上にへこみがあり、そこにスコールがたまっている。剛はそこに近づき、口をつけて、ごくごくと飲んだ。

一度、むせて咳込み、ついで、空腹に多量の水を飲んだため少しばかり胃が痛んだ。だが、気分はずっとよくなっていた。少なくとも立ち上がり、自力で歩くことができるようになっていた。

彼はついに極限を乗り越えたのだ。

剛は、ゆっくりとキャビンに戻っていった。同室のバングラデシュ人たちはぐっすりと眠っていた。

剛は部屋のすみにあるアルミの食器を見た。食器は四つあった。

ジャガイモのスープが入っていたようだ。剛はその四つの食器を手に取り、内側を指でこすってはその先についたわずかなスープをしゃぶった。

驚いたことに食欲までが戻っていた。船の揺れも気にならない。

今度の食事は満足にとれるだろうと思った。叩き起こされる時間まではまだ少し間がありそうだった。剛は眠ることにした。

横になると、またすぐに眠ることができた。

人の声で剛は目を覚ました。起き上がると同室のバングラデシュ人たちが、パンと水を分け合っていた。

朝食だった。剛は、床にすわり、バングラデシュ人たちに手を出した。

彼らは驚いていた。三人は顔を見合わせた。また剛の分を三人で分け合おうと思っていたのだ。

「俺の分をよこせ」

剛は英語で言った。香港で育ったので、ある程度は英語を話すことができる。

バングラデシュ人たちは英語を理解できるようだった。

三人は、まだ信じられぬものを見るように剛を見ていた。彼らは、本当に死人が生き返ったように感じているのだ。

剛はもう一度言った。

「俺の食い物をよこせ」

三人のうち、ひとりが訊いた。英語だった。

「食えるのか？」

「食えるから言っている」

三人はしかたがなく、ひと固まりの固いパンと水を剛に差し出した。

剛はパンを手に取ると、まず少しばかり食いちぎり、よく嚙んで飲み下してみた。うまかった。固くなりカビの生えかけたパンがこれほどうまく感じられたことはこれまでなかった。

コップのぬるい水もありがたかった。剛は夢中でパンをむさぼり始めた。

バングラデシュ人のひとりがあきれたように言った。

「きのうまでとは別人のようだ」

剛は何も言わずに、パンを頰張り水を飲んだ。パン一かけら、水一滴が無駄なくエネルギーに変換されそうな気がした。

別のバングラデシュ人が言った。

「きっと、一度死んで生まれ変わったに違いない」

彼らは半ば畏敬《いけい》の眼差しで剛を見始めていた。

剛は意識していなかったが、剛の回復力はすばらしかった。まず、若いことが理由のひとつだった。

だがそれだけではない。彼は、固く心に決めていることがある。それが強味だった。

母親を不幸のどん底に叩き落とした男――八十島《やそじま》亨太《きょうた》という日本のやくざを見つけ出し、この手で殺すまで、絶対に死ぬわけにはいかない――彼はそう自分自身と、母親に誓っているのだ。

その思いがあるから、これまで文字どおり死ぬほどの苦しみにも耐えてこられたのだ。

何よりも、そう心に誓うことで、母の死の悲しみにも耐えることができたのだ。

朝食を終えるころになって、剛はようやく自分が初めて同室の三人と会話をしたことに気がついた。

これまで彼らと語り合おうなどと思いもしなかった。その余裕がなかった。

英語が通じるということにすら考えが及ばなかった。

彼らは、それぞれ、サリム、ムジブル、そしてイスラム教徒ではお決まりのムハマドと名乗った。

剛から見れば、三人とも同じような人相に見える。色が浅黒くやせていて目が大きい。

彼らは日本にいるバングラデシュ人の友だちを頼って東京で働くつもりだ、と言った。

バングラデシュの公用語はベンガル語だが、英語を理解する者がかなりいるということだった。

やがて船員が彼らを呼びに来た。サリム、ムジブル、ムハマドの三人も疲れているように見える。

剛が船酔いで苦しんでいる間、相当な重労働をやらされたようだ。

剛たちが甲板に出ると、杜金強が言った。

「野郎ども。今日、船がバンコクの港に入る。大急ぎで荷の積み降ろしをするんだ。サボるやつはその場で叩き殺すからそう思え」

そう言ってから彼は剛に気づいた。杜は意外そうな顔で剛を見たが、何も言わなかった。死にかけていた家畜が生き返ったほどにも気にかけていない様子だ。実際、杜たちにとって、剛やバングラデシュ人たちは家畜以下だった。

家畜ならつぶして食うことができるが、おいそれと人間を食うわけにいかないからだ。

杜は何も言わず眼をそらして歩み去った。

それから二時間ほどしてエルドラド号はバンコク港に入った。

船員たちは、交替で町に繰り出して行ったが、剛たちはそうはいかない。

香港で積み込んだ小麦の袋を全部降ろし、代わりの荷を積み込む。船は三日間停泊するが、その間、ただひたすら荷を運び、夜は疲れて眠るだけだ。

荷運びは、思いの外疲れた。まず下半身があっという間にくたびれてしまう。

そして、持ち上げたり降ろしたりの際に、上半身の筋肉を激しく使う。それを、何回となく繰り返すのだ。

三日後、剛の手足の筋肉は、ぱんぱんに張りつめていた。剛は、この三日間、食事を残らず平らげた。

陸に上がると、船酔いはすぐになおってしまう。

そして、今回出航すると、剛はまったく船酔いしなくなっていた。海がどんなにしけてもだいじょうぶだった。

7

バンコクを出ると、エルドラド号は、マレー半島最南端のシンガポールに寄り、さらに南下し、ジャカルタに停泊した。

ジャカルタでは主に熱帯樹林から伐採してきた材木を積み込んだ。

航海の間は、剛やバングラデシュの三人組をはじめとする人夫たちは、掃除や積み荷の整理、ロープ類の片づけなど、とにかく肉体労働をさせられた。

剛ははじめ、小麦粉の袋などをかついで運ぶとき、どうにも頼りなく見えた。

腰がすわらないため、重心が定まらずふらふらしてしまうのだ。慣れの問題だ。

それで、船員や甲板長《ボースン》にどやしつけられた。特に甲板長は、宋陵元が言ったとおり、剛に何かとつらく当たった。

甲板長は、一日に一度は剛を殴りつけた。顔面にパンチを平気で入れたし、固い靴をはいた足で剛を蹴り上げた。

まだ体が本調子でないころ、そのパンチや蹴りはこたえた。

だが、次第に体がもとに戻り始めると、喧嘩慣れした剛の体には、甲板長のパンチはあまり効かなくなってきた。

剛は殴られ蹴られながら、ひたすら耐えていた。痛みや苦しみに耐えていたのではなく、怒りに耐えていたのだ。

今、怒りを爆発させてしまっては、元も子もない。どんな仕打ちをされても、とにかく日本に着くまでがまんしなければならない――剛はそう思ってじっと我慢していたのだ。

その思いを、決して表情に出すわけではない。もともと、剛はひどく無表情だ。

彼の母が笑ったことがなかったように、剛も笑わぬ少年に育っていたのだ。

その無表情さがまた杜金強《ジョセフ・トウ》の気に障《さわ》るらしかった。

杜金強は「かわいげのないガキだ」と言ってはまた剛を殴った。

杜金強は、剛が九和溝とどういう関係なのかまったく知らない。

剛が毎日のように、九和溝の喧嘩慣れしたチンピラたちを束にして相手にしていたことや、あの元プロボクサー宋陵元にストリートファイトで勝ったことなどを知っていたら、このような仕打ちはひかえたはずだ。

仕返しがこわいはずだ。だが、彼は、そんなことを露ほども知らなかった。

剛は、船の底にある船室に引き上げるときは、いつも筋肉痛か、打撲傷だった。顔はいつも腫《は》れているし、唇がときどき切れている。そして、毎晩、死んだように眠った。

ジャカルタでは、クレーンが主な仕事を片づけた。

材木は人の手で運び込むには重過ぎる。

剛たちはそれ以外の細々《こまごま》とした食料や生活物資、医療品といったものを運ばされた。

やがて船はジャカルタを出て、フィリピンのマニラに向かった。

エルドラド号は、材木から、食料、衣服、そして拳銃、麻薬まで、あらゆるものを積み込んだ。

剛はたいていの積み荷には驚かなかった。だが、フィリピンで、娘を五人積み込んだときには、さすがに驚いた。

娘たちは、乗ったのではなく明らかに積み込まれたのだ。彼女らは荷物なのだ。

彼女らはまだ十六、七といった年齢だった。五人は、剛たちの部屋のすぐ近くの船室にひとまとまりに放り込まれた。

彼女らは、どういう段取りで、どんな連中に、この船に積み込まれたのかはわからない。

だが、エルドラド号に乗り込んできたときは五人で何やらはしゃいでいた。汚なく狭い船室に運び込まれたときも、まだ、船旅をする嬉しさで華やいでさえいた。剛たちは、相変わらずの重労働でくたくたになっていた。

船がマニラを出ると、船員たちが剛たちの部屋のある層まで降りてくるのがわかった。彼らのキャビンはもっと上の層にある。彼らは笑いながらやってきた。杜金強の声も混じっている。

剛とサリム、ムジブル、ムハマドの三人は疲れた体を横たえたまま、何が始まるのかと耳をそばだてていた。

杜金強の声が聞こえた。広東語だった。

「さあ、野郎ども、船長が積み荷の検査をしろとのことだ」

剛は、フィリピンの娘たちのことを言っているのだとすぐわかった。

母の仕事を思い出し、かっと頭の芯《しん》が熱くなった。

女たちは、うまいことを言って男たちの船室に連れて行かれた。

すぐにあたりは静かになった。剛は、腹の底に渦巻く怒りにじっと耐えて横たわっていた。

一時間ほどして、最初の娘が帰ってきた。娘は大声で泣きわめいていた。

やがて次々と女たちの泣き声が聞こえた。五人全部が集まると、女たちはいっそう激しく号泣《ごうきゅう》した。

サリムが上半身を起こして誰に訊くともなく尋ねた。

「いったい何があったんだ？」

剛は黙っていた。

ムハマドが剛のほうを向いた。

「あんたは中国語がわかるから、何があったかわかるだろう」

剛はしばらくこたえなかった。しかし、三人に注目され、しかたなく言った。

「フィリピンの娘たちが、船員たちに犯された」

三人は悲痛な表情をした。

この三人は自分たちがこれだけひどい目に遭いながら、まだ他人を思いやる気があるのか——剛はそう思って驚いた。

やがて泣き疲れたのか、フィリピンの娘たちは静かになった。

翌日、剛はフィリピンの娘たちを見かけた。船に乗り込んだときとは別人のように沈み込んでいた。

彼女らは自分たちの立場がようやくわかったのだ。

正規のルートで出国し日本へ向かえばもちろんこんな目にはあわずに済む。

しかし、まだ十六、七という年齢で、エンターテイナーとしての資格も契約もなく、日本へ正規のルートで渡る手段はないに等しい。彼女らも耐えなければならないのだ。

五人はだいたい中国系とマレー系およびネグロイド系先住民の混血だが、ひとりだけそれにスペイン人の血が混じっている少女がいた。

剛は彼女らがそれぞれに若く美しいと思った。特にスペイン人の血が混じっている少女の顔立ちはフランス人形のように美しい。

剛はその日、甲板長の杜金強を見たとき、いつもよりいっそう激しい憎しみを感じた。モラルの問題などではない。

剛はモラルなどとは無縁の生活をしている。彼は、母親を杜に汚されたような錯覚を起こしているのだ。

杜は、甲板に出ていた、マレー系、中国系、スペイン系の三種の血が混じっていると思われる美しい少女の頰に触れようとした。

少女は顔をそむけ、その手を強く払いのけた。

杜金強は残忍な表情となり、その娘の頰を平手で殴った。大きな音がした。

杜金強の声が聞こえた。彼は英語で言った。

「いいか。この船にいる限り、おまえたちは絶対に俺に逆らえないんだ」

剛たちは、いつもの肉体労働だ。ジャガイモの袋をキッチンまで運んだり、自分の手首ほどもあるロープを巻いたり、積荷を整理したり、甲板や船内、上部構造の掃除をしたり

——。

そうして一日が過ぎていく。

いつしか剛は、重い荷を肩にかついでもふらつくことがなくなっていた。重心が定まってきたのだ。

剛は、船酔いを乗り越え、今、肉体労働による筋肉痛も克服しようとしていた。

だが、毎日、杜金強に殴られ蹴られる精神的な苦痛に慣れることはなかった。

怒りは消え去ることなく蓄積していくような感じだった。そして、フィリピン人の美しい少女を犯したということで、剛は杜に対して怒りだけでなく憎悪と嫌悪感を抱き始めていた。

夕食にはいつものように、ジャガイモとタマネギばかりがやけに多いどろりとしたスープが出た。

肉の脂《あぶら》が表面に浮いている。肉のかけらはほんの二、三片入っているだけだ。それに干からびたパンが付く。

剛もバングラデシュ人たちも、文句を言わずにそれを食べた。

剛は思った。この三人も、自分と同じく餓えを知っているらしい。

人間を本当にみじめにさせる飢餓というものを。

飢餓のまえには思想も哲学もない。倫理もなければ道徳もない。

人間もまた本能だけの獣となる。剛はそのことをいやというほど知っていた。食事が終わると、剛と三人のバングラデシュ人たちはすぐに横になった。ほかにすることもないし、第一に疲れ果てている。

特にバングラデシュ人たちの疲労は激しいようだった。彼らは、剛ほどに若くなく、体力もないように見えた。

剛は横たわり、目を閉じていた。

すると、前夜のように、船員たちの声が聞こえてきた。

フィリピン人の少女たちの部屋のドアが開く。彼女たちは小さな悲鳴を上げた。

男たちが口々に言う。

「さあ、今夜は俺たちの番なんだ」

「おとなしく、こっちへ来い」

「おい、おまえは俺と来るんだ」

同時に、フィリピンの少女たちの叫び声が大きくなる。

男たちにつかまり、泣き叫んでいるらしい。何をされるかわかっているのだから当然だった。

サリムが起き上がり四つん這いで戸口に近づいた。ドアを細く開け、廊下の様子を見た。

彼は言った。

「男ふたりで、ひとりの娘をかかえ上げて行くぞ」

ムジブルが嘆くように言った。

「男がふたりがかりで、あんな少女を犯すのか」

ムハマドが言う。

「こんなことが毎晩続くのか……」

「何とか助けてやりたいな」

サリムが言った。

剛は相変わらず横になって目を閉じていた。サリムが剛に言った。

「なあ、あんた……」

しばらく誰も何も言わない。それで剛は自分が呼びかけられたことを知った。彼は眼を開けた。

三人のバングラデシュ人が剛を見ていた。

サリムが続けて言った。

「何とかならないだろうか？」

剛は横になったまま訊き返した。

「どうしてそんなことを俺に訊くんだ？」

サリムはこたえた。

「あんたは、その……、どこか俺たちとは違うから……」

「違う？　何が違う？」

「まず、死から復活した」

サリムが言うと、ムジブルとムハマドがうなずいた。

剛は相手にできないというふうにかぶりを振った。

「俺はまだ死ぬわけにはいかない。本気でそう思っていると、死に神を追い払うことができる。ただそれだけのことだ」

「いや、それだけじゃない」

サリムがさらに言う。

「死にかけていたと思ったら、いつの間にか、俺たちよりも重いものを、俺たちよりもたくさん運べるようになってしまった」

「体の鍛えかたが違う。香港にいるころ、俺はいつも町中を駆け回っていなければならなかった。カンフーの練習も毎日していた」

「それに」

サリムは剛の反論に取り合わず言った。

「それに、あのジョセフ・トゥという男があれだけ毎日、あんたを殴ったり蹴ったりしているのに、あんたは平気な顔をしている」

「いや、もし、俺があんな目にあったら三日ともたない。体はもっても精神がおかしくなってしまう。俺だけじゃない。このムジブルやムハマドだって同じだ。少なくとも、あんたは、三週間以上それに耐えている。普通じゃできないことだ」

「何事も慣れるものだ。慣れるというのは人間の最大の能力だ」

「俺は……もしかしたら、あんたが救世主ではないかと思っていたのだが……」

剛は暗い眼をしたまま言った。

「救世主などこの世にいない。そして、今後も決して現れない」

「コーランではそう教えていない」

「コーラン？」

「俺たちはイスラム教徒なのだ」

剛は、ほんのわずかだが、三人のバングラデシュ人のことを理解できたような気がした。

自分たちもひどい思いをしているのに、フィリピンの少女たちを助けたいなどと言っている彼らのことが――。

哲学や倫理は飢餓や激しい性欲には勝てない。だが、稀に、宗教はそれらに勝つことがあるのだ。

香港は敬虔《けいけん》なカトリック信者が多いので、似たような体験をしたことがある。

「平気じゃないさ」

しかし、閉鎖された船という空間に閉じ込められ、くたくたに疲れ果てながら、自分の命運までも握っているような相手に立ち向かっていった信者など剛は知らない。

剛は言った。

「俺たちにあの娘たちを助けることなどできない」

「黙って見ているしかないと言うのか？」

「そのとおりだ」

ムハマドが言った。

「あんたはそれで平気なのか？」

剛はもう彼らと議論はしたくなかった。

「さっきも言った。人間は慣れるものだ。あの娘たちだって、いずれは慣れる。おそらく日本に着いたって売春をさせられるのだ。そして、そのうちに、自分のほうから男を誘うようになる。今、彼女らを助けに行ったって何にもならないんだ」

剛の口調は低く静かだったが、他人に何も言わせぬ威圧感があった。

バングラデシュ人たちは押し黙った。三人は剛の顔を見つめている。

剛は横になって、ひどく暗い眼差しで天井を見上げていた。

やがて、ムジブルが言った。

「彼の言うとおりかもしれない。この船に乗るからには、何か仕事をしなければいけない。

俺たちは肉体労働をする。そして、彼女たちも肉体を使う」

サリムが言う。

「俺たちも彼女たちも同じことだというのか？　助ける義理はないと――」

ムジブルがこたえた。

「そうだ」

三人は議論をあきらめたようだった。

最後にムハマドがつぶやいた。

「アラーの神に助けを乞うても無駄なのか……」

そのとき剛は言った。

「無駄だ」

彼は、寝返りを打って三人に背を向け、目を閉じた。

しばらくすると、娘たちが戻ってきた。やはりみな泣いている。だが、きのうほどヒステリックな泣きかたではなかった。

翌日、作業中に、ついにムジブルが倒れた。軽い脳貧血だったが、むしろ、なぜ脳貧血を起こしたかが、問題だった。過度の蓄積疲労に加え、食料が充分ではなかったのだ。たちまち、甲板長の杜金強が飛んできて、ムジブルの襟首をつかんだ。

そして、力を込めて引き起こす。杜金強の肩の三角筋、二の腕の上腕二頭筋がもりもりと盛り上がった。

そして、荷を梱包《こんぽう》してある木の枠に向かって勢いよく投げ出した。

ムジブルは木枠に背を激しく打ちつけ、力なくずるずると崩れ落ちた。

杜が怒鳴った。

「誰が作業中に寝ていいと言った？」

サリムが言った。

「ムジブルは具合が悪く、無理をしていたのです。それで倒れたのです。少し休ませてやってください」

杜は今度はサリムの腹を蹴った。

「ふざけるな。俺たちが慈善事業をやっているとでも思っているのか」

サリムが言う。

「少し休めばまた働けます」

「だめだ。一分一秒も惜しいんだ」

ムジブルはうめいてから、何とか立ち上がった。彼は言った。

「サリム。もうだいじょうぶだ。ちょっと目まいがしただけだ。働ける」

「すぐに持ち場に戻れ」

杜はサリムのもとを離れた。

剛はその様子を見ていた。杜金強はそれに気づいた。彼はまた剛のところへやってきた。いきなり、頬を張る。剛は激しく頭を揺さぶられ、一瞬、脳震盪《のうしんとう》を起こしかけた。

杜金強は剛に言った。

「誰が手を止めていいと言った」

剛は、本当に杜金強がムジブルの生死を何とも思っていないのだとあらためて思った。剛も充分に冷酷だった。人の生き死になど知ったことではないと思って生きてきた。

杜金強は、剛ですら腹を立てるような人間だった。

杜はいつものように、また剛の顔を殴りつけ、腹を蹴った。


ムジブルはその夜、夕食を食べられなかった。力なく、死にたくない、と一言言い、死んだ。極度の過労による急性心不全だった。

サリムとムハマドは、ムジブルの名を繰り返し呼んで泣いた。

いつものように、船員たちがフィリピンの少女を連れに来た。三日目の今夜、彼女たちは、出て行くときも、戻ってきたときも泣いていなかった。あきらめたのだろうと剛は思った。

少女たちは泣くのをやめたが、今夜は同室の男たちが泣いている。

それを見て、剛はある小さな覚悟を決めた。

8

朝になり、ムジブルの死の知らせを受けた杜金強《ジョセフ・トゥ》は、すぐさま船長のデビッド・ソンに許可を得て、その死体を海に投げ込むように言った。

サリムとムハマドは、たいへんつらかったが、それに従うしかなかった。

ムジブルの遺体を日本まで持って行っても、どうすることもできないのだ。杜金強やデビッド・ソンが、埋葬の手筈をととのえてくれるはずはない。サリムやムハマドにはその費用もなければ、日本での手続きもわからない。

しかも、サリムとムハマドは、これから観光ビザで入国して仕事を見つける。つまり、不法就労だ。

日本の入国管理局や警察に知られると、国へ送り返されてしまう。それでは今までの苦労が何にもならない。

船員たちは、ムジブルの体にロープで重りをつけ、海に放り込んだ。

サリムとムハマドは舷側の手すりにもたれるようにして泣いていた。泣きながら祈りの言葉をつぶやいている。

この間、デビッド・ソンは船を止めようともしなかった。

デビッド・ソンは、何事もなかったように船橋《ブリッジ》に戻って行った。

杜金強はすぐさま、全員に仕事に戻るように言った。

フィリピン人の少女たちは、ひと固まりになって、悲しそうな眼で一部始終をじっと眺めていた。

彼女たちは一言も口をきかなかった。

スペイン系の血が混じっている少女が素早く十字を切った。

剛はそれを見た。その少女は杜金強に頬を張られた少女だった。

胸のまえで十字を切る仕草を見たとき、剛は胸のうずきを感じた。

彼が生まれて初めて感じる気持ちだった。不快なものではなかった。だが、それが何を意味するのか、剛にはわからなかった。

ただ、その胸のうずきが、杜金強に対する憎悪をいっそうかきたてたのは事実だった。

その少女は、杜の相手をさせられたのだ。

剛は仕事に戻った。

やがてサリムとムハマドも持ち場にやってきた。

船員たちが、何かをしきりに言い交わしている。

水平線に長々と横たわる陸地が見えてきた。日本だった。

一ヵ月におよぶ剛の船旅は終わろうとしていた。

エルドラド号は、横浜港の埠頭に接岸した。日暮れの入港だった。

船長は、入管、税関その他の係員の対応に追われた。

やがて荷降ろしが始まる。剛は最後の重労働に精を出した。

その日は船のなかで寝た。サリムやムハマドたちもいっしょだった。まだ、荷を積み込む作業が残っていた。

翌日、また同じように荷の積み込みをやる。一日中働いて、ようやく終わった。

いよいよ、エルドラド号との別れのときが来た。

まず、窓に黒いフィルムを張ったバンが来て、フィリピンの少女たちを乗せて行った。

杜金強とデビッド・ソンは、剛とサリム、ムハマドに向かって言った。

「さあ、日本だ。どこへでも消えろ」

そこは船の上ではなかった。埠頭の上だ。つまり杜金強やデビッド・ソンの縄張りではすでになかった。

いきなり剛が言った。

「今まで働いた分の給料をもらおう」

杜金強は目をむいた。

「何だと、この野郎」

剛は、サリムやムハマドたちにもわかりやすいように英語で言っていた。

「この船で奴隷のように働いてきたんだ。金をもらうのが当然だろう」

「ふざけた口をきくな」

杜金強は怒りのため、呼吸を荒くして言った。

「まあ、待て、甲板長《ボースン》」

デビッド・ソンが言う。「坊主。なめた口をきくなよ。日本で降ろしてもらってありがたいと思え。何なら一生、船でこき使ってやってもいいんだからな」

「給料をよこせ。それと、船で死んだ男への香典を、あの男たちにやるんだ」

デビッド・ソンはこたえた。

「給料は、日本までの船賃と相殺だ。俺の船に乗らなきゃ、おまえたちはここへは来られなかったんだ」

「では俺は税関へ行って、ここで降ろした積み荷のなかに、面白いものが混じっている、と教えてこよう」

デビッド・ソンは顔色を変えた。

剛は言った。

「九和溝の李兆彩が日本のやくざに売りつけたものだ」

ソンは、巨漢の甲板長に命じた。

「この小僧を始末しろ」

杜金強は一歩歩み出ながら言った。

「言われなくても、今やろうとしていたところでさあ」

サリムとムハマドが剛のうしろで成行きを見守っている。

杜金強は、二十センチ近くも自分より背の低い剛を見降ろしていた。彼の二の腕は、剛の胴くらいありそうだった。

誰の目にも剛の勝ち目はないように見えた。

サリムとムハマドは、剛を置いてさっさと逃げ去るべきだ。

だが、不思議なことに彼らはそうしなかった。剛が自分たちを代表して戦おうとしていることがわかったせいかもしれなかった。

剛は、もちろん給料などどうでもよかった。

杜金強を引きずり出すための言いがかりだったのだ。

問題の半分は片付いた。杜金強と戦う土俵ができ上がったのだ。

あとの半分はけっこうやっかいな問題だ。杜金強を倒さねばならないのだ。

船にいる間、剛は杜金強のパンチや蹴りを受け続けた。だからといって相手の攻撃力のすべてを知っていることにはならない。

船の上では手加減していたのかもしれない。

また、パンチや蹴りはそれほどおそろしくなくても、筋肉がたいへん発達しているので、つかまって締め上げられたら助からないかもしれない。

剛は、用心して身構えた。

とにかく彼は、得意の崩拳《ポンチェン》を出すしかないと考えていた。

一方、杜金強は自信に満ちていた。これまで喧嘩で負けたことがないに違いなかった。

多くの者は、彼の体格を見ただけで、戦うまえに逃げ出したことだろう。

杜金強は、パンチの届く距離まで近づこうと、さらに一歩前に出た。

そこからいきなり大振りの右フックを見舞ってきた。

剛はさっとバックステップしてそれをよけた。

そのフックがやけに遅く見えた。

剛の感覚がかつての喧嘩に明け暮れていた頃に戻ったのだ。

喧嘩のプロたちと毎日戦っていたのだ。並のスピード感覚ではない。

剛に余裕ができた。

彼は、一撃で倒すのはもったいないと考え始めていた。

恨みをこめて、たっぷりと仕返しをしたいと考えたのだ。

杜金強は、また、右のフックから来た。

今度は剛は逃げなかった。いつものように半歩進んで崩拳を出す。

一撃で倒れてもらってはおもしろくないので、軽く力を抜いて打った。

杜金強は、喉の奥から奇妙な声を出した。大きく目をむいて、その場でぴたりと動きを止めてしまった。

眼がくるりと白眼になり、杜金強はその場に崩れるように倒れた。

完全に意識を失っている。

デビッド・ソンが驚いた。

サリムやムハマドも驚いた。そして、剛本人も驚いていた。

杜ほどぶ厚い筋肉を身につけている男を倒すのには、かなりてこずるだろうと覚悟をしていたのだ。

また、その間、いろいろと楽しむつもりでもいた。

それが崩拳の一打で倒れてしまった。しかも、力を抜いて軽く打った一撃で、だ。

それを見ていた船員たちがエルドラド号から駆け降りてきて剛を取り囲んだ。

船長のデビッド・ソンは度を失って言った。

「やっちまえ。その小僧を片づけろ」

船員は五人いた。どれも屈強な体つきをしている。

船乗りは皆喧嘩が強いという定評がある。間違いなく腕力はあるし、肝がすわっているからだ。

ひとりめがつかみかかってきた。

剛はその手を払いのけるつもりで、あまり力を入れずに右手を振った。

払った後に、すぐ左の崩拳を打ち込むつもりだった。

だが崩拳の必要はなかった。

相手は払われただけで三メートル近くも吹っ飛び、ひっくり返ったまま動かなくなった。

剛はまたしても自分がやったことに驚いていた。

ふたりめは用心深く左のジャブからストレートへとつなぐワンツーで入ってきた。

剛は、ジャブが来たとたん、ストレートにはかまわずに、構えていた左の崩拳を出した。

相手は打たれたところを中心にぐにゃりと体を折り、その恰好のまま、やはり三メートルほど吹っ飛んだ。

三人めが蹴ってきた。

剛は体を開いて蹴りをかわし、相手の外側に転身した。そこから、相手の顔面をてのひらで張った。

相手は、くるりとひっくりかえるような形で倒れた。足が天を向き、後頭部から落ちた。

四人めと五人めは、すでに戦意をなくしている。だが、剛は、一度自分に向かってきた相手は、どんなことがあろうと許さないことにしていた。

四人めの男はあとずさりした。

剛は、大きく一歩踏み出した。身が軽い。剛は自分の体が滑るように前進するのを感じた。

二メートル近くある距離を一気に詰めた。崩拳を見舞う。

飛び込んだ勢いがそのまま拳に伝わった。相手は今度は四メートル以上弾き飛ばされた。

五人めは、完全に剛に背を向けて逃げた。

剛は、その男を追い、後から、頭の頂点をてのひらで打った。

相手の男は膝を折り、その場で、糸が切れた操り人形のように崩れ落ちた。

デビッド・ソンは蒼くなっていた。五人をやっつけるのに二十秒とかかっていない。

デビッド・ソンは、ポケットに入っていた札をすべて投げ出した。一万円札だった。全部で二十枚あった。

「今持ち合わせはこれだけだ。持っていけ」

剛はサリムとムハマドに合図した。ふたりは、あわてて風に舞う札を拾い集め始めた。

剛はデビッド・ソンに言った。

「世話になったな。特に杜にはな。充分な礼ができなかったが、気がついたらよろしく言っておいてくれ」

デビッド・ソンは言った。

「おまえはいったい何者だ？」

「初めて俺のことを尋ねたな」

「ただのガキじゃあるまい」

「いいや、九龍城砦《カオルンセンツァイ》をうろついていたただのガキさ。朝剛《チャオカン》と呼ばれていた」

「朝剛……」

「李のやつに会ったら、朝剛が無事日本に着いたと知らせてくれ」

剛は、キャプテンに背を向けた。

彼は喧嘩の現場にいつまでもいてはいけないことをよく知っていた。

彼は、サリムとムハマドに言った。

「走れ！」

剛に土地鑑があるはずはない。だが、その場から離れることが肝腎だった。

剛は闇雲に走った。港から離れるために、倉庫群の間を抜け、海と反対側に向かって走った。

どのくらい走ったか剛にも見当がつかない。彼はネオンがまたたく町角まで来ていた。

サリムとムハマドは、息を切らせて、ようやく剛に追いついた。

剛はサリムとムハマドに尋ねた。

「金は全部拾ったか？」

サリムは言った。

「もちろん、一枚残らずかき集めた。全部で二十枚ある」

サリムは、ポケットからくしゃくしゃの札をつかみ出した。

札をきれいに畳んで持ち歩く習慣があるのは日本人くらいのものだ。

剛が言う。

「これは一万円札だな。香港ではよくお目にかかった。日本の最高額の紙幣だ。二十万円あれば、しばらくは食うに困らない」

サリムは札を数えた。

「あんたが十万。俺たちはふたりで十万だ」

剛は不思議なものを見る目つきでサリムとムハマドを見た。

剛はこれまで、少しでも自分の取り分を多くしようとする人間しか見てこなかった。自分の利益のためなら、他人をだましたり、腕にものを言わせたりするのがあたりまえの世界で生きてきたのだ。

剛はサリムの真意を計りかねた。

「どういうことだ？」

「これは、本来ならあんたが手に入れた金だ。俺たちはもらう資格はない。だが、俺たちも何かと金が必要だから山分けにしようと言ってるんだ」

「あんたたちのために払わせた金だ。俺の分はいい。俺は、香港でためた金を、服のあちらこちらに縫い込んであるんだ」

剛の言ったことは本当だった。九和溝の連中の目を盗みながら、観光客から荒稼ぎを続け、今では五十万ほどの金額になっていた。

それを、シャツの襟やズボンのウエスト、二重ポケットのなか、折り返した袖のなかなどに分けて縫い込んであったのだ。

サリムは首を横に振った。

「どうか、俺たちの名誉と誇りも重んじてもらいたい。半分は受け取ってくれ」

「名誉？　誇り？」

剛は本当に当惑した。サリムの言うことがまったく理解できないのだ。「そんなもので腹がふくれるか。世の中は金と力だ」

サリムは言った。

「そういう人間もいる。これから俺たちはそういう世界で生きなければならないことも覚悟している。だからこそ、俺は誇りを忘れたくない」

サリムは十枚の一万円札を剛の手に握らせた。剛は、混乱してその手の上の札を見つめていた。

サリムはさらに言った。

「俺たちはこれから東京へ行って、知人を訪ねる。同じ国の友人だ。そしてふたりで仕事を見つけるつもりだ」

剛は、眼を上げ、サリムを見た。

「そうか……。では、ここでお別れだな」

サリムは握手を求めた。剛はそれにこたえた。ムハマドとも握手をした。

ムハマドが言った。

「俺たちのために戦ってくれて、うれしかった」

「いや……」

剛は口ごもった。

彼は自分の憎しみと怒りのために戦ったのだ。だが、彼はそれを言い出せなかった。このふたりにそれを説明するのは気恥ずかしい気がしたのだ。

「それでは、これで別れよう」

サリムが言った。「あんたは、本当にわれわれにとって救世主だったかもしれない」

ふたりのバングラデシュ人は去って行った。

歩きながら、ふたりは何度も振り返って手を振った。

やがて彼らは、角を曲がり、建物の向こうに消えた。

剛はしばらく立ち尽くしていたが、やがて一言つぶやいて、歩き出した。

「俺が救世主だって？　ばかばかしい」

ひとりになって、彼は考えるべきことがたくさんあるのを思い出していた。


歩きながら、彼は考えていた。

杜金強をはじめ、エルドラド号の船員たちをあんなに簡単に倒せたのはなぜだろう。

香港にいるときは、チンピラを倒すために、もっと強く打たねばならなかった。もっと夢中で戦わねばならなかった。

タイミングを測り、なおかつ、狙いを定めて強い崩拳を出していたのだ。

それでも、一撃で倒れないことがしばしばあった。

杜金強が香港のチンピラより体が弱いとは思えない。

ではなぜなのだろう……。

剛は自分の手を見た。そして、手が船の重労働でまめができたり、皮が固くなったりしているのに気づいた。

そこで思い当たった。

荷役の仕事は、全身の筋肉――特に下半身を鍛えるのに、役に立ったのだ。

下半身に力を蓄えることは、崩拳の修行をしてきた剛に、劇的な効果をもたらしたのだった。

さらに剛は考えた。

意識して軽く打ったことが、逆に力みを消し、下半身で作られた力を素直に相手の体に伝えることができたのだ、と。

中国北派の拳は、力で打つのではない。勁《ジン》で打つのだ。力みは、その勁をそこなう方向に働く。

剛は、経験して初めてそのことを理解した。足腰を鍛えれば、喧嘩はさらに強くなる。

剛はそう考え、うれしくなった。

9

剛はひたすら歩き、エルドラド号が着いた本牧《ほんもく》埠頭から山下公園を通り、シルクセンターを左に折れて繁華街に入った。

神奈川県民ホールやシルクセンターのあたりは、夜になると暗いが、横浜スタジアムに近づくにつれて、街灯やイルミネーションで、明るくなってきた。

やがて剛は、寿町《ことぶきちょう》のあたりにやってきた。本能的にこういった場所に近づくのかもしれなかった。

そのあたりは、格安の宿が軒を並べている。ベッドだけを並べた宿もある。

そうした宿の外には洗濯機が並べてあって、百円コインを入れればいつでも使えるようになっている。

そして、宿のそばには安い定食屋があり、そこには、肉体労働を専門とする連中がたまって安酒を飲んでいる。

労働者たちは、皆、疲れ果て、酔っているように見える。

彼らは、道端に横になり、宿屋の軒下にすわり込んでいる。

あまり動き回る者はいない。それでいてこの一帯は危険な感じがする。

剛は適当な宿を見つけて泊まることにした。一日分を前払いした。ベッドの番号を教わるときに、主人らしい中年男は胡散臭《うさんくさ》そうに剛を見た。

剛は荷物をひとつも持っていない。下着類や着替えの入ったザックは、エルドラド号を去るときの騒ぎでなくしてしまった。

しかも、剛は、年相応にしか見えない。どう見ても未成年なのだ。

主人が怪しむのも無理はなかった。

だが剛が見返したとき、主人は思わず眼をそらしていた。

こういう場所で宿をやっているからには、たいていの人間を見ても驚くはずはない。

だが、主人は、一瞬、地獄の底をのぞき込んだような顔をした。

それほど剛の眼は暗く冷たかった。ただの少年の眼ではない。

主人は、関わらぬほうがいい少年だ、と判断した。

二段ベッドの下のほうにもぐり込むと、となりのベッドにいた男が話しかけてきた。

「おい、若いの。そんな年でこんなところへ流れて来ちゃいかんな」

男は無精髯を生やした四十男だ。顔は日焼けし、幾筋ものしわが深く刻まれている。

剛はこたえなかった。無言で布団を整えている。

男は気にした風もなくさらに言った。

「見ればまだ高校生くらいの年じゃないか？　え？　学校を追い出されたか？　喧嘩ばかりしていたんだろう。なに、顔つきを見りゃわかる。おまえの顔には憎しみと怒りしかない」

剛は、ベッドに横たわった。話をする気分ではなかったし、彼は初対面の男とすぐさま打ちとけるような人間ではなかった。

初対面の人間どころか、どんな人間とも打ちとけようとはしない。

朝丘剛が唯一心を許せたのは、母の京子だけだった。

その京子も二年前に死んだ。剛はいっそう他人に心を開かなくなった。

となりのベッドの男はさらに言った。

「そんな眼をして歩き回ってると、先にろくなことはないぞ。人間、笑いながら暮らすのが一番だ。笑う門には福来たるってな……。しかめっ面してると福も逃げちまわあ」

どこか離れたところから怒鳴り声がした。

「うるせえぞ」

剛は、言いたいことを代わりに言ってもらったと思った。

となりのベッドの男は、「おお、おっかねえ」とつぶやき、湯呑み茶碗に日本酒を注いだ。それきり、ひとりでちびりちびりと飲み始めた。

剛は横になって布団をかぶると、一瞬、幸福な気分になった。薄っぺらい布団だが、ちゃんとした寝具にくるまるのは一ヵ月ぶりなのだ。

彼は、自分がたいへん疲れているのに気づいた。

一ヵ月にわたる重労働に耐えてきたのだ。奴隷から解放された気分だった。

明日からのことは、明日になってから考えればいい。そこまで考えたとき、すでに剛は眠りに吸い込まれていた。

彼はぐっすりと眠った。

眼を覚ましたとき、すでに夜はすっかり明けていた。

労務者たちは起き出し、ある者は洗面所へある者は便所へと向かった。

剛も洗面所に行ったが、歯ブラシもタオルも持っていないことに気づいた。

しかたがないので、水で口をすすぎ、顔を洗うと、着ていた服の袖でふいた。

急に人々が慌て始めた。労務者たちはあわただしく外へ向かうように見えた。

剛は訳がわからず、洗面所にぼんやりと立っていた。

昨夜、剛に話しかけてきた無精髯の男がまた声をかけてきた。

「おい、若いの。ずいぶんのんびりしてるな。仕事にありつきたくないのか？」

「仕事に……？」

「外に手配師が来る」

「手配師……」

「ええい、じれってえな。とにかく、来い」

男は剛の手を引いて、外へ向かった。男は地下足袋をはき、剛は香港のときからずっとはいているスニーカーをはいた。

男は言った。

「おまえ、そんな靴しか持ってねえのか？」

「これで充分だ。この靴でずっと働いてきた」

「まあいい、こっちだ」

男のあとについて行くと、トラックが停まっており、そのまわりを労務者たちが取り囲んでいる。

トラックの荷台の上に、人相の悪い男が立っており、仕事の場所と段取りを説明し、値段の交渉を始めた。

折り合いがつくと、労務者たちを荷台の上に上げる。

「よし、この仕事にありつこう」

無精髯の四十男は言い、手配師に話をつけた。彼はトラックの荷台に乗り込んでから、剛に言った。

「おい。早く来い」

剛は言われるままに荷台に飛び乗った。

手配師は荷台から降り、運転席に向かった。すぐにトラックは発車した。荷台には十数人の労務者が乗っている。

誰も剛のことを気にしている様子はなかった。誰も口をきかず、皆、遠くかさもなければ足もとを見つめている。

葬式のようだ、と剛は思った。

トラックは、労務者たちを新港埠頭に連れて行った。そこでトラックの荷台を降ろされる。

剛は皆について作業の現場に向かった。仕事は船からの積み荷の運搬だった。

昨日までやっていたのと同じ仕事だ。だが、剛に不満はなかった。

重い荷を運ぶことで得られる効果を知っているからだ。さらに下半身を練ればもっと強くなれるはずだ。剛は思った。

無精髯の男は、フォークリフトを扱えるということで、倉庫のなかに連れて行かれた。

剛は、クレーンが船から降ろした荷を倉庫まで運ぶ役目だ。剛が運ぶ荷は大豆のようだった。

作業が始まった。ここには、杜金強《ジョセフ・トウ》のように剛を目の仇にして殴ったり蹴ったりする人間はいない。

剛はすでにこの仕事に慣れていたので、誰にも文句を言われなかった。

現場の雰囲気は荒々しいが、存外明るかった。

力自慢の男が、一度に袋をふたつかつぎ、周囲をわかせたりした。

トラックの上の沈み込んだ雰囲気とはまったく違っていた。

働くとき、男たちは、生きいきとしていた。おそらく、働いていないときに、さまざまなことを思い出してしまうのだろうと剛は思った。

だが、それについてあれこれ思いを巡らすほどの感傷など、剛は持ち合わせてはいない。

他人のことなどどうでもよいのだ。彼は、今、体を鍛えることに喜びを感じ始めたところだった。

頼れるのは金と、そして己れの腕だけだ――剛は、固く自分にそう言い聞かせた。

彼は荷を運びながら、同時に気も練り続けた。もっと早くそれに気づいていれば、練功はさらに効果的なものになったのに、と悔やんだ。

気を練るための基本は腹式呼吸だ。

腹式呼吸に慣れたら、臍下丹田《せいかたんでん》に意識を集中してそれを繰り返す。

丹田と呼ばれる場所は上・中・下の三カ所ある。

上丹田は眉間《みけん》に、中丹田は膻中《だんちゅう》と呼ばれる胸の中心――いわゆる胸骨の上に、そして下丹田が、臍《へそ》から一寸下にある。

この下丹田が気を練る上で最も重要なのだ。吸った息を臍下丹田に蓄えるような気持ちでゆっくり腹式呼吸を繰り返す。

臍下丹田に気が溜まるのが実感できるようになったら、息を吐くときに、その気を、股の下を通し、背を昇らせる。

脊椎《せきつい》にそって昇らせるのだ。そのまま、頭の頂点を通し、正中線《せいちゅうせん》を降ろして鼻から出す。

吸うときにまたまっすぐ下丹田に気を降ろす。

こうして、気を体に巡らせるのだ。脊椎にそった気の通り道を督脈《とくみゃく》といい、体の前面の正中線にある通り道を任脈《にんみゃく》という。

この任脈と督脈に気を回すことを、小周天法《しょうしゅうてんほう》という。

小周天法ができるようになると、今度は、丹田から、五臓六腑をとおり四肢の指先に至る十二経絡すべてに気を巡らす練習をする。

これを大周天法《だいしゅうてんほう》という。

剛が荷を運びながら行なっていたのは小周天法だ。

気を練ることは、勁《ジン》の大小におおいに関わりがある。

充分に気功を行なわないとうまく勁を発することができず、したがって、打ちは威力のないものとなる。

小さい頃にのぞいた形意拳の道場の老師が何度もそう説明していたのを、剛は今さらながらに思い起こしていた。

昼休みになり、労務者たちは、彼らのために開いているような類《たぐい》の何軒かの定食屋やラーメン屋に散って昼食をとった。

剛は、倉庫から出てきた不精髯の男に誘われて定食屋へ行き、食事をした。

剛はあれこれ話をするのが面倒だったので黙って昼食を平らげ、さっさと席を立った。

席を立つとき、無精髯の男は、ひとこと言っただけだった。

「愛想のないやつだな……」

剛は店を出ると、現場に戻った。まだほとんどの作業員は戻っていない。

彼は倉庫の陰に行って、崩拳《ポンチェン》の練習を始めた。食べてすぐ動くのは内臓によくないことは知っていた。

だが、彼は、昨夜の感覚を忘れたくなかったのだ。軽く出したつもりなのに、威力は増していた。

あの感覚を、一日も早くものにしたかった。剛は、練習のとき、いつもするように、全身の関節をほぐした。

関節にとどこおりがあると、そこで勁は減少してしまうか、とだえてしまう。

そのあと、剪股子《せんこし》という形意拳独特の立ちかたで気を練る。小周天法を行なうのだ。

普通、拳法の立ちかたは、前弓後箭《ぜんきゅうこうせん》が多い。これは、前方の足の膝を曲げ、後方の足を伸ばした姿勢だ。

この立ちかたは、日本の空手道にも受け継がれ、前屈立ちと呼ばれている。

だが形意拳ではこの立ちかたを嫌う。

前弓後箭で突くと、一見強そうだが、突きを受け流されたりすると実にもろいのだ。引き込まれたりすればそのまま前のめりに倒れることもある。

したがって、形意拳では、前方に出した足も後方に置いた足も等しく曲げる。

その曲げかたにも特徴があって、「弯《わん》に似て弯ならず、真直にみえても真直ではない」といわれる。

手足は伸ばせば陽となり、曲げれば陰となる。形意拳の立ちかたは陰陽相和させるもので、これによって気は巡り尽きることはない。

日本の空手道にはこの立ちかたはない。後屈立ちが近いという者もいるが、理念がまるで違う。

空手道の指導者で、立ち方によって陰陽があるなどということを知っている者などほとんどいない。

続いて剛は、崩拳を軽く打ち出し始めた。気を抜いて適当に軽く打つのではない。意識して無駄な力を抜くようにして打つのだ。

だが、意識すればするほどぎこちなくなってくる。

きのうは咄嗟に出たから、理想的な拳を出せたのかもしれない。

剛はいろいろ工夫して崩拳を打っていた。彼はいつしか熱中していた。

試しに香港時代のように強く打ってみた。かつての剛ならそれで満足したかもしれない。しかし、一度、杜金強を倒したときのあの感覚を知ってしまってからは、何だか物足りないような気がした。

剛は、軽く打つことにこだわり過ぎて、下半身の使いかたをおろそかにしているのだ。

彼はそれに気づかずにいるから、満足できる崩拳を出せずにいるのだ。

彼は汗を流し始めていた。

そのとき、倉庫の表のほうから声がした。

「ほう……。おもしろそうなことをやってるじゃねえか」

三人の男が、近づいてきた。いずれも労務者風だ。典型的な港湾労働者で、そのなかのひとりは、二の腕に刺青《いれずみ》をしている。

昼食から帰ったばかりと見えて、三人ともつまようじをくわえている。

三人は、にやにやと笑っている。だがそれが好意の笑いでないことは明らかだった。

剛は練習をやめて三人を見た。

三人の男はいかにも血の気の多そうな者ばかりだ。

前にひとり、そのうしろにふたり並んでいる。刺青の男が前だ。

うしろの右側の男は頰に長い傷の跡があった。

左側の男は髪を赤く染めパンチパーマをかけた上、それを鉢巻きでしばっている。

剛は言った。

「何か用か？」

刺青の男が言った。

「今やってたのは何のまねだ？」

「あんたには関係のないことだ」

剛は無視して練習を再開しようとした。

「空手にしちゃ基本がまるでなってないな」

剛はふと興味を覚えた。

「空手を知ってるのか?」

刺青の男は、顔に傷のある男を親指で差し示して言った。

「この男はケンカ空手の黒帯よ」

剛は頬に傷がある男を見た。なるほど体格はよく引き締まっている。なおかつ、杜金強のように立派な筋肉の鎧を身につけている。

彼の態度は自信たっぷりだった。

「ケンカ空手というのは何だ?」

頬に傷のある男が言う。

「なんだ。空手の練習をしているくせに知らんのか? 最強の格闘技だよ」

「ほう……」

剛は言った。「では、俺があんたを倒せば最強の上に立つことになるな」

三人はおかしそうに笑った。

おそらく、頬に傷のある男は、喧嘩に絶対の自信をもっているのだ。そして、剛を初心者だと思い込んでいる。

武術を中途半端にかじっている者は、自分の学んだ体系でしかものを見ようとしない。まったく異った理論から出発している他の武道を理解できないのだ。

「やってみるか？　坊や」

　刺青の男が言った。

「いいだろう」

　剛が承知すると三人は、剛を倉庫のまえに連れていった。

　剛と頬に傷のある男が向かい合うと、人が集まってきた。どうやら頬に傷のある男は、顔が売れているらしい。

　剛が言った。

「これは試合だから、どちらが死んでも文句なしだ。いいな」

　相手はにやにやしながら言う。

「喧嘩だ。だからおまえが死んでも恨みっこなしだ」

「待て待て」

　ふたりの仲間が、集まった連中相手に賭けを始めた。実に手慣れていたし、剛とその相手をぐるりと囲んでいる連中は、すぐさま賭け始めた。

　剛は、いろいろ世話をしてくれた無精髭の男を見つけて言った。

「儲けたいのなら、俺に賭けることだ」

　無精髭の男は言った。

「悪いことは言わん。やめるんだ。そいつらは有名なんだよ。賭けになる相手をいつも探してる。そして、何人も病院送りにしている」

「おっさん」

刺青の男が近づいて言った。

「余計なことは言うなよ。どっちに賭ける？」

無精髯の男は迷いそして、剛に賭けた。

刺青の男が、頰傷の男にうなずきかける。頰傷の男はうなずき返し、剛のほうを向いて言った。

「さあ、始めようか」

男は構えた。

「いつでも……」

剛は両足の膝をわずかに曲げた。

10

頰傷の男は足を肩幅ほどに開き、右足を引いた半身になっている。

顔面の横に両方の拳をもってきて、脇をしめたアップライトスタイルだ。

ムエタイのような構えだ、と剛は思った。

剛は、剪股子《せんこし》で立ち、両手を開いて構えた。

いきなり相手は、上段の回し蹴りを見舞ってきた。

本来ならその瞬間に半歩進んで崩拳《ポンチェン》を打ち出すのだった。

だが、剛は、退がって蹴りをかわした。相手はすかさず、上段の後ろ回し蹴りへとつないだ。

剛はまたかわす。

すると、頬傷の男は、反動をつけて飛び上がり、飛び後ろ回し蹴りの大技を出した。

剛は、地面に身を投げ出してかわした。そのまま下から相手の股間を蹴り上げることもできた。

だが剛はやらなかった。地面で横に転がってから起き上がる。

頬傷の男は、にやにやと笑いながら、今度はパンチを出してきた。

左ジャブから右フックそして左のアッパーへつなぐ。

剛はそれを顔を動かしたり、手で払ったりして避けた。

剛の眼はすばらしくいい。眼がいいことは喧嘩に勝つための必須条件だ。この場合の眼の良し悪しというのは視力のことではなく、動体視力のことをいう。

刺青の男がはやし立てた。

「坊主。威勢はよかったが逃げるだけか」

人垣のなかで何人かが笑った。

「どうだ？　これがケンカ空手よ」

頬傷の男が言う。

剛は言い返した。

「ムエタイとテコンドーの猿真似だ。本物のムエタイのほうがこわいし、本物のテコンドーのほうがおそろしい」

「何だと？」

頬傷の男は、滑るような足さばきで一歩近づき、ローキックを見舞おうとした。

ローキックは地味だがたいへんおそろしい技だ。

回し蹴りのなかで一番威力があるのはおそらくローキックだ。

よく訓練された空手家なら、一発のローキックで相手の膝を折るのが可能だ。

また、膝上の大腿部の外側――いわゆる膀胱経が通っているが――そこにローキックが入れば、足は動かなくなる。

だが、頬傷の男はローキックを出すことはできなかった。

剛は、相手が動いたと思ったと同時に、素早く進んで崩拳を出した。

ごく自然に出た。

剛の崩拳が当たると、相手は、体勢を崩したまま、ゆっくりと崩れ落ちた。

悲鳴も上げなかった。それきり起き上がってこなかった。

まわりの人間には、剛が軽く当て身をした程度にしか見えない。

派手な殴り合いを期待していた彼らは口々に文句を言った。彼らは、頬傷の男に早く立ち上がるように言った。

だが、男は動こうともしない。

刺青の男は舌を鳴らして、倒れている男に近づいた。

「おい。こんなんじゃ商売にならんぜ。もう一度やり直しだ」

刺青の男は、頬傷の男を揺り動かした。そして、驚いて手を離した。

彼は言葉を失って、しげしげと倒れている仲間を見つめた。

それからもう一度激しく揺り動かし始めた。その眼が尋常ではない。

髪を赤く染めた男が近づいていって尋ねた。

「どうしたんだ」

刺青の男がわめいた。

「死んでる！　死んじまったんだよ」

まわりを囲んでいた人々はざわざわと驚きの声を上げた。

刺青の男が剛を見た。

剛は平然としている。相変わらずの暗く冷たい眼だ。感情の動きがまるで感じられない。

すべての人が剛を見ていた。剛は言った。

「試合を始めるまえに確かめ合ったはずだ。どちらが死んでもかまわない、と」

刺青の男は、立ち上がり、茫然《ぼうぜん》としている。

まさか、たかが殴り合いの喧嘩で仲間が死ぬとは思ってもいなかったのだ。

一方、剛のほうは、人の死には慣れている。幼いころから、いつ自分が死んでもおかしくない生活を続けてきた。

そのとき、人垣のむこうから、野太い声が聞こえてきた。

「おい、何をやってる」

人垣のなかのひとりが、ささやくように言った。

「松任組だぞ……」

人垣がさっと散った。

剛と三人の男だけが残された。

そこに、サングラスをかけた角刈りの男がやってきた。黒のスーツにノーネクタイだ。首に金の鎖をぶら下げている。

それがシャツの間からのぞいていた。

サングラスの男はたいへん体格がよかった。身長は一八五センチくらいで、肩幅もあり、手足も太い。

柔道か何かをやっていた体型に見える。

その男は、若い衆をふたり従えていた。ふたりの若い衆は、剛とそれほど違わない年に見えた。

刺青の男が、サングラスの男に言った。

「和泉《いずみ》さん……。このガキ、仲間を殺しちまったんで……」

和泉と呼ばれた男は、剛のほうを見た。サングラスをかけているので、どこを見ているのかわからない。

剛は、そのサングラスを見返していた。

「殺した……?」

和泉は倒れている頬傷の男を見た。和泉はその男を見知っていた。

喧嘩を売っては賭けをしていることも知っている。そういったことも大目に見ていた。

この三人組が松任組に敵対していないからだ。

和泉は、たくましい実戦空手の黒帯が、やせたひとりの少年に殺されたというのが納得できなかった。

和泉は刺青の男に尋ねた。

「どうやって……?」

「わからないんで……。何か、こう軽く突いたような感じだったんですが……」

刺青の男に嘘をつく余裕はない。本当のことをありのましゃべっていた。

和泉が訊き返す。

「突いただけ？　素手でか？」

「そうです」

「たった一発？」

「はい」

「それで死んじまったというのか？」

「俺も、何がどうなったんだか……」

和泉は剛に一歩近づいた。

「おまえ、いったい何をやったんだ？」

「挑まれて試合をした。どちらが死んでも文句はなし、という約束もした」

「いや、そういうことじゃなくて……」

相手が訊き直すまえに、剛のほうから尋ねた。

「松任組だと誰かが言ったが、松任源造と関係があるのか？」

剛は松任源造の名を忘れてはいなかった。日本に着いたら訪ねて来いという言葉も覚えている。彼は自分の利になることは決して忘れないのだ。そうでなければ生き抜いてこられなかったはずだ。

和泉は、サングラスを外して、剛を睨みつけた。凄《すご》んでいるのだ。確かに、凶悪な眼をしている。

「てめえ、組長を呼び捨てにしやがって……」

「組長？　つまり、ボスということだな？」

和泉は、剛の態度を不審に思い始めていた。凄んでいるのに、いっこうにたじろぐ様子がないのだ。

そしてその眼は、あまりに暗く冷たい。

「おまえ、何者だ？　その年にしちゃ度胸がすわってるじゃねえか……」

剛はその問いにはこたえなかった。

「俺はずっと香港で生活をしていた。あんたたちのボス、松任源造に会ったのは、香港でのことだ。彼は、俺に、日本に来たら訪ねて来いと言った。俺はゆうべようやく日本に上陸できたんだ」

「組長が会いに来いと言っただと……？」

剛はうなずいた。

和泉は、値踏みするように剛を眺め回した。そして若い衆に言った。

「おい、電話を貸せ」

彼は携帯電話を受け取り、その場でダイヤルし始めた。

「おう、俺だ。組長《オヤジ》呼んでくれ」

彼は電話で言った。

そして、何ごとか話し始めた。ふと、剛のほうを見て、名を尋ねた。

剛はこたえた。

「朝丘剛《あさおかつよし》。香港では朝剛《チャオカン》と呼ばれていた」

和泉は電話で、そのまま伝えた。組長の松任源造と相談しているのだ。

やがて和泉は電話を切った。彼はまず、刺青の男に向かって言った。

「この港でのごたごたは、うちで仕切る。この男は事故で死んだ。作業中の事故だ。いいな」

「でも……」

「事を荒立てて、うちに迷惑かけようってんなら、こっちにも考えがあるからな」

「いえ、そんな……」

「労災だの何だのの手続きも、うちでやってやる」

「はい……」

それで話はついた。和泉は、あらためて剛のほうを向いた。

「組長は、おまえのことを覚えとられるそうだ。いっしょに来い」

「わかった」

和泉は、くるりと背を向けると、サングラスをかけ、あたりを睥睨《へいげい》しながら歩き出した。歩調は早かった。

労務者たちは遠巻きに眺めている。剛は和泉に付いて歩きながら、無精髭の男を見つけた。

彼は眼をそらした。剛も正面を向いた。剛は、この男とはもう二度と会うことはあるまいと思った。

和泉は黒いメルセデスのセダンに剛を乗せた。

日本では金持ちのステータスかやくざのトレードマークとなっているメルセデスだが、香港では、タクシーに使われている。

空港と有名ホテルの間を走るタクシーはほとんどメルセデスだ。

そういうわけで剛は別に驚きもしなかったし恐縮もしなかった。

車は港をはなれ、中華街のほうへ向かった。山手へ向かう手前に古いビルがあった。

港湾管理や倉庫会社が入っている雑居ビルで、ミナト・ビルという札が掲げられている。

その札は真鍮《しんちゅう》製だが、すでに表面は酸化しきっており、その上に埃《ほこり》がたまって、本来の輝きはまったくなくなっていた。

そのビルの三階に、『松任コンサルタント』というプラスチックの看板がかかったドアがあった。他の会社は、木のドアだったが、そこの会社だけは、鉄製のドアに替えていた。

和泉はそのドアをノックして、開けた。

「ご苦労さんです」という声が聞こえた。

剛は和泉に続いて部屋のなかに入った。

狭い部屋だった。その部屋の中央にスチールデスクを四つ並べて島が作ってある。

壁際にはファイリングキャビネットが並び、ファクシミリやコピー機が置いてあった。

若い衆が椅子から立ち上がっている。和泉というのはそこそこの立場だということがわかった。

「組長《オヤジ》は？」

和泉は若い衆のひとりに尋ねた。若い衆はこたえた。

「部屋におられます」

和泉はうなずき、そのオフィスを横切って右側にあるドアに近づいた。

ドアをノックする。

「組長《オヤ》っさん。和泉です」

「入れ」という声が聞こえた。和泉は、剛に向かって言った。

「来い」

剛は黙って従った。

組長の部屋は、隣のオフィスに比べ多少金がかかっていた。

松任源造は、ウォールナット製と思われる両袖の大きな机に向かってすわっている。

床には厚い絨毯《じゅうたん》が敷かれていたし、革張りの豪華な応接セットが置かれていた。

しかし、剛は、どこかこの部屋が殺風景に感じられた。

しばらくすると、その理由がわかった。その部屋には一枚の絵もないのだ。

香港の人々は、たいてい部屋のなかを飾りつけている。どんなに貧しくても、親の形見であったり、先祖から伝わったという装飾品を部屋に置きたがる。

この部屋は、松任源造の人柄を表わしているような気がした。

松任源造は電話をかけていた。とにかくやくざというのは電話をよくかける。

彼が電話をかけている間、剛と和泉は立ったまま待たされていた。

松任は、背もたれの高い椅子にもたれかかり、横を向いていた。

やがて電話を切り、椅子を正面に回した。松任源造は剛を見た。

剛は平気で松任源造を見返していた。

「覚えてるぞ、小僧。本当にやって来るとはな……」

剛は何も言わなかった。相手の感慨に付き合う言葉など持ち合わせていない。

松任源造は尋ねた。

「あれから一ヵ月以上経っている。どうやって日本へやってきたんだ？」

「李兆彩に貨物船を世話してもらった」

剛は、つらかった一ヵ月間の船上生活を、そのひとことで片づけてしまった。

「船で働きながら日本にやってきたというのか？」

剛はうなずいた。

「おまえ、今、いくつだ？」

「よく覚えていない」

「十七、八というところか？」

「おそらく、そうだと思う」

「学校へは行かなかったのか？」

「母親が病気がちだったので、働かなければならなかった」

松任源造は和泉に言った。

「おい、おまえ、香港の九龍城砦《カオルンセンツァイ》というところを知ってるか？」

「いえ……」

「ひでえところよ。あれこそがスラムだな。ガキが生きていくには、文字どおり命がけよ」

「こいつは、そこで生活してたんで……？」

「ああ。それればかりか、こいつは、むこうの極道を敵に回して生き延びてきたんだ」

「何でまた……」

「稼ぐためにはそうしなきゃならなかったのよ。九龍城砦ってのはそういう土地だ」

「こいつは朝丘剛と名乗りましたが、日本人なんで？」

「両親が日本人だそうだ。生まれたのは香港だから、正式にはイギリスの国籍を持っているんだろうがな……」

「どうして香港で生活してたんです？」

「こいつの母親がな、極道者《モン》に、香港に売られたんだそうだ」

「ほう……」

和泉は複雑な表情で剛を見た。剛はまっすぐ松任源造のほうを見ていた。

松任は、また和泉に尋ねた。

「こいつは、人を殺したそうだな？」

「そうなんで……」

「こいつを見ていると、人を殺したばっかりの人間にゃ見えんぞ。まるで平気な顔をしている」

剛が口を開いた。

「挑まれた武道の試合だ。どちらが死んでも文句なし、ということになっていた」

「武道の試合？　おまえ、何かやってるのか？」

「中国の武術だ」

「中国拳法は恰好だけで役に立たんと聞いたが？」

「中国の武術のなかにはそういうものもある。だがそうでないものもある。俺は実戦的な武術を身につけているつもりだ」

松任源造は和泉に尋ねた。

「こいつが殺した相手というのは何者なんだ？」

「喧嘩をしては賭け金を集めていた、例の三人組のひとりです。空手使いですよ」

松任源造はさすがに驚いた。

「あの、何人ものやつを病院送りにしている男か？」

「それも、聞いたところによると、たった一発の突きで殺しちまったそうなんで……」

松任源造はさらに驚いた。

「本当か？」

訊かれて剛は、平然とうなずいた。

松任源造はしばらく考えていた。やがて言った。

「母親の仇を探していると言ったな？　名前は何というんだ？」

「八十島《やそじま》享太《きょうた》」

「そいつを見つけるまで、働き口のあてはあるのか？」

「ない。港で荷役をやろうと思っていた」

松任源造は身を乗り出し、鋭い眼で剛を見つめて言った。

「俺たちは、見てのとおりの小さい組だ。港のごく一部を最近仕切り始めた。新興勢力だ。何かと風当たりがきつい。俺たちはこれから伸びていく組だ。そんなときには何が必要だかわかるか?」

「金と力だ」

「そのとおり。金も大切だ。だがもっと大切なのは力のほうだ。体を張って物事にぶち当たっていくようなやつが多けりゃ多いほどいい。おまえは、俺の言葉を忘れず、俺を訪ねてきてくれた。どうだ、しばらく松任組にいる気はないか?」

剛は迷わなかった。彼はこたえた。

「俺はかまわない」

松任源造は体を引いた。満足げだった。彼はうなずいてから、和泉に言った。

「おい、和泉。おまえの弟分として、しばらく面倒見てやれ」

和泉は「はい」と返事をしてから、興味深げに剛を見た。

11

「いいか、俺たちは新興勢力だ」

　メルセデスのなかで和泉は剛に言った。「組長《オヤジ》が言っていたとおりだ。だから、縄張りも小さい。さっきの埠頭の一部からこの中華街の南門までの一帯でしかない」

「中華街？」

「中華料理店が並んでいる町だ。昔は本物の中華料理を食わせたっていうが、最近はそうでもないらしい。中国人が寄り集まって作った町だ」

「ほう……」

「この中華街だけは、どんな組も入り込めない。華僑《かきょう》の縄張りだからだ。中華街で起こった揉め事は、華僑と中国の秘密結社が引き受ける。ドラゴン・マフィアってやつだ。知ってるか？」

「中国のことについては、あんたより俺のほうが詳しい」

「そうだったな……。おい、その言葉遣いは何とかしてもらわなくちゃな」

「言葉遣い？」

「俺はおまえの兄貴分だ。目上の者を立てなくっちゃいけねえ」

「日本のやくざは実力主義ではないのか?」

「形式を重んじるんだよ。余計な争いを避けるためにな」

「争いなら望むところだ」

「これからはそうはいかなくなる。おまえ個人のために戦うんじゃなくて、松任組のために戦わなくちゃならねえ」

「これまで俺は、人の下についたこともなければ、組織に属したこともない。うまくやれる自信はないな……」

「なに、俺の言うことを聞いてりゃじきに慣れる。まず、自分のことは、俺じゃなく自分と呼ぶんだ。そして、言葉の最後にはです、ますをつけろ。自分は何々です、てな具合だ」

「わかった」

「わかりました、だ」

「わかりました」

メルセデスは、元町通りに出て、あるブティックのまえに停まった。

「ちょっと来い。服を見つくろってやる」

剛は黙って後に続こうとした。和泉は溜め息をついて言った。

「いいか、何か言われたら、必ず返事をするんだ。わかったか?」

「ああ」

「ああじゃない。はい、だ」

「はい」

ふたりはブティックで剛のスーツを選んだ。

そのとき和泉は、剛が着やせすることに気づいた。

全体の造りが華奢《きゃしゃ》なせいだ。二の腕、背、そして大腿部にはたくましい筋肉がついている。

それが不思議な筋肉で、普通にしているとそれほどたくましくはないが、少しでも力を入れるとさっと太くなるのだ。

和泉もずいぶんと喧嘩の修行を積んでいる。ボディービルで作ったような筋肉よりも、こういう筋肉のほうがずっと役に立つことをよく知っていた。

和泉は、剛に対する興味を次第に強めていった。

服の次は、靴だった。靴も同じ店でそろう。選び終えると、服の寸法直しの仕上がる日時を聞いて店を出る。

和泉と剛が車にもどると、運転役の若い衆が顔色を変えていた。

「何があった？」

和泉が訊いた。

「縄張り《シマ》のなかで、ちょっとした小競《こぜ》り合いになっているそうです」

「行ってみよう。すぐに出せ」

車は現場に向かった。

現場は小さなスナックだった。もともとそこを縄張りとしていた地元の暴力団と、松任組の若い衆がそこで出っくわしてしまったのだ。

よくある話だった。警察はまだ来ていなかった。

和泉は鼻で笑った。

「子どもの喧嘩に代貸《だいがし》の俺が出たとあっちゃあ、話がこじれちまうな」

剛を見た。「おまえ、行って片付けてこい」

「喧嘩をしていいんですか？」

「もう始まってるよ」

「わかりました」

剛はメルセデスを降り、野次馬をかき分けて店のなかに入った。

事務所で見知った若者が、知らぬ相手と睨み合っている。三対三だ。松任組がふたりだけだった。

敵は剛に背を向けている。

剛は、すうっと下丹田に気を集めた。

敵のひとりに近づき、やや膝を曲げて全身をまっすぐに落とした。

どこにも無駄な力みのない状態だ。

剛は右のてのひらで、敵の背を打った。

敵は喉を絞るように悲鳴を上げた。くるりと体をひねるとそのまま倒れてしまった。

その場にいた全員が驚いた。

野次馬に混じってそっと店のなかの様子をうかがっていた和泉も目を丸くしていた。

和泉はつぶやいた。

「一撃で倒すってのは、嘘じゃなかったんだな……」

三対二となり、なおかつ、敵ははさみ討ちにあった形となり、対峙《たいじ》が崩れた。

敵は、刃物を抜いた。

ひとりは、奥の松任組のふたりのほうへ突進していき、もうひとりは、剛めがけて突っ込んできた。

剛は、刃物ごときではひるまない。かまわずに、半歩踏み出し、相手の体をおさえるような形で、両方のてのひらを突き出した。

突っ込んできた相手は、車にでも轢《ひ》かれたように跳ね飛ばされ、壁に激突した。

そのまま気を失ってしまった。

残ったひとりは、決定的な不利を悟り、ひとり逃げ出して行った。

剛は、店のなかを一度見回しただけで外へ向かった。

外に和泉が立っているのが見えた。剛は近づいて行って訊いた。

「あれでよかったんですか？」

和泉はその質問にはこたえず、目を丸くしたままで言った。

「いや……、たいしたもんだ……」


組長室のなかでは、和泉が、外のオフィスでは、スナックにいたふたりの若い衆が夢中でしゃべっていた。

和泉の相手は松任源造だ。その場には剛もいた。

「いや、話を聞いたときは信じちゃいなかったんですよ。まさか、一撃で相手を倒しちまうなんてね。むこうだって喧嘩慣れしてるでしょうからね……。でも、そんなもん、関係ないんですよ、こうですよ、こう」

和泉は、てのひらを掲げ、それを前方へ突き出して見せた。

それは、スナックのなかでの剛の動きを真似ているのだった。

「これだけで、ひとりが倒れちまった。次はこうです」

和泉は同様に両手を上げ、それを双方同時に前方に突き出した。

「相手は刃物《ヤッパ》を抜いてたんです。それでも、こいつは顔色ひとつ変えなかった。両手をどんと突き出しただけです。すると、敵は三メートルもすっ飛んで壁にぶち当たっちまった……。それで決まりです。まるで魔法を見ているような気分でしたよ」

松任源造は、話の内容よりも、和泉の熱狂ぶりに驚き、そしてあきれていた。

「おい、和泉」

松任源造は言った。「おまえだって、いろんな修羅場をくぐってきた男だろうが。それが、たった一回の喧嘩を見ただけで……」

「いや、組長《オヤ》っさん。違う」

和泉はおおげさに首を振った。「もう、全然違う。喧嘩のレベルが違う。ありゃあ、空手使いを殺しちまったってのもうなずける。こいつに喧嘩売るやつはばかだ」

松任源造はあらためて剛を見た。剛はいつものとおり無表情だ。

「おい、おまえの弟分だぞ。そんなに持ち上げるもんじゃねえ」

「弟分といったって、かなわねえものはかなわねえ」

「おまえほどの男が、かなわないと言うのか？」

「俺は若い時分から喧嘩に明け暮れました。結局、喧嘩で学校もやめさせられたんだ。学生《セーガク》のころに、やくざ《プロ》とゴロまいたことも何度もありましたよ。そして、今の俺があるんです。今じゃあ、立派な喧嘩のプロだ。だから言うんです。こいつは別だって……。こいつは、――朝丘のやつは化物ですよ」

「おい」

松任源造は剛に言った。「この和泉にここまで言わせたやつは今までいねえ。おまえはいったい何をやったんだ?」

「功夫《コンフー》です」

「コンフー?」

「中国武術を正しく修行して得られる威力のことです」

「なるほど……。俺はこれまで武道だの格闘技だのをばかにしていた。空手で何段持っていようが、やくざのゴロまきにゃ勝てねえと高をくくっていたんだが……」

和泉を一瞥《いちべつ》する。「こりゃあ、ちょっと見直さなくちゃならんかもしれんなあ……」

「俺も同じ意見ですね」

和泉が言った。

松任源造は、剛を眺めつつ言った。

「俺もこの眼で見てみてえもんだなあ……」

「そりゃあもう、一見の価値はありますって……」

「よし、朝丘、おまえ、しばらく俺に付いて歩け」

和泉が驚いた。

「こいつを組長《オヤ》っさんに……?」

「いわゆる親衛隊ってやつよ。俺はまだまだこの椅子にふんぞり返っていられる身分じゃねえ。これからも攻めなくちゃならねえんだ。松任組はこれからだ。朝丘のやつは役に立ちそうじゃねえか」

「それがいいかもしれません。こいつ、ただの部屋住みといっしょじゃもったいないですぜ」

剛は自分の立場がどんどん変わっていくことを黙って受け入れていた。

受け入れるしかなかった。そして、彼は、生まれつき、体のなかに野獣を住まわせているようなものだった。

戦うことが好きなのだ。

恐怖よりも、戦う喜びのほうがずっと大きい。彼のなかにいる野獣は抑えつけておくことはできない。

しばらく静かにしていると、より残忍に、より激しく暴れ始めるのだ。

喧嘩を認められるというのは、今の剛にとっては願ってもない生活だった。

剛にアパートの部屋が与えられた。ワンルームの小さな部屋だが、剛がこれまで住んだどんな部屋よりも上等だった。

板張りの床はぴかぴかに磨き上げられていたし、バスも水洗トイレもついている。

アパートは高台にある。いわゆる山手と呼ばれる一帯で、剛は知らなかったが、今時、このあたりにはなかなか住めない。

家賃が高いのはもちろんだが、第一に物件が少ないのだ。

剛は、他の若い連中に比べると破格の扱いを受けていることになる。

それでも、若い連中がねたんだり憎んだりしないのは、スナックでの喧嘩の一件が知れ渡っているからだ。

特に、現場で剛の腕を目撃したふたりの若者は、露骨に剛に対して媚《こ》びるような態度を取った。

ミナト・ビルの事務所へ行くと、背広や靴が届いていた。

剛はさっそく着替えさせられた。

新しいワイシャツを着ると、ネクタイを手渡された。だが、彼はネクタイの締めかたを知らなかった。

和泉が笑い出して、「誰か教えてやれ」と言った。

どうにか着替えを終えると、和泉は言った。

「ほう……。なかなか似合うじゃねえか。だがその髪はいただけねえな」

剛の髪は、香港を出て以来、一度も切っていない。かなり伸びている上に不ぞろいで、ぼさぼさになっている。

和泉は命じた。

「散髪に行って来い。そのままじゃ、せっかくのスーツが泣く」

言われたとおり、すぐに散髪に出かけた。一時間後、剛はすっきりとして事務所に戻ってきた。

「ほう、見違えたぞ」

和泉が言う。「さっそく、組長《オヤジ》に見てもらえ」

和泉が組長の部屋をノックする。

松任源造の声にうながされて、ふたりは部屋のなかに入った。

松任源造は、ふと剛を見て、怪訝そうな顔をした。

和泉が言った。

「どうです、組長《オヤ》っさん。こいつが朝丘とは思えんでしょう」

松任源造は苦笑した。

「なるほどな。外面《そとづら》を丸くした分だけ、本性の荒々しさが際立つな……」

「そんなもんですかね？」

「こいつの眼はおっかねえぞ。極道の組長やってるこの俺が、今、一瞬びびりそうになったからな……。きのうまで、恰好が凄かったからごまかされてただな……」

「そういや、甘いマスクのわりにゃ、眼だけは凄味がありますね」

「これだよ。日本の若いやつら、修羅場をくぐったっていったって知れている。だが、こいつは本物の地獄を見てきたんだ。肝のすわりかたが違う。よし、今夜は縄張《シマ》りの視察も兼ねて、街へ繰り出すか。和泉、朝丘、今夜は付き合え」

縄張りのなかに小さなクラブがあった。バーに毛がはえたほどの店の構えで、女の子が十人ほどいる。

松任源造は、まず中華料理で腹ごしらえすると、その店に入った。

店の名前は『パピヨン』といった。

三十五歳くらいの、スーツがたいへんよく似合うママがにこやかに松任源造を迎えた。

バーテンダーも、丁寧に頭を下げる。松任源造はすぐに席に案内された。

源造のとなりにママがすわる。

剛は、その雰囲気に目がくらむ思いがした。ママの肌は肌理《きめ》が細かく色が白い。つやがあり、まだしわはまったく目立たなかった。

ウエストが引き締まり、タイトスカートから伸びる脚はたいへんに美しかった。

剛は、こうした店の経験が皆無だった。それればかりか、飲みに出かけたのも、これが生まれて初めてだった。

ママは、一同の水割りを作り終えると、自分のグラスにも形ばかりウイスキーを注いだ。

乾杯すると、松任源造は言った。

「ママ、今日はうちの新人を紹介する。朝丘ってんだ。よろしくな」

「あらまあ……」

ママは剛を見て、ほんの一瞬だが戸惑ったようだった。本能的に剛の危険な臭いを感じ取ったに違いなかった。

ママは言った。

「じゃあ、うちの新人の娘《コ》、紹介しないとね」

「おう。若い娘《コ》が入ったのか？」

「マリアちゃん、いらっしゃい」

カウンターのスツールに腰を乗せていた娘が、すべるようにスツールを降りた。

体にぴたりとした真紅のドレスを着ている。胸が深く切れ込んでいて、美しいふたつのふくらみとその谷間がのぞいている。

化粧をした顔は、見る人をはっとさせるほど美しい。

ウエストは細く、腰が見事な曲線を描きながらふくらみ、まっすぐに長い脚へとその曲線は流れ落ちている。

「おい、上玉じゃねえか……」

源造は溜め息をつくように言った。ママは満足げにほほえんだ。

剛はマリアと呼ばれた娘をまぶしそうに見た。眉をひそめる。

マリアも剛を見た。

「あ……」

ほとんどふたり同時に声を上げていた。剛は立ち上がっていた。

マリアは、両手を口にあてがった。その眼に見るみる涙がたまっていく。

別人のように美しく着飾っているが、その娘は『エルドラド号』に乗っていた少女のひとりだ。

中国系とスペイン系の血を濃く受け継いだ美しい少女で、死んだムジブルのために、十字を切った娘だった。

剛は英語で言った。

「ここで働くことになったのか?」

マリアは涙をふいて言った。

「ええ。五人とも別々のところで働くことになったの」

松任源造、和泉、そしてママも、ぽかんとふたりのやり取りを眺めていた。

松任源造が言った。

「何だ、おまえら知り合いか?」

剛は、自分の立場に気づき、すわった。彼はこたえた。

「はい。日本に来るまでの船で、彼女たちといっしょでした」

「船でいっしょって、おめえ……。乗ってきたのは貨物船だって言わなかったか？」

「彼女たちは、フィリピンから荷物として乗せられたのです」

松任と和泉はそのひとことですべてがわかった。

剛はさらに言った。

「俺……自分は、船の上で荷役として働かされました。彼女たちも、船で働かされたのです。船員の相手として」

松任源造は言った。

「俺も人のことをとやかく言える立場じゃねえから、そういうことも世の中にはある、としか言えねえな、まあ飲め」

ママがマリアに言った。

「じゃ、朝丘さんのおとなり、いらっしゃい。ね。英語も通じるし、ちょうどいいでしょ」

マリアがとなりに来ると、剛は甘い香りと体温を意識した。マリアはうれしそうにほほえんだ。

酒宴は華やいだ。

一時間ほど飲んだ。運転手役の若者が店に駆け込んできた。

和泉が訊いた。

「どうした？　何かあったのか？」

12

松任組の若い衆は、気を遣い、席のそばまできて、小声で言った。

「この先のスナックで、チンピラが暴れてるんです」

和泉が尋ねる。

「知ってる顔か？」

「ええ、もと地回りのいやがらせのようです」

和泉は松任の顔を見た。

松任源造は、剛の肩を叩いて言った。

「ちょっと行ってくるぞ」

和泉も席を立とうとした。

「いい。すぐに戻る。おまえは留守番だ」

「しかし……」

「なに、俺は朝丘の活躍を、野次馬に混じって観戦するだけだよ」

和泉は、不承ぶしょううなずいた。

「わかりました」

そして、運転手役の若い衆に命じた。「おい、おまえ、念のために付いて行け」

三人は『パピヨン』を出て、チンピラが暴れているというスナックへ向かった。

人だかりがしている。

店内からは椅子やテーブルがぶつかる音、皿やコップの割れる音、そして、人の怒号が聞こえてくる。

源造は剛に言った。

「おい、行ってこい」

「はい」

剛は、何の躊躇もなく店内に入っていった。そして、なかにいた男たちを店の外へ連れ出してきた。

男は三人いた。いずれもかつてこのあたりを縄張りにしていた地回りのチンピラだ。

三人は酒気を帯びている。だが、足もとがふらつくほどではない。

彼らは、剛を取り囲んだ。

三対一の格闘だ。

複数対ひとりの戦いは、いわゆるダンゴ状態になりやすい。松任源造はそれをよく知っていた。

映画やテレビの殺陣《たて》のようにうまくはいかない。必ずひとりはしがみついてくる。しがみついたら、次は倒しにくる。一度倒されたら、あとは袋叩きにあうだけだ。

一対複数で戦うには、よほど喧嘩慣れしているか、一撃で相手をひるませる力量がなくてはならない。

松任は、剛の手並がどれほどのものか、と楽しみに眺めていた。

三人を相手にしていても、三人が同時にかかってくることはあまりない。必ず誰かひとりが火蓋《ひぶた》を切るのだ。

剛は、壁を背に立っている。

正面にひとり、左右にひとりずつ。

まず、剛から見て左側の男が動いた。剛の顔面めがけて殴りかかる。

剛は、半歩前に出て、得意の崩拳《ポンチェン》を出す。魔法のように相手は吹っ飛んだ。

すぐさま、正面にいた男が、蹴っていった。その蹴りをすれすれでかわしながら、やはりまったく同じく崩拳を出す。

その相手も三メートルほど弾き飛ばされた。ふたりとも、倒れたまま動こうとしない。

残ったひとりは、かかってこようとしなかった。

信じがたいものを見る目つきで剛を見ている。剛が一歩前へ出ると、相手は退がる。

剛は、大きく飛び込み、てのひらで相手の頭の頂点——百会《ひゃくえ》のツボを打った。

がくんと膝を折り、その男は、そのまま倒れた。一瞬にして昏倒《こんとう》している。

さすがの松任源造も舌を巻いた。

いくら和泉が騒ごうが、その眼で見るまで信じられなかった。

そして、その驚きを正確に他人に伝えようとしても無理だった。実際に見ないと信じられないのだ。

剛が戻ってきて、松任源造に尋ねた。

「あと始末はどうします？」

源造は、言った。

「放っておけ。じき警察が来る。引き上げるぞ。飲み直しだ」

彼は一言付け加えた。「マリアが待ってるぞ」

一瞬、剛は、船上で彼女が十字を切ったときに感じたのと同じ胸のうずきを感じた。


たった二回の喧嘩のために剛は、松任組の縄張り内で有名になっていった。

松任組にはおそろしく強い少年がいる。その少年は、まだ子供の面影が残っているくらいの年齢なのに、信じ難いほど肝っ玉がすわっている——そうした噂《うわさ》は街を駆け抜けた。

特に、このあたりに店を構えている水商売の人々の間では評判になった。

水商売と博徒《ばくと》の関係は、基本的には昔もいまもあまり変わっていない。用心棒代の代わりに、オシボリや観葉植物を高額でレンタルするようになった程度の変化だ。

一般のサラリーマンは興味を持たなくても、水商売関係の人々は、土地を支配している組の動向に敏感だ。

敏感にならないと生きてはいけないのだ。水商売ほどではないが、一般商店もそれに近い。

双方、土地に縛られているという点で共通している。

水商売や商店街の人々の間で、朝丘剛の名前は上がっていった。

わずか十七歳の少年が夜の街でもてはやされたりすると、いい気になってしまうものだ。だが、剛はまったく関知しないように見えた。

喧嘩の腕をほめたたえられるくらいで有頂天になれるほど、剛の心のなかは安らかではないのだ。

母を失った悲しみ、そして、母を死ぬよりつらい境遇に追いやった八十島享太への怨み――、それが、四六時中、黒々と心のなかで渦巻いているのだ。

剛は、崩拳の訓練を忘れなかった。

そして、バーベルをかついで、スクワットをやったり、足首に重りをつけてランニングをしたりと、足腰を練り続けた。

練習している姿は決して人に見せなかった。

すでに剛は、力みを抜いて、勁《ジン》を自在に用いて自然に崩拳を出せる域に達していた。

彼は、おそろしいものはすでにないと思っていた。

毎日、組長といっしょに外出し、夜は、組長と飲みに行った。

飲みに行ったときはたいてい『パピヨン』に寄り、マリアに会った。

マリアは十六歳、剛は十七歳だ。

普通ならば高校の先輩と後輩といった関係だ。あるいは、電車のなかで見かける他校の気になる異性といったところだろう。

しかし、片や、時には売春もやるかもしれないホステスと、片や暴力団の準構成員だ。

彼らのこれまでの生きざまを、そのまま物語っている。

ホステスとチンピラやくざには違いないが、ふたりは不思議なほど純粋だった。

日本の若者のように、男女間のことを謀《はかりごと》や見栄で考えないのだ。

彼らは、あの地獄のような船の生活をともに生き延びた戦士であり、見知らぬ土地で再会した唯一の友人であった。

そして、男と女でもあった。

ある夜、『パピヨン』で、松任源造が言った。

「どうだ、朝丘。マリアを連れ出せるようにママに話をつけてやってもいいぞ。おまえはそれだけの働きをしてくれている」

「連れ出す？」

「自由にしていいんだよ」

剛は、その意味がすぐにわかった。喧嘩となると、恐いもののない剛が、急にうろたえ始めた。

「いえ……。その必要はありません」

「どうした？　女を知らんのか？」

剛は何も言わなかった。

松任源造と和泉は思わず顔を見合わせた。彼らは、剛のこのちぐはぐさに驚き、そして笑い出した。

源造は言った。

「訳知り顔でかわいげのねえガキだと思ってたら、何と女が弱点だったとはな……」

「いえ、そういう訳ではありません」

剛が言った。

「じゃ、どういう訳だ？」

「その……、母が、そういう仕事をさせられていましたから……」

源造の顔から笑いが消えた。彼は、苦い顔で照れ隠しのように大声で言った。

「……辛気臭《しんきくせ》え野郎だ」

それから、水割りをあおり、つぶやくように小さな声で言った。「すまなかったな」


喧嘩をするチャンスはいくらでもあった。

徒党を組んで歩いていると、必ず因縁をつけてくる者がいた。

剛が若いのでなめてかかるのだ。

そのたびに、剛は相手を叩きのめした。相手にやられたことは一度もなかった。

その日も、松任源造は早く引き上げ、若い者だけで飲みに出た。

中華街の近くの飲み屋で飲んでいると、いつものように、からんでくる連中がいる。

剛は、喧嘩好きの人間を刺激する雰囲気を持っているらしい。殺気がその眼に宿り、前面に出ているせいかもしれない。

剛の連れが言い返し、お定まりのやりとりとなる。

むこうは、外へ出ろと怒鳴り、立ち上がる。その夜の相手は五人だった。

剛のほうは三人連れだ。

まず相手を先に外へ出した。剛たち三人が出て行ったときには、すでに円形に布陣している。

三人はその円のなかに出た。彼らは、互いに背を向けるように立っていた。

剛の左手にいた男が、いきなり、リードフックで剛の顔面を狙ってきた。

剛は滑るように歩を運び、崩拳を放つ。その動きは小さく、素早かった。

相手ははるか後方まで弾き飛ばされた。

野次馬がどよめいた。


そのとき、野次馬のなかで、小さく感嘆の声を上げた老人がいた。

白髪で背の低い老人だ。肉づきがよく、顔の色つやがいい。健康そうな老人だった。

彼は、中国式の丈《たけ》の長い服をきて、すそをしぼったズボンをはいていた。

その老人は、若い男を連れていた。その若い男も、中国風の服を着ていたが、こちらはすそが短い、動きやすい服装だった。

老人が、若い男に言った。

「あの若者の技をよく見ておきなさい」

そのとき、ふたりめの男が剛に襲いかかった。いきなり襟首をつかまえたのだ。

構わず剛は崩拳を出す。

相手は、崩れ落ちた。

老人のうしろにいた若者は思わずつぶやいていた。

「あれは崩拳《ポンチェン》……」

「そう。見事な功夫《コンフー》じゃ……」

剛の一行と敵は三対三となった。

敵はすでに剛の強さに驚き、半ば戦意を喪失している。および腰でじりじりと後退する。

そうなると、剛の連れが俄然《がぜん》元気になる。彼らは、敵の退路を絶つように、後ろへ回り込んだ。

「くそっ!」

またひとり、わめきながら剛に殴りかかって行った。彼はやけになっているのだ。

そして、剛の崩拳にやられた。その男も、派手に吹っ飛ばされた。

「いかんな……」

中国服の老人が言った。「あんな拳をくらっていては、体がいくつあっても足りんぞ。おまえ、行って助けてきなさい」

そばにいた若者は驚いた。

「いつもは決して争い事に関わるな、と言われるのに……」

「それほどあの崩拳は危険なのだよ」

「わかりました」

若者は、野次馬のなかから飛び出して、剛と敵の間に割って入った。

剛は、突然目の前に中国風の服を着た若者が現れ驚いた。

今時、香港でも中国式の服を着ている者などいない。人民中国ではなおさらだ。ましてや、ここは日本なのだ。

剛は面食らったまま、その男を見つめていた。

その若者は言った。

「あなたの崩拳は危険すぎる。これ以上黙って見ているわけにはいかない」

剛はその若者の落ち着き払った態度が気に入らなかった。

彼はいっそう陰惨な眼になって言った。

「黙って見ていられない？　ならばどうする？」

「私が相手をするしかないようですね」

「俺の拳は人を殺したこともある。おまえも死ぬぞ」

「人を殺したと聞いては、ますます黙ってはいられない」

剛は、いきなり突いていった。

彼は喧嘩のタイミングを心得ていた。相手の心の準備が整うまえに攻撃するのが一番だ。

剛は会心の崩拳を出したと思った。体がしなやかにうねり、どこにも力みがない。

勁《ジン》がとどこおりなく背から腕へ抜けていった。

なおかつ、その動きは小さく効果的で、素早かった。

これまで、一度もしくじったことのない技だ。

だが、剛の拳は相手に届かなかった。そればかりか、その手首をつかまれ引き込まれたのだ。

相手は引き込むと同時に左の開掌で、剛の顔面を打ちにきた。ちょうど、肘を中心に扇形に手を振り、手刀の部分を顔面に叩きつけてくるような具合だった。

もし、剛が、人一倍下半身を練っておらず、また、形意拳の基本に従い、両足のちょうどまん中に体重を落としていなければ、体勢を崩され、その手刀を顔面に喰らっていただろう。

剛は、さっと上半身を反《そ》らせてすれすれで相手の一打をかわしていた。

剛は、すかさず、左の崩拳を打ち込んだ。またしてもその拳は外された。

なおかつ、同様にいつの間にか手首を取られていた。

今度は顔面を攻撃してこなかった。

そのまま、両手の開掌で剛の胸を軽く一打する。

剛は、まるで杭《くい》でも打ち込まれたように感じた。彼は、その場で尻もちをついた。

彼はいったい何が起こったのか理解できなかった。

連戦連勝の彼が、日本の街中の喧嘩で負けてしまったのだ。相手は、もとプロボクサーでもなければ屈強な海の男でもない。

どこにでもいそうな若者だ。

剛は肉体のダメージより、心理的ショックがきわめて大きく、立ち上がれずにいた。

そのうち、パトカーのサイレンが聞こえてきた。

剛たちに喧嘩を売った連中のうち、意識のある者はすでに逃げていた。

ふたりの仲間が剛を助け起こした。

「やばいよ。ここから離れなきゃ」

仲間のひとりが言った。

剛はふたりに両腕を持たれてようやく立ち上がった。

その間も、眼は中国服の若者を見つめ続けている。彼は、夢を見ているような気分だった。悪夢だ。

剛は言った。

「おまえは何者だ？」

「自分から名乗るべきだな」

「俺は松任組の朝丘剛だ。このあたりの連中は皆、俺のことを知っている」

「私は知らなかった」

「名を言え」

中国服の若者は名乗らぬまま、身を翻し、人混みのむこうへ消えた。

「おい、待て」

剛はその男を追おうとした。

「おい、やばいぞ。早く逃げなきゃ」

ふたりの仲間は両方から剛の腕をつかんで引っぱった。

剛もようやく今の自分の立場に気づいた。警察沙汰になるわけにはいかない。

彼は罵りの言葉を吐き出すと、中国服の若者が消えたのとは反対の方向に、ふたりの仲間とともに走り去った。


中国服の老人と若者は、『梅仙楼《ばいせんろう》』というそれほど大きくない中華料理のレストランに入った。

そのまま店を通り抜け、奥の部屋へ行く。そこは老人の個室となっている。

大きな回転テーブルがあり、いつでも客をもてなせるようになっている。

老人は、部屋の一番奥にある椅子に腰かけた。

若者は立ったままだった。

老人はこの『梅仙楼』のオーナーで、名は劉栄徳《りゅうえいとく》といった。年齢は七十三歳になるが健康そのものだった。

若者は、松原弘一《まつばらこういち》という名で、二十一歳の大学生だった。

劉栄徳が言った。

「松任組の者と言ったか？」

「はい」

「あれだけの功夫を学んでいる若者が日本にいたとは驚きだ。名は？」

「アサオカ・ツヨシと名乗りました」

「相対《あいたい》してみてどうだった」

「身がすくむ思いがしました。精一杯見栄を張って落ち着いた振りをしていましたがね……。向こうは、必ず崩拳で来るとわかっていましたから何とか対処できました」

劉栄徳はうなずいた。

「崩拳に対し、劈拳《ピーチェン》を用いたのは理にかなっておった。崩拳の性は木、劈拳の性は金。金は木に尅《か》つ。しかし、崩拳が来るとわかっておっても、あの一撃は避けがたい。おまえだから対処できたのだ」

「恐れ入ります」

「さて……、あの若者。このままやくざに利用されるままにしておくのは惜しい」

「私もそう思います」

「すばらしい功夫だが、まだ理を得ておらんと見える。あれでは鞘《さや》のない刀剣だ。同じ形意拳を伝える者として捨ててはおけぬ」

「はい」

劉老人はしばらく考えてから、言った。

「年寄りの老婆心に付き合ってくれるか？」

松原弘一はうなずいた。

「喜んで……」

13

剛は一晩眠れないまま朝を迎えた。

喧嘩に負けたことが口惜しかった。衆目のまえで、ぶざまに尻もちをついたことが恥ずかしかった。

だがそれよりも、いったい何をされたのかわからないというのが問題だった。

今までの喧嘩では、剛の相手が、何をされたのかわからないうちに倒されていたはずだった。

その立場が逆になったのだ。

剛は、崩拳《ポンチェン》に大きな自信を持っていた。船で荷役をやり、松任組に入って喧嘩を繰り返し、その自信は深まっていった。

だが、たったひとりの若者の出現でその自信があっさりと崩れ去ったのだ。

増長していないように見えて、どこかで思い上がっていたのだ。

だが剛は、それを素直に反省できるほど人格が練れているわけではなかった。

八十島《やそじま》享太《きょうた》という男への憎しみに、つい先日、マリアへの説明しがたい気持ちが加わり、少々当惑していた。

今、また、正体不明の若者への口惜しさが加わり、剛の心中は混乱していた。

心が乱れているので、拳法の訓練にも身が入らなかった。

いつもなら、部屋の床に汗がたまるほど稽古をしてもそれほど疲れを覚えないのに、その日は、普段の半分ばかりの量で息が上がってしまった。

気が充実していないのだ。

剛は中途半端な気分のまま、ミナト・ビルの事務所へ出かけた。

気分がささくれ立っている。彼のなかの野獣がうさ晴らしを求めて徘徊《はいかい》しているようだ。

剛は、事務所へ行っても昨夜の中国服の若者のことが頭から離れなかった。

彼はゆうべの攻防を必死に思い出そうとしている。その姿はふさぎ込んでいるように見える。

若い衆は、気味悪がって声をかけない。離れたところでひそひそと噂し合うだけだ。

和泉が事務所へやってきた。若い衆は立ち上がって挨拶をする。剛も、反射的に皆に倣《なら》っていた。

だが、すぐにすわり込み、考えにふけってしまう。

和泉はそれに気づいて、近くの若い衆に尋ねた。

「朝丘のやつ、どうしちまったんだ？」

「ゆうべも喧嘩がありましてね……」

若者は昨夜の出来事を話した。

「ふうん……」

和泉は話を聞き終わると、剛に近づいた。

「おい、朝丘」

「はい……」

剛は眼を上げる。和泉は、その眼のなかにたいへん危険な光を見た。

和泉はふと不安になった。組にとって何か不都合なことをしでかさなければいいが、と懸念したのだ。

「ゆうべ喧嘩を止めに入ったやつがいるそうだな」

「はい」

「おまえ、そのことで元気がねえんだって？」

剛は若い連中を一渡り見回した。若い衆はどこかおびえたような眼をしている。

剛は、こたえた。

「そうじゃありません」

「まさか、妙なことを考えてるんじゃねえだろうな」

「妙なこと？」

「その間に入った男を見つけ出して、喧嘩を売ろうとか……」

剛は、そんなことは、その瞬間までまったく考えてはいなかった。

だが、彼の悩みのひとつのこたえが今、見つかったような気がした。

剛はごく一部ではあるが、心の片隅が晴れていくような気分だった。

彼を見つけ出し、もう一度戦ってみれば、彼が何をやったのかわかるかもしれない。わかれば、二度と負けないだろう――剛はそう思った。

だが、和泉は言った。

「甘ったれてんじゃねえぞ。そんな自分勝手が許されると思ってんのか」

剛は理由がわからず、黙って和泉の顔を見た。和泉は、出来の悪い子供に言い聞かせるように言った。

「いいか？　おまえは、一応、松任組の人間だ。縄張りのなかで体張ってよその組と喧嘩するのはいい。だがな、素人相手にこっちから喧嘩なんぞ売ったら、組が迷惑するんだよ」

「迷惑……？」

「そうだ。この事務所の看板、何で『松任コンサルタント』なんて名前で出してると思う？」

「知りません」

「暴力団新法という法律があってな、堂々と組の名前や代紋を掲げられねえんだよ。それだけ警察の締めつけがきつくなってるんだ。警察は俺たちに眼を光らせている。特に、新興勢力はつぶしやすいし、とかく荒っぽいってんで眼をつけられてるんだ。そんなご時勢だ。素人《カタギ》相手にこっちから手を出したとなりゃ、警察は喜んで家宅捜索《ウチコミ》をかけてくる。わかるな」

和泉の言っていることは理解できた。だが、納得できたわけではなかった。

剛は純粋に、強さを求めたかった。強くならねばならないと心に誓っていた。

誰よりも強くなって、八十島享太をその手で葬り去らねばならないのだ。

昨夜までは、今すぐ八十島に出会っても片付けられると思っていた。自信に満ちていたのだ。

だが、その自信が打ち砕かれたとたん、八十島に会うのが少しばかり恐ろしくなった。

八十島が怖いのではない。

せっかく出会ったときに、思いを遂げられないような事態になるのが恐ろしいのだ。八十島の周囲にはどんな人間がいるかわからない。

剛は自信を取り戻さねばならなかった。

そのためには、もう一度、あの中国服の青年と戦ってみる必要があるのだ。

和泉は、念を押した。

「いいか。くれぐれも、勝手なまねはやめろ」

剛は、松任組に入って初めて、身の不自由を感じた。それも痛切に。


中華街のほぼ中央にある『梅仙楼』には、ごく小さいながらも中庭があった。

その庭に椅子が持ち出され、そこに、劉栄徳がすわっていた。

そのまえで、松原弘一が稽古をしていた。彼は、形意拳の五行拳を稽古している。稽古の内容は単純だ。ひたすら五行拳を繰り返すのだ。

一日の稽古に決して多くのメニューを盛り込まない。少しずつしかし着実に力をつけ、しっかりした功夫《コンフー》を得る――それが本来の中国武術の練習なのだ。

その地味でつらい稽古に耐えられず多くの人は途中でやめてしまう。そのため、中国武術の真髄《しんずい》はなかなか伝わらない。

また、本当の功夫を知っている中国武術の指導者は決してみだりに技を教えたりしない。

今では有名な太極拳も、その源流である陳家太極拳は長い間、河南省の陳一族の秘伝とされ、十七代目の陳発科が一九二八年に北京で公開するまで、門外に知る者はほとんどいなかった。

本当に中国武術を学ぼうとしたら、その門人——つまり家族になる覚悟をしなければならないのだ。

老師（指導者）は父に当たる。

劉栄徳もそうして先人から形意拳と八卦掌《はっけしょう》を伝えられたのだった。

そして今、劉栄徳は同様に門人の誓いを立てた松原弘一に形意拳と八卦掌を指導しているのだった。

八卦掌というのは字のごとくてのひらだけを使う武術だ。

八種類の手の動きを用いる。その技は玄妙で、中国武術の奥義《おうぎ》ともいわれている。

現在、形意拳と八卦掌は合わせて一門とされる場合が多いがそれには曰《いわ》くがある。

崩拳だけで負けを知らなかったといわれる名手、郭雲深の同時代に、八卦掌で名高い董《とう》海川《かいせん》がいた。

そのふたりが互いに技を認め合い、八卦掌を学ぶ者は形意拳を学び、形意拳を学ぶ者は八卦掌を学ぶべし、ということになった。

そのことから、後に郭雲深と董海川が三日三晩戦い続けそれでも勝負がつかなかったという話が作られ、語り伝えられることになった。

実際にはこのふたりが戦ったことはなかったといわれている。郭雲深と董海川がじっくりと語り合ったところ、形意拳と八卦掌の理論は究極で一致していた。それで合わせて一門ということになったというのが本当のところらしい。

その究極とは、ひとことで言うと化勁《かけい》だ。

化勁というのは、勁《ジン》を自在に変化させることだ。

相手の勁を自由に変化させれば、打たれることはない。そればかりか、相手の勁を利用して相手を倒すこともできるのだ。

日本の武道にもよく似た概念がある。すぐれた『合気』が化勁に近い。

すでに、松原弘一は汗びっしょりだった。

彼は大学生だった。今は三年生だが、彼が高校のころから劉栄徳に師事している。

幼いころから武術が好きだったが、あるとき、少林寺の映画を見て以来、中国武術に魅せられてしまった。

それから、さまざまな師を訪ね歩き、ようやく劉栄徳に出会ったのだった。

劉栄徳は、なかなか弟子を取ろうとしなかった。しかも、松原弘一は日本人なのだから弟子にする気はまったくなかった。

松原は断わられても断わられても熱心に教えを乞うた。ついに劉栄徳は、五行拳および十二形拳の予備動作である無極・太極・三体の三つの連続する動作を教え、言った。

「三ヵ月、これを練習しなさい。三ヵ月後、その成果を見て、君の才能と熱意を判断しよう」

結果は見事なものだった。才能があるから熱意を持てる。熱意があるから才能を発揮できる。

劉栄徳は、それを天運と考えていた。才能のない者はその分野に熱意を持てないものなのだ。

劉栄徳は、松原少年の動きにすばらしい才能を見い出したのだった。

高校時代に基礎的な鍛練法を学び、大学に入ってから本格的な修行を始めた。

高校卒業と同時に、松原弘一は、劉栄徳のもとに――つまり、梅仙楼に下宿をした。

いつも大学の授業のまえに、劉栄徳の稽古を受ける。学校から帰ると、自主トレーニングに励んだ。

彼はまったく特殊な大学生といえた。ディスコにも行かなければドライブもしない。サークルには参加せず、友人と酒を飲みに行くこともしない。

ガールフレンドを作ることに熱中するわけでもない。

彼の生活は、形意拳と八卦掌が中心となっていた。

誰に強制された訳でもない。

オリンピックや国体などの代表選手ともなればこうした生活も珍しくはない。

だが、中国拳法の腕を競い合う機会は、今のところ日本ではないに等しい。

もし、そういう大会があったとしても、劉栄徳は松原弘一を決して出場させないだろうし、松原弘一もそれを望まないはずだった。

中国武術は、本来、実戦的な殺人技であり、それ故に、本物はすべて秘伝となっているのだ。

松原弘一は、ただ好きだから夢中に修行しているだけなのだ。

才能のある者が、夢中で稽古するのだから、腕が上がって当然だ。

劉栄徳は、いつしか松原弘一を自慢にさえ思い始めていた。

「よし、今日はここまで」

劉栄徳は言った。

松原弘一はようやく汗をふいた。劉栄徳は彼に尋ねた。

「今日は何時ころ戻る?」

「大学の授業が二時で終わりますから、遅くても四時までには……」

「それから私に付き合ってくれぬか?」

「はい、わかりました。でも、どこへ」

劉栄徳は柔和な笑顔を見せた。

「松任組だよ」

松原弘一は平気な顔でうなずいた。

暴力団の事務所へ付き合えと言われれば、どんな人間だって恐怖を覚えるし、緊張もするはずだ。

だが、このふたりにはまったくその様子が見られなかった。

朝丘剛は、いつものように、松任源造に付いて、市内をあちらこちらと移動していた。

松任源造は、経済やくざ全盛の現代にあって、珍しく武闘派を標榜《ひょうぼう》している。

とはいえ、一匹狼ではない。上部組織の人間は東京にいるし、兄弟筋に当たる人間もいる。

組長ともなると、そういった人々との付き合いが忙しい。会うときは、たいていホテルのラウンジを使う。

やくざはホテルを好むが、それには理由がある。

ホテルの職員は、決して客を差別しない。やくざにも公平なサービスをほどこすからだ。

ラウンジでは、剛は、必ず松任源造のうしろか脇に立った。

コーヒー・ラウンジなどでそれをやると、かなり目立つ。いやがる相手もいるが、松任源造は譲らない。

周囲の者をおびえさせてこそ、やくざは自分の仕事ができる——彼はそう信じているのだ。

三人ほどの人に会い、松任源造と剛が事務所に戻ったのは五時過ぎだった。

事務所に入ると、その場にいた者が全員立ち上がり、「ごくろうさんです」と口々に言う。

若い衆のなかでもかなり兄貴格の者が松任源造に伝えた。

「お客さんがお待ちで……」

「客……？」

松任はその若い衆を見すえた。「そんな約束はねえはずだぞ」

「留守だから出直せと言ったんですが、お戻りになるまで待つと……」

「何者だ？」

「はあ……」

その若い衆は名刺を出した。松任はそれを受け取り、眉根にしわを寄せて眺める。

「梅仙楼、劉栄徳……？　何だ？　中華料理屋が俺に何の用だ？」

「さあ……」

「どこにいる？」

「組長《オヤ》っさんの部屋です。今、代貸が相手してます」

「和泉が……？」

松任源造はそうつぶやくと、まっすぐに、自分の個室に向かった。

ドアを開けると、ソファにすわっている人物が目に入った。

背の低い老人だ。だが、血色も姿勢もたいへんいい。

「あ、組長《オヤ》っさん……」

和泉が立ち上がった。

松任源造は、ドアを閉め、自分の机に向かってすわった。和泉がその机に近づいてきた。

松任は尋ねた。

「中華料理屋のオヤジが、俺に何の用だ？」

「いや、それが……。用件は組長《オヤ》っさんに直接言うと……」

「それでおまえは、はいそうですかと、俺を待っていたのか？」

和泉は、さらに松任源造に近づき、耳打ちするように言った。

「中華料理屋は中華料理屋でも、ただの中華料理屋じゃないんで……」

「何だと……？」

「あの人の中華レストランは中華街のなかにあるんです」

松任源造はその言葉の意味をすぐに悟った。

「華僑か……」

「おそらくは……」

松任源造は劉栄徳老人を見た。老人は、松原弘一を連れていた。

ふたりとも、暴力団の事務所にいるというのに、いっこうに動じる様子がなかった。

劉栄徳などは、かすかな笑いさえ浮かべている。

松任源造は劉栄徳に言った。

「この俺が松任組組長の松任源造だ。いったい何の用だ？」

劉栄徳はおだやかにほほえんだまま言った。

「初めてお目にかかって、不躾《ぶしつけ》とは思いますが、たってのお願いがございましてな……」

「ほう……」

松任源造はふたりの落ち着きかたが面白くなかった。自分たちは、素人から恐れられる人種でなければならないと考えているのだ。

「この俺に頼みがある……？」

「はい」

「極道に頼み事をすると、高くつくってことを知らんのか？」

「もちろん、ただでとは申しません」

「何をくれる？　金か？」

「あなたを友人として仲間に紹介してさしあげるというのはいかがです？」

松任源造は、目を見開いた。

劉栄徳という男が中華街に住む中国人でなければ何の意味もない申し出だ。

しかし、横浜で勢力拡大を狙う松任にとっては、これは大きな意味を持っていた。

華僑あるいは、それに関係するドラゴン・マフィアと和睦しておくというのは、横浜でのし上がろうとするときに、不可欠な条件のひとつなのだ。

そして、松任源造はまだ、そのことについての方策をひとつも持っていなかったのだ。

松任は即答を避け、用心深く尋ねた。

「それで、俺に何を頼みたい？」

「こちらに、アサオカ・ツヨシと名乗る若者がおられるそうだが……」

「いる。朝丘がどうかしたか？」

「その若者を、私にあずけてほしい」

松任源造と和泉は思わず顔を見合っていた。

14

「犬猫の子じゃないんだから、くれ、と言われてどうぞというわけにはいかねえな」

松任源造は、劉栄徳《りゅうえいとく》の真意を推し測りながら言った。やくざ者は損得勘定には長《た》けている。

劉栄徳が言う。

「あなたがたは、若い娘を犬猫のように扱っているように見えますがな……」

和泉が劉栄徳を睨みつけた、松任源造も一瞬、腹を立てた。

だが、ふたりの暴力団幹部がいくら凄んでも劉老人は動じる様子がなかった。若い松原弘一も平然としている。

松任源造が言った。

「確かに若い娘を商売にすることがある。女は即、金になるからな。だが、うちの朝丘は女じゃねえ。うちの大切な戦力だ」

「戦力……？」

「そうだ。うちの組がのし上がるための大切な戦力だ。俺はそういうわけで朝丘を必要としている。そっちが朝丘を欲しがる理由は何だ？」

「あの若者には、われわれの大切な宝を受け継ぐ資格があるように思えるのです。私は彼にその宝を授けてみたいと考えているわけです」

松任源造が疑わしげに目を細めた。

「大切な宝……？　それはいったい何だ？」

「中国の武術です。どこで学んだか知らんが、彼はたいへんいいところまで修行を積んでいる。だが、まだ中途でしかない。おそらく、自分で自分の力が制御できない状態でしょう」

「あいつは強い。それで充分だと思うがな……。何で自分で自分の力を制御する必要がある？」

「強過ぎる力は他人だけでなく、自分の身をも滅ぼします」

「おかしな話だ。強い者が勝つ——世の中そうじゃねえのか？」

劉栄徳は鷹揚《おうよう》にかぶりを振った。

「中国の武術は大自然の理に従っています。大自然のなかでは、確かに弱者は強者に食われます。それが本当の強さなら、自然に受け入れられるでしょう。だが、凶暴なのはいけない。凶暴すぎると、やがてわが身を破滅に追いやるものです」

松任は考えていた。

彼なりに感じるところがあったのかもしれない。あるいは、劉栄徳の言葉がまったく理解できずに困惑しているのかもしれなかった。

しばらくして松任は言った。

「まあ、本人の希望というやつもあるだろう。あいつは、俺に恩も感じているはずだしな」

「恩……？」

「あいつは香港の九龍城砦《カオルンセンツァイ》で、たったひとりで生きていた。日本にやってきたあいつの面倒を見てやったのはこの俺だからな」

「それならば、本人に訊いてみるのが一番でしょう。ここに残りたいか、私といっしょに来たいか」

松任源造には自信があった。

剛には、他の若い者よりずっといい思いをさせている。部屋を与え、美しい女たちのいる店に飲みにも連れて行っている。洋服まで買ってやりうまいものも食べさせているのだ。

「ちょっと待っててくれ」

松任源造は立ち上がった。「今、朝丘を呼んでくる」

そう言ってから、和泉に、ついてくるように目で合図した。

ふたりは組長の個室を出て、ドアのまえでひそひそと話し合った。

若い衆がその様子を緊張した面持ちで眺めている。

松任源造が和泉に言った。

「どう思う？」

「確かに朝丘のやつはたいした戦力です。手離すのは惜しい。ですがね、華僑と渡りがつけられるチャンスを逃がす手はありません」

「そうだな……。だが、安くは売りたくねえな」

「売る？　朝丘のことを言ってるんですか？」

「当然だ。いいか、朝丘は多分、組に残りたいと言うだろう。ここにいれば贅沢《ぜいたく》な生活ができるんだからな」

「そうでしょうね」

「それを理由に、さらに条件をいくつか追加できるかもしれない。例えば金とかな……」

「なるほど……」

松任源造は剛に向かって言った。

「おい、ちょっと来い」

松任源造と和泉は組長の部屋のなかに戻って行った。

剛も組長室に入った。そのとたんに立ち尽くした。滅多に表情を変えない彼が目をかっと見開いている。

彼は松原弘一を見つめていた。

和泉がその様子に気づいて剛に言った。

「どうした？　早くドアを閉めろ」

剛は、松原弘一を見つめたまま、言われたとおりにドアを閉めた。

和泉はさらに尋ねた。

「その客がどうかしたのか？」

剛はようやく視線を松原から和泉に移した。

彼はこたえた。

「ゆうべ喧嘩を止めに入ったのはその人です」

「ほう……」

和泉は言った。「そういうことか」

「何の話だ？」

松任が尋ねたので、和泉が手短に説明した。

松任は劉栄徳に言った。

「そのときに、朝丘に眼をつけたというわけか」

劉栄徳は言った。

「その若者は逸材です。今のまま放っておくのはまことに惜しい」

剛は訳がわからないので、松任源造と劉栄徳を交互に眺めていた。

松任源造が剛に言った。

「こちらのご老人がな、おまえを引き取りたいと言ってるんだ」

剛は無言で松任源造の顔を見た。松任は続けて言った。

「何でも、中国拳法をおまえに教えたいんだそうだ。俺もおまえを手離したくはねえ。これまでずいぶん目をかけてやったつもりだ。だがな、俺はおまえの気持ちを尊重したいと思っている」

彼はそこで意味ありげに、和泉と視線を交わした。「さあ、おまえ次第だ。どうする？」

剛は松任の質問にはこたえずに、松原弘一に尋ねた。

「俺の突きをかわした者はあんた以外にはいなかった。俺はもとプロボクサーとも戦ったし、ごつい船乗りや香港やくざとも戦ってきた。だが負けたことはなかった。俺はなぜあんたに勝てなかったんだ？」

松原弘一は淡々とこたえた。

「正しい指導と正しい訓練。そのおかげだよ」

「正しい指導？」

「そう。宇宙の理《ことわり》に根ざした正しい理念による指導だ」

剛は劉栄徳を見た。

「その人が、正しい指導をしてくれるというのか？」

松原弘一はうなずいた。

「そうだ」

剛は劉栄徳に尋ねた。

「あんたの指導を受ければ、その男に勝てるようになるのか？」

劉老人はゆっくりと首を横に振った。

「勝ち負けなど問題ではない」

「俺にとっては大きな問題なのだ。俺は誰にも負けないほど強くならなければならない」

劉栄徳はひとりごとのように言った。

「これはますます連れて帰らねばならない……」

松任源造は蚊帳《かや》の外に置かれるのに耐えかねたようだった。苛立った声で彼は言った。

「勝手にしゃべるな、朝丘。おまえはここに残りたいのか、それとも、そのじいさんといっしょに行きたいのか、それをこたえればいいんだ」

剛は松任源造のほうを向いた。彼の表情にまったく迷いは見られなかった。

剛はきっぱりと言った。

「自分はこの人と行きます」

まったく意外な返答だったので、松任源造は一瞬唖然《あぜん》とした。

彼は何と言っていいかわからず、ただ怒りを顔に浮かべていた。

先に怒鳴ったのは和泉だった。

「てめえ、これまでの恩も忘れて……」

剛は和泉に言った。

「恩は忘れてはいません。僕にはこの人の正しい指導とやらが必要なのです。これ以上ここにいて、贅沢をさせてもらうのは心苦しいですし……」

「いや、朝丘、聞け……」

和泉がそこまで言ったが、松任は片手を上げて和泉の言葉を制した。

松任源造はすでに落ち着いていた。その顔にはもはや怒りの色はなかった。

彼は言った。

「男に二言はねえ。おまえの考えを尊重しよう」

松任は劉栄徳のほうを見た。「聞いてのとおりだ。朝丘は好きにするがいい。お仲間に紹介してもらえるという話、忘れねえでもらいたい」

劉栄徳は満足げに笑顔を見せて言った。

「中国人は約束を守りますよ」


剛にとっては、願ってもない成行きとなった。

どうやって自分を打ち負かした男を探し出そうか、そればかり考えていたのだ。

素人に喧嘩を売るなと和泉に釘を刺されたのも問題だった。

そのふたつの問題がいっぺんに解決したのだ。

剛は、珍しく晴ればれとした表情をしていた。

彼は、松原弘一と一緒に下宿することになった。剛は、帰り道、劉栄徳に尋ねた。

「松原とは戦わせてくれるのだろうな？」

劉栄徳は言った。

「目上の者には丁寧な口のききかたをするべきではないか？　松原と呼び捨てにするのもよくない。彼はおまえの兄弟子に当たるのだ」

剛は、あらためて訊き直した。

「松原さんとは戦わせてもらえるのでしょうね？」

「それはだめだな」

「なぜ？」

「同門の者が戦うなど許されぬことだ。同門というのはすなわち、家族ということだからな……」

剛は立ち止まった。劉栄徳と松原弘一も立ち止まらざるを得なかった。

剛が言った。

「それでは俺がいっしょに行く理由はなくなる」

「そんなことはないさ」

松原が言った。「学ぶことはたくさんある」

「俺は強くなるためだったら何でもする。だが、それ以外の余計なことはいっさいする気はない」

「困ったやつだ……」

劉栄徳はつぶやいた。

剛が言った。

「許しを乞う必要などなかった」

彼は松原に向かって身構えた。「ここで戦えばいいだけの話だ」

往来には、人が行き交っている。その人々が、通り過ぎながら三人を見つめていく。

剛は松原に言った。

「さあ、来い」

松原は苦笑していた。剛はそれを嘲笑と感じた。凶暴な彼の血にたちまち火がついた。

彼は吠えた。

「来なければ、こちらから行く」

人々が立ち止まった。剛たち三人を遠巻きにし始める。

「ふん……。まさに餓えた獣だわい」

劉栄徳はつぶやいた。

剛は、間合いを計り、気合いを発した。

大きく一歩踏み込んで崩拳《ポンチェン》を打ち出す。

そのとき、劉栄徳がすいとまえに出た。剛の拳をすれすれでかわしながら、開掌を軽く出した。

姿勢も低くはない。わずかに全体が前へ傾いているだけだ。

その手が剛の胸に触れたとたん、剛は大きく弾き飛ばされた。

歩道に腰をついた剛は、今起きたことが信じられなかった。

彼は罵りの声を上げると立ち上がり、劉栄徳に向かって再び突いていった。

まったく同じことが起こった。

剛の拳は劉栄徳には当たらず、剛は軽く出したように見える老人の片手で突き倒された。

今度は、尻もちをついたまま立ち上がろうとしない。

剛は驚きのあまり、劉老人をぽかんと見上げていた。

「水尅火。烈火のごとく頭に血を昇らせておる者には、水を浴びせるのが一番だ」

劉老人は言った。「さあ立って、ついて来るがいい」

劉老人は悠々と歩き出した。剛がついて来ることを露ほども疑っていない様子だった。

松原が近づいてきて、手をさしのべた。剛はその手を無視して立ち上がった。

剛は、またしても心理的に打ちのめされた。今度は、松原に倒されたときの比ではなかった。

あのとき、松原は確かに何かの技を用いた。その技さえ見極めれば負けはしないと思えたのだ。

しかも、松原は若いので体力がある。

だが、劉栄徳が剛に対して行なったことは、完全に剛の理解を超えていた。

立ち腰のまま、わずかに足を前方へずらし、片手を軽く突き出しただけなのだ。

そして、劉栄徳はすでに老人だった。老人にまったく歯が立たなかったのだ。

剛は今までの苦しい修行をすべて否定されたような気さえしていた。

彼は、とぼとぼと劉栄徳のあとについていった。

そのうしろに、松原が続いた。すでに三人は、中華街への門をくぐっていた。

剛はずっとうつむいて歩いていた。ふと顔を上げ、彼は一瞬香港へ舞い戻ったのではないかと錯覚した。

だが、落ち着いて見ると、看板が香港のように道に向かって突き出してはいない。剛は中華街の風景を複雑な表情で眺めていた。

やがて劉栄徳は梅仙楼のまえへやってきて立ち止まった。

彼は剛が中華街の景色をしきりに眺めているのを見て尋ねた。

「どうした？　中華街は初めてか？」

「はい」

剛はそうこたえただけだった。

劉栄徳は梅仙楼を手で示して言った。

「今日から、ここがお前の家だ。店の下働きをやってもらうが、いいか？」

「ムイ・シン・ラウ……」

剛は思わず梅仙楼をそう呼んでいた。

劉栄徳が言った。

「ほう……。やはり広東語を話すか……。香港で暮らしていたのだったな……」

剛は、見られたくないものを他人に発見されたときのような気分になり、押し黙ってしまった。

劉栄徳は、それ以上尋ねなかった。彼は剛と松原を連れ、店内を横切って奥の部屋に入った。

剛は香港の李兆彩の部屋を思い出していた。

劉栄徳は円形のテーブルを指差して、剛と松原に言った。

「さ、すわりなさい。少し早いが夕食にしよう。ゆっくりと語り合いながら食べる。これも健康の秘訣だ」

彼は、自分の机の上にある電話に手を伸ばし内線にかけた。食事の用意を命じる。

すぐに、店員が茶の用意をした。

劉栄徳は茶をすすり、剛に尋ねた。

「さて、まずおまえの生い立ちについて訊かねばならないな……」

剛は何も言わない。茶にも手をつけようとはしない。

劉栄徳は言った。

「どうした。家族として受け容れようという私の申し出が気に食わないのか？」

それでも何も言わない。剛の代わりに松原弘一がこたえた。

「老師に赤児のようにあしらわれたのが口惜しいのでしょう」

「そうなのか？」

劉栄徳は剛に尋ねた。剛はようやく口を開いた。

「俺はこれまで、ひたすら強くなることだけを考えて生きてきた。それが老人にまったく歯が立たなかった……」

劉栄徳は言った。

「強さというのは絶対的なものではない。いつでも相対的なものだ。例えばおまえが使う形意拳を考えてみるがいい。おまえはよく崩拳を用いるようだが、崩拳は木の性質がある。木は土に尅《か》つが、金には負ける。その金は、木には尅《か》つが火には負ける。火は金に尅《か》ち、水に負ける。そして、水は火に尅《か》つが土に負ける。これが五行の理だ。絶対的に強いものなどないのだ」

剛は、ずっと忘れていた李兆彩の言葉を思い出した。李兆彩もこれと同じようなことを言っていた。

剛は言った。

「形意拳のすべてを教えてくれるのか？」

「少し言葉を改めるところから始めよう」

「教えてくれるのですか？」

「教えよう。形意拳と八卦掌を。この拳法は深遠な宇宙の理を表現している」

「そんなことはどうでもいい。誰にも負けなければいいんだ」

「どうしてそう勝ち負けにこだわる？　野獣のような生きかたをしたいのか？」

「野獣のような生きかた？　そうだ。俺はそうやって生きてきた。育ったのは香港の九龍城砦だ。どんなところか知っているだろう。そこで病気の母親をかかえて生きていかなければならなかったんだ」

「では、形意拳も香港で学んだのだな……」

「その話はしたくない」

実際、剛は、香港のことは思い出すのもいやだった。

「まあよかろう。それで、日本へ来て何をするつもりだったんだね？」

剛は一度口ごもり、劉と松原の顔を見てから改めて言った。

「母親の仇討ちだ」

そのとき、前菜が運ばれてきた。だが、しばらくは三人とも箸《はし》を持とうともしなかった。

15

剛は早朝に起こされ、庭に連れ出された。劉栄徳《りゅうえいとく》は椅子にすわっている。

「崩拳《ポンチェン》をやってみなさい」

剛は言われるままに、崩拳を打った。充分に勁《ジン》が発揮されたすばらしい崩拳だった。

劉栄徳は満足した。しかし、剛が崩拳しか知らないとわかり、たいへん驚いた。

彼は、無極・太極・三体の三式をまず剛に教えた。これは、五行拳、十二形拳を行なうための予備動作で、虚無から陰陽が生まれ、そこからさらに天地人の三才が生じることを表わしている。

しかし、剛は実戦に役立つことしかやろうとしない。そこで、劉栄徳は三体式を用いて敵を倒す用法を方便として剛に見せた。

このように中国武術の形、つまり拳套《けんとう》は、どの部分を抜き出してみても実戦的な技として用いることができるようになっている。

その日は、松原も三体式の練習を行なった。

稽古が終わると、剛は店の仕事を手伝わされた。剛が去ったあと、劉栄徳は松原に言った。

「今後も剛はおまえに戦いを挑んでくるかもしれない。決して応じてはならんぞ」

「はい。わかっています」

「それと、おまえに頼みがある」

「何でしょう？」

「剛を弟と思ってな、あれこれ教えてやってほしい。あいつはこれまで、ちゃんと礼儀など教わったことはないのだろう。礼節を知らぬと本人が恥をかくことになる。恥を恐れてはならぬが、恥ばかりかいていると人間が萎縮《いしゅく》してしまう」

「わかりました」

「一筋縄ではいかんと思うが、頼んだぞ」

「はい。これも修行と考えます」

剛は店の仕事には何の不満もなかった。香港時代、黒社会の連中と追っかけっこや喧嘩を繰り返しながら稼いでいたことや、船のなかでの荷役を考えると、楽なものだった。

しかも衣食住の心配がないのだ。彼は仕事を無難にこなしつつ、その朝習った、無極・太極・三体の三式のことを思い出していた。

一刻も早く仕事を終えて練習をしたいと考えていた。あせりにも似た気持ちだった。

早くいろいろな技をものにして、この梅仙楼をあとにし、母親の仇である八十島《やそじま》享太《きょうた》という男を探し出さねばならない。

そう考えていたのだった。

彼はまた、マリアのことも思い出していた。今の生活では、とてもマリアが働いている店になど行けるはずがない。

贅沢な生活を失うことはそれほどつらくはなかった。だが、マリアに会えなくなったのはひどく淋しい気がした。

だが、それがなぜなのか、剛にはわかっていなかった。


八十島享太は、細身の体型を、仕立てのいい濃紺のスーツにつつんでいた。髪はオールバックに固め、金縁の眼鏡をかけている。

一見すると弁護士のようだが、濃いコロンの香りや、ローレックスの時計、金のブレスレットや、眼鏡に淡く色がついていることなどで、すぐにその印象は訂正されることになる。

彼は今、乃木坂にある愛人のマンションで身じたくを終えたところだった。

「じゃあな……」

彼はマンションを出ようとした。

女はまだベッドのなかにいた。しどけなく身を横たえている。象牙のような肌をした若い女だ。

「これからどこへ行くの？」

「いちいちそういうことを訊くな」

「クラブにでも飲みに行くのね」

「おまえも早く仕度して店に出ろよ」

「いいの。ママは重役出勤よ」

この女は二十五歳だった。八十島は彼女に小さなクラブのママをやらせていた。

八十島は四十一歳になったばかりだが、すでに一家を構えるまでになっていた。

板東連合系八十島一家の組長だ。

彼は、自分の欲と利益のためならどんなことでもやる男だった。

見かけはソフトなやさ男だが、利益のためにならいくらでも残忍になれた。

実際、バブル景気全盛のころは、地上げで何人もの老人を土地から追い出した。また、事業を悪どい方法で乗っ取り、もとの事業主を首吊りに追い込んだこともある。

財産を彼に吸い上げられた者は数えきれない。

愛人にやらせている店も、バブル景気時代に手に入れたもののひとつだ。

バブルがはじけた今、ひたひたと押し寄せる不景気の波をまえに、八十島享太は、その店も手離さなければならないかもしれないと考えていた。

そうなったら、この女とも終わりだな。彼はそう思った。何の未練も感じなかった。いつの頃からか、彼は女に対して未練などというものを一切感じなくなっていた。

部屋を出て、エレベーターでロビーへ降りる。

背広を着た若い衆がふたり立ち上がった。ひとりはボディーガード、ひとりは運転手だった。

マンションのまえにはお定まりの、黒いメルセデスが駐《と》めてある。

運転手の若い衆が運転席に乗り込みエンジンをかけた。ボディーガードが後部座席のドアをあけ、八十島が乗り込むまで不動の姿勢で立っている。

八十島が後ろのシートにおさまると、ボディーガードの若者はドアを閉め、助手席に乗り込んだ。

「どこに行きますか?」

運転手が尋ねる。

「すぐ近くだ。防衛庁まえに車をつけろ。飲みに行く」

「わかりました」

八十島は、夜の六本木へと繰り出していった。

剛は仕事を終えると、すぐに中庭へ行って朝に学んだ形の予備動作を繰り返し練習した。

形の練習というのははたで見ているよりずっと疲れる。

剛はたちまち汗まみれになった。

「熱心だね」

声をかけられ剛は振り向いた。松原弘一が立っていた。

「俺はこうして崩拳を身につけたんだ」

剛はかまわず稽古を続けようとした。

「そうあせらなくてもいいじゃないか」

「あせる？」

「そう。あせりはかえって上達を妨げる。必要以上の余分なことをすることになるからね」

「俺があせっているように見えるというのか？」

「見えるよ。稽古はこれからいやでも毎日することになるんだ。そのへんで切り上げて、部屋に来ないか？」

「何をしようというのだ？」

「この店のなかのこととか、老師の性格とか……、いろいろと知っておいたほうがいいだろう」

剛は考えていたが、やがて言った。

「そうだな……」

松原は先に歩き出した。剛はそのあとについていった。

厨房《ちゅうぼう》を通れば、店内を横切ることなく店の奥へ行ける。

松原は四畳半の一間を与えられていた。剛もそうだった。

松原の部屋には机があり、大きな書棚があった。机の上にもさまざまな本が並んでいる。

松原は剛がまるで気圧《けお》されたように立ちすくんでいるのに気がついた。彼は尋ねた。

「どうしたんだ？」

「この本を全部読んだのか？」

「本……？」

松原はあらためて書棚と机の上を見た。そこには大学の授業で使う本から、小説までいろいろな種類の本が並んでいた。

武術関係の書物が多い。

松原は何気なく言った。

「ああ……。全部というわけじゃないがだいたいは読んだ。興味があれば貸してやるよ」

「借りてもしょうがない」

「なんだ、興味があったわけじゃないのか？」

「興味はある」

「ならば遠慮することはない」

「読めないんだ」

「え……」

松原は驚いた。

そのとき剛は、まるで別人のようにおどおどしているように見えた。本当に恥じているようだった。

松原はふと気がついて言った。

「ああ、そうか。日本語の読み書きがだめなんだな。中国語を使ってたんだろうからな」

「中国語もあまり読めない。生まれて一度も本など読んだことがない。まともに学校へ行かなかったからな……」

松原は剛に意外な一面を見つけた。彼は識字に関するコンプレックスを持っているのだった。

そのとき、松原は自分の役割を見つけたと思った。

松原が日本語の読み書きを教えようと言い出したとき、剛は断わらなかった。

剛には確かに知的好奇心があるのだ。それは、心の奥底にうずもれているだけなのだった。

松原は五十音表を書き、剛にまずひらがなを教え始めた。

剛は日本語を話せるし、まだ若く頭が柔軟なので、砂が水を吸うようにひらがなを覚えていった。

早朝には形意拳と八卦掌の練習、そして、夜には日本語の読み書きという生活がしばらく続いた。

ある日、松原が書店の紙袋をかかえて帰ってきた。

いつものように、夜、剛が松原の部屋を訪ねると、松原はその紙袋から三冊の絵本を取り出した。

幼稚園児が親に読んでもらう程度の絵本だった。松原は言った。

「ひらがなだけの本を探したら、そんな本しかなかった。勘弁してくれ」

「これを読むのか？」

「そうだ。朗読――つまり、声を出して読むんだ」

「できるかな……」

「できるさ。ひらがなはもう覚えているんだ」

剛は、いろいろな電車が描かれている絵本を手に取った。

一ページ目を開くと、そこに書かれてあるひらがなをひとつひとつ読み上げ始めた。

松原は何も言わずその様子を眺めていた。彼は、すでに剛の人並外れた集中力に気づいていた。

武術の稽古を見ていてもそれはよくわかる。

剛はやがて、文字ひとつひとつを読み上げるのではなく、文字をひと固まりに見て言葉として読むことが必要なことに自分で気づくはずだ。

松原はそう考えていた。そして、やはりそのとおりになった。

剛は、何度か同じページを繰り返して読んだ。そのうち、字をひとつひとつ読み上げるのではなく、滑らかに朗読できるようになった。

松原は、舌を巻く思いがした。すばらしい進歩と言えた。剛の集中力をもってして初めて可能な進歩の早さだった。

「ちょっと待ってろ」

松原は言って立ち上がった。「老師にも見てもらおう」

松原は劉栄徳の部屋を訪ね、訳を話した。劉栄徳はすぐにやってきた。

松原は剛に言った。

「さあ、読んでみてくれ」

剛は読み始めた。

一ページ目をすらすらと読んだ。そこは何度も読んだページだった。

「ほう……」

劉栄徳が言った。「これはたいしたものだ」

剛は次のページ、また次のページと読み進んでいった。

不意に剛の声が止んだ。絵本を持つ手に力が入り、絵本が震えている。

松原は剛の顔を見た。そして、心底驚いた。剛の目から涙がぽろぽろとこぼれているのだ。

剛が声を上げて泣き始めた。泣きながら彼は言った。

「俺にも本が読めた。本に書いてあることがわかった……」

松原は思わず劉老人の顔を見ていた。劉栄徳はうなずいた。

劉栄徳は松原に言った。

「よくやった。おまえは、剛を人間として目覚めさせたのだ」

「人間として……」

「知性の光を与えたのだ。今、剛は生まれ変わったと言ってもいい」

剛は絵本をじっと見つめ、まだ泣き続けていた。


劉栄徳が言ったとおり、剛はその日から変わった。

言葉つきもあらたまり、眼から凶暴な光が薄れた。

剛が劉栄徳のところへ来て約一ヵ月目の出来事だった。

劉栄徳は、そのときから本格的に武術の指導を始めた。それまでは、三体式と、得意な崩拳だけを教えていたのだ。

劉栄徳は、まず劈《ピー》、躦《サン》、崩《ポン》、炮《パオ》、横《ワン》の五行拳を教えた。

「かつて形意拳に十二形はなく、この五行拳だけだったと言われている。この五行拳を練れば、形意拳の真髄に近づくことができる。今日からは、五行拳を納得いくまで練習しなさい」

剛は言われたとおりに、来る日も来る日も五行拳を練り続けた。

そのうちに、剛と松原が初めて相対したとき、松原が使ったのは、劈拳《ピーチェン》だったことに気づいた。

また、彼は、日本語の勉強も続けていた。すでに漢字を習い始めていたが、香港で生活していただけに、漢字には馴染《なじ》みがあり、彼の覚えの早さにはさらに拍車がかかった。

松原は剛の進歩の程度に合わせて、いろいろな本を買ってやったり、貸し与えたりした。

剛はむさぼるようにそれを読んだ。もちろん一ページを読むのに、たいへん時間がかかることもあったが、剛はいっこうに気にならないようだった。

彼の知的な欲求が、困難を困難とも感じさせずにいるのだ。

強くなるため、彼はどんなつらいことにも耐えてきた。

それと似たようなことが、彼の知性の面でも起きているのだった。

日に日に剛は変わっていくように見えた。彼が店にやってきた当初、厨房の者や、店の従業員は彼を恐れた。目は暗く鋭いし、滅多に口をきかない。店のなかに猛獣が一頭迷い込んだような感じだった。

今、剛の眼からは険が取れつつあった。異様な光りかたもしない。ごく自然に剛のほうから会う人に会釈をするようになった。相変わらず無口だが、その寡黙さは危険な感じはしなくなった。いつしか、たのもしさにすら感じられるようになった。

店の人々は、口々に噂した。やはり劉大人《ターレン》はたいしたものだ。たった一ヵ月とちょっとのまに、猛獣を人間に変えてしまった、と。

剛がいつものように厨房で大量の皿を洗っていると、店のなかが妙な雰囲気になった。厨房から直接店内は見えないが、剛はきわめて敏感に、剣呑《けんのん》な雰囲気を感じ取っていた。人々のざわめきが消え、食器の触れ合う音なども止んでしまったのだ。

その静けさのなかで、大きな声が聞こえた。

「劉栄徳はいるか！」

剛はその声に聞き覚えがあった。間違いなく松任源造の声だった。

しばらくして劉栄徳のおだやかな声が聞こえてくる。

「おや、どうなさいました、松任さん。お食事ですか?」

「中国人は約束を守るってのは嘘だったのかい?」

「嘘ではありませんよ」

「俺をあんたたちの仲間に紹介してくれるという約束を忘れたのか?」

「忘れてはいません。物事には段取りというものがあるのです。今度、皆が集まるとき、ご招待しようと考えていたのです」

「いつもそうやってのらりくらりと引き延ばす。だからこうやって直々に出向いてきたのだ」

「ここではちょっと……。どうぞ、奥へ……」

「いや、話はここでできる。さあ、いったいいつ、この俺をあんたのお仲間とやらに紹介してくれるんだ?」

「ここは中華街……。あまり無茶なことはなさらないほうが……」

「無茶などしてねえさ。俺は約束を守ってくれと頼みに来ただけだ」

やや間があった。

「わかりました。明日の午前中に日どりと時間、場所を連絡します。これでいかがでしょう」

「明日の午前中だな。それ以上は待てねえぞ」

松任は念を押すように言った。

「はい……」

劉栄徳はこたえた。

いつしか、剛は、店と厨房の間にある戸口に立っていた。

松任は剛の姿を見つけて声をかけた。

「おう、朝丘。しばらくだな。マリアが淋しがってるぞ」

その言葉は妙に剛を刺激した。しかし、そのあとの松任の言葉はそれとは比べものにならないくらい衝撃的だった。

松任は言った。

「そうそう。おまえの探してた八十島享太って男、どこにいるかわかったぞ。東京の赤坂で八十島一家って組を構えてる。もっとも、俺たちと同じ理由で、八十島エンタープライズという看板を出してるがな……」

16

中華街のなかにある大きな中華レストランに個室が用意されていた。

上座にたいへん年を取った男がひっそりとすわっている。

その両側にその息子くらいの年齢の男がすわっていた。息子くらいといっても、とうに六十歳は超えている。

劉栄徳《りゅうえいとく》が松任源造を案内してその部屋にやってきた。松任源造は和泉ただひとりを従えている。

松任ほどの男が、その部屋に入ったとたんに気圧され、萎縮してしまった。

その部屋の雰囲気は、それほどの厳粛さを感じさせた。

老人たちが、故意にそうした雰囲気を作り出そうとしているわけではない。

彼らは、どちらかというとリラックスして、和気あいあいと語り合っていたのだ。

彼らは松任が部屋に姿を現したとき、ぴたりと会話をやめた。彼らが醸《かも》し出しているのは、世界のどこへ行っても結束し生き続ける華僑の自信と誇り、そして、それに密接に結びついている秘密結社への信頼だった。

中国の歴史の裏舞台では常に、秘密結社が暗躍していたといわれている。

その歴史の深さ、結束の強さは他に例を見ない。

「どうぞ」

入口に立ち尽くしていた松任と和泉に、劉は着席をうながした。

そこは明らかに末席だった。客としてもてなす気がないことを暗に示しているのだ。

当の劉栄徳は、最も年老いた男のとなりにすわった。

劉の立場を表わしている。

彼はこの長老会のナンバーツーなのだ。

松任と和泉が席に着くと劉栄徳は言った。

「彼が、松任源造という日本のやくざです」

会話は中国語で行なわれた。

三人の長老はかすかにうなずいた。

最長老はじっと松任源造を見つめていた。松任は、彼らと親睦を深めるために呼ばれたのではない。

単に謁見を許されたに過ぎないのだ。だがそれでも松任は文句を言う立場になかった。

八十歳を超える最長老が、柔和そうに細めていた目をわずかに見開いた。

その眼光は驚くほど鋭かった。

松任はその視線に射すくめられる思いがした。

最長老は日本語で言った。

「ご足労願って恐縮だ。話は劉栄徳から聞いている。最近、横浜に進出してきたということだが……」

松任は虚勢を張った。

「おう。そのとおりだ。今は縄張りも小さいが、これから実力で広げていく。松任組は今はちっぽけだが、これからのしていく組だ」

「あなたたちが大きな組になろうと、どれくらいの縄張りを持とうと知ったことではない。だがこれだけははっきり言っておく。この中華街でいざこざを起こすことは許さない。この中華街のなかの店一軒といえども手中に収めようなどとは思わぬことだ。それから、港で働く中国人労働者は、皆私たちの仲間だ。言いたいのはそれだけだ」

四人の中国人は、それきり口をきかず松任源造を見つめていた。

「劉栄徳さんよ。こりゃどういうことだ？」

松任源造は言った。劉栄徳は涼しい顔をして言った。

「私は約束を守った。あなたをちゃんと仲間に紹介しましたよ。仲間はあなたの顔と名前を覚えました」

松任は何か言い返そうとした。だが何を言っていいのかわからなかった。

和泉がささやいた。

「引き上げましょう」

松任は、四人の中国人を順に見つめた。捨て台詞でも残したい気分だったが、それが許される雰囲気でもなかった。

松任は、勢いよく立ち上がり、退出した。

和泉があわててあとを追った。

「ちくしょう、あいつら、この俺を虚仮《こけ》にしやがって……」

メルセデスのなかで、松任は毒づいていた。「面白くねえな。劉栄徳の店に鉛玉でも撃ち込んでやろうか」

和泉があわてて言った。

「とんでもない。さっき、最長老に言われたでしょう。中華街でいざこざを起こすことは許さないって……」

「じじいが何言おうと知ったことか」

「あれは、事実上の相互不可侵条約なんですよ」

「なんだって……」

「華僑の契約は伝統的に口約束なんです。そして、この横浜《ハマ》じゃ、華僑に睨まれるとやっていけません。劉栄徳は本当に約束を果たしたのです」

松任は、和泉の言うことを吟味しているようだった。

和泉は言った。

「組長《オヤ》っさんはよそから来られたからよくはご存じないでしょうが、俺は、子供ん頃からこの横浜《ハマ》で育ち、横浜《ハマ》でグレてましたから……」

松任は言った。

「なるほど……。納得するしかねえようだな……」

「はい」

それきり、ふたりは口をきかず、それぞれの思いに耽《ふけ》った。

劉栄徳が戻ると、いつになく松原があわてていた。

「どうした？」

「あ、劉老師。剛がいなくなったのです」

「そうか……」

劉栄徳は悲しげにそう言うと、そのまま奥の部屋へ向かった。

松原はその後を追った。部屋に入ると、松原は尋ねた。

「老師は驚かれないのですか？」

劉は依然として悲しげな表情のままだった。彼は、自分の机に向かって腰を降ろすと、松原に説明した。

「きのう、松任源造が店に乗り込んできてな。そのときに、彼は剛に、ある男の消息を教えた」

「ある男?」

「それが、おそらくは母親の仇なのだろう」

「では、剛は本当に仇を討ちに……」

「おそらくはな……」

「……で、その男は、どこの何者なんです?」

「知ってどうしようというのだ?」

「剛を追いかけて行って止めます。いえ、場合によっては剛といっしょに戦うことになるかもしれません」

「関わり合うな」

「……しかし、剛は弟弟子です」

「私闘をするために、わが門を出て行ったのだ。もう関わり合うことは許さん。いいか、弘一。怨みを晴らすために人を殺す。するとまた新しい怨みを生むことになる。そうして行きつく先は修羅の道か地獄だ。そんな愚かなまねに付き合ってはならん」

松原は何も言わず立ち尽くしていた。

彼は、絵本を両手で持ち、泣いていた剛の姿を思い出していた。

ぽつりと劉栄徳が言った。

「しかし、だ。戻って来た弟子を追い払うようなまねは、私にはできない。無事、帰ってくることを祈ろう……」

「はい……」

松原はそうこたえただけだった。他に何を言っていいのかわからなかった。

剛は横浜を出るまえに、どうしてもマリアに一目会いたいと思っていた。

足が自然に『パピヨン』に向いていた。時刻は午後六時。ホステスたちが出勤してくるまでにはまだ二時間ほどある。

剛は、香港から持ってきた五十万円ほどの金にまだ手をつけずにいた。

腹ごしらえをしたあと、今夜は初めてその金の一部を使い、『パピヨン』で飲むつもりだった。

食事をしたあと、山下公園まで散歩して時間をつぶした。ついに、母親の仇まであと一歩のところまできた。

そうした思いが剛を昂《たかぶ》らせていた。横浜港に停泊する船を眺めこれまでのことを思った。

ずいぶん長い道のりのようでもあったし、あっという間でもあった。

やがて頃合いの時間となり、剛は『パピヨン』へ行った。

店の者は剛が松任組をやめたことを知っているらしく、少しばかり対応に戸惑っているように見えた。

剛はママに言った。

「今夜は自分の金で飲む。金は持っている。そして、たぶん、もうここへは来ない」

ママはうまくその場を取り繕《つくろ》った。

「まあま。お金のことなんか気にしないで。出世払い、出世払い。マリアちゃん、いらっしゃい」

剛はマリアの姿を見ると、また心がうずくのを感じた。

マリアが席に着くと剛は正直に言った。

「会いたかった」

マリアは素直に応じた。

「私もよ」

ふたりは英語で会話をしている。

「今夜のうちに、俺は東京へ行く」

「東京へ……？」

「赤坂というところだ。知っているか？」

「知らないわ。私が日本で知ってるのは、この店と寮だけよ」

「とにかく、一目会いたかっただけだ」

ふとマリアは不安そうな顔をして尋ねた。

「何か危険なことをしに行くの?」

「なぜそんなことを訊く?」

「あなた、今、とてもおそろしい顔をしているわ。自分で気がつかないの?」

剛はほほえんだ。

「これでいいか」

マリアは目を丸くした。剛は尋ねた。

「どうした?」

「あなたが笑った顔、初めて見たわ。まるで別人みたい」

「そうか……」

剛はつぶやくように言った。「俺も母親の笑顔を見てみたかった」

「ねえ」

マリアは真剣な眼差しで尋ねた。「やっぱりあなた、変よ。東京へは何をしに行くの?」

「それは訊かないでくれ。しばらくいっしょにいたい。そう思って来たんだ」

マリアは、相変わらず、真剣な眼で剛を見つめていた。だが、やがて、ほほえんで言った。

「わかったわ。楽しく飲みましょう。ただ、ひとつだけ約束してくれる？」

「何だ？」

「必ずまた会いに来てくれるって……」

剛はうなずいた。

「約束しよう」

それから一時間ほど飲んで、剛は『パピヨン』を出た。

そのままＪＲ関内《かんない》駅へ向かって歩いた。


剛は東京へ来て、地下鉄の網の目のような複雑さに思わず音《ね》を上げそうになった。

しかも、赤坂へ行くには、どうしても地下鉄に乗らなくてはならないのだ。彼は、うまく乗り換える方法を知らなかったので、京浜東北線で東京駅までやってきたのだった。

それから、何度も通行人に尋ねたり、駅員に尋ねたりしながら、ようやく千代田線の赤坂駅にたどりついた。

そのときにはすでに夜の十一時半を過ぎていた。

地下鉄の駅から地上へ出ると、そこは乃木坂通りだった。通りに立ち、剛は途方に暮れた。

八十島エンタープライズという会社をどうやって探し出せばいいのだろう――彼は考えた。

とにかく、歩き出すことにした。彼はＴＢＳの脇を過ぎ、バーやクラブの看板が立ち並ぶ一帯へやってきた。

剛は、ずいぶんと韓国料理の店が多いのに気づいた。

細い通りに、黒塗りの大型セダンが入ってきて歩行者を道の両側に押し分けるように進んでいく。

その車から、一目見てやくざ者とわかる男たちが降りてくる。

幹部らしい男たちがどこかの店に消えると、あとに、若い衆が残される。

彼らを見て、剛は八十島エンタープライズを見つける方法を思いついた。蛇の道はヘビだ。彼らに尋ねればいいのだ。

黒い車の脇で煙草に火をつけ、手持ち無沙汰にしているふたりの若者に、剛は声をかけた。

「おい、あんたたち」

若者たちは、びっくりした顔で剛を見た。しかし、相手が自分たちより若そうだし、ひとりだと気づいて急に態度を変えた。

前髪を立て、横とうしろの髪を短く刈った男が凄んで言った。

「なんだ、てめえは……」

「八十島エンタープライズを探してるんだ。八十島享太《きょうた》という男がやっている会社だ。赤坂にあると聞いたんだが、知らんか？」

ふたりの若者は顔を見合わせた。

オールバックに髪をなでつけている男が周囲を見て剛に言った。

「ちょっとこっちへ来いよ、教えてやるから」

ふたりは剛を、人目につかない細い裏路地に連れ込んだ。

剛のまえにオールバックの男、うしろに前髪を立てた男。

オールバックの男はいきなり振り向いて、剛の鳩尾《みぞおち》にボディーブローを打ち込んだ。

剛が充分に予想していたことだった。剛も彼らが、訊かれたことに素直にこたえるような連中でないことは百も承知していたのだ。

狙いは、彼らと揉めることだった。

剛は、胸をへこませ、腹に息を溜めた状態でパンチを受けた。

強力なボディーブローだったが、その体勢で受ければダメージを減らすことができる。

剛は、崩れずに立っていた。

オールバックの男は、すかさず、顔面にフックを見舞ってきた。

剛はそのフックを左手ではね上げ、同時に右手で相手の胸のあたりを突いた。

充分な勁《ジン》を使っていた。炮拳《パオチエン》だった。

崩拳《ポンチエン》を充分に練っていたので、新たに習った炮拳もすぐに実戦に使うことができた。

炮拳は、上段を防ぎながら出せるので、より安全に自分の拳を出せる。

また、相手の上段攻撃に対する完全なカウンターとなる拳だから、たいへん威力がある。

オールバックの男は大きく吹っ飛んで動かなくなった。

剛はくるりと振り返った。

前髪を立てた男が目を丸くしていた。

「野郎！」

彼は一声わめくと、やはり剛の顔面めがけて殴りかかってきた。

こちらの男は昏倒させるわけにはいかない。

劈拳《ピーチエン》の応用で、相手の攻撃を受けるところまでにとどめた。

左手で空手の掛け手受けをした状態だ。すかさず右手で相手の襟をつかみ、前腕部を喉に押しつけた。

相手は壁に背をつけている。喉を締め上げられているのだ。

剛は言った。

「俺はここでおまえを殺すことを何とも思っていない」

相手は大きく目をむいて、剛を見ている。喉を圧迫されているので声が出ない。

「訊かれたことに、正直にこたえろ」

前髪を立てた若者は、何とかうなずこうとしているようだった。

「よし、八十島エンタープライズは知ってるな？」

若者はうなずく。

「どこにあるか言うんだ」

剛は喉をおさえつけていた手を少しゆるめた。若者はひゅうという音を立てて息を吸い込んだ。そのとき、唾液をいっしょに気管に吸い込んだ。

彼はひとしきり咳込んだあと言った。

「勘弁してください。うちの組長《オヤジ》と八十島さんは兄弟分に当たるんです」

剛は、ほとんど触れているような距離から拳を軽く打ち込んだ。それでも、若者の腹にはすさまじい衝撃が伝わった。

勁を充分に使うとこういう打ちかたができる。相手を倒すのにもそれほど距離がいらなくなる。

寸勁《スンジン》とか分勁《フェンジン》などと呼ばれる技法だ。

剛は肘で相手の腕を封じながら、両手で襟をつかんで体を引き起こした。

「言いたくないのなら、この場で死ぬだけだ」

「あ、赤坂六丁目の貸しビルです。Ｋｍビルという高いビルの裏手にホテルがあって、そのホテルの近くです。ビルの三階です」

剛は来る途中にＫｍビル――国際新赤坂ビルは目印として覚えておいた。

剛は突き飛ばすように若者から手を離した。若者はおろおろした声で言った。

「あの、いったい、八十島さんのところへ行って何を……？」

「何でもない。人を探しているだけだ」

剛はそれだけ言うと、その場から駆け出した。

すぐに喧嘩の場所から離れるというのは、長い間に培われた剛の習慣のひとつだった。

剛はその足で、国際新赤坂ビルの向こう側へ行った。城の形を模したホテルがすぐに見つかった。

その近くのビルを丹念に見ていくと、やがて『八十島エンタープライズ』という看板が見つかった。

剛は八十島という文字は母から教えられて知っていた。カタカナは読めないがすぐにわかった。

若者の言ったとおり、八十島エンタープライズのオフィスは小さな貸しビルの三階にあった。

今は明かりが消えていた。

ついにここまで来た、と剛は思った。明日まで待つのがもどかしい気分だった。

彼ははやる心を抑えて、周囲の地理を頭に入れるために歩き回った。

17

ビジネスホテルに一泊した剛は、翌日午前十一時に八十島エンタープライズへやってきた。

彼は松任源造に買い与えられたスーツを着てネクタイを締めていた。

ドアを開けるとワイシャツにネクタイという姿の若者がカウンターの向こうから尋ねた。

「何かご用でしょうか？」

剛は言った。

「八十島社長にお会いしたい」

「お約束でしょうか？」

「いや、約束はしていない」

「ご用件は？」

「社長に直接話す」

オフィスの奥から三十歳前後の男が声をかけた。

「どうした、おい」

その男は、ビジネスマンのようなスーツを着ているが、やはり一目で暴力団関係者とわかる風貌をしていた。パンチパーマをかけている。

若者はあくまでビジネスライクに言った。

「こちらのお客様が、社長との面会を希望されているのですが……」

パンチパーマの男が出てきた。剛を頭から足の爪先まで睨み回す。

「おたく、社長に何の用？」

「本人に話すと言っている」

パンチパーマの男の眼が危険な光を帯びた。

「ここがどういうところかわかってでかい口叩いてんのか？」

「わかっている。俺は組長の八十島《やそじま》享太《きょうた》に会いに来たんだ」

「ふざけやがって……。おい、この若造《ガキ》を叩き出せ」

オフィスのなかには、五人ほどの男がいた。そのうち三人が若い衆だ。パンチパーマの男ともうひとりが幹部のようだった。

三人の若者が近づいてきた。

ひとりが剛をつかまえようと手を伸ばした。剛はその手を左手刀で掛けるようにさばき、右の手刀を相手の首に叩き込んだ。

劈拳《ピーチェン》だった。強力な発勁を用いている。

首の両脇には天鼎《てんてい》と呼ばれるツボがある。ここを強打すると相手はすぐに昏倒する。そこに鍛え抜かれた剛の打ちが決まったのだからひとたまりもなかった。若者は、すとんとその場に崩れ落ちて眠った。

軽く打ったようにしか見えなかったので、オフィスにいた男たちは驚いた。

剛はすかさず一歩進んで、ふたり目の若者に得意の崩拳《ポンチェン》を見舞った。

剛は力を入れているようには見えない。しかし崩拳をくらった若者は、大きく後方に吹っ飛んだ。

最後に残った若者は力まかせに剛に殴りかかっていった。フック気味のパンチで顔面を狙っている。

剛は一歩踏み出し、相手のパンチを左手ではね上げながら、右で突いた。炮拳《パオチェン》だ。その相手も弾き飛ばされた。

まるで超自然的な力が働いているような光景だった。

ふたりの幹部は茫然としていた。あっという間に喧嘩慣れした三人の若い衆が倒されてしまった。

ひとりはうつぶせに倒れ、ふたりは壁際で折り重なるように倒れている。

すべてたった一撃で決まった。

パンチパーマの男が怒鳴った。

「てめえ、何者だ?」

「あんたには関係ない」

オフィスには出入口と別のドアがひとつあった。そのドアから巨漢が現れた。

「何事です?」

その巨漢が言った。「騒々しいから様子を見てこいと組長が……」

剛は言った。

「組長はその部屋だな……」

巨漢は剛を見た。そして、床に転がっている若い衆を見た。

「何ですか、これは……」

パンチパーマの男が訳もわからずにわめいた。

「殴り込みだ」

巨漢は部屋から出てきた。まだ若い男だ。いつも八十島のボディーガードとして同行している男だった。

身長は一九〇センチ、体重は九〇キロくらいありそうだった。

手にはすさまじい拳ダコができている。空手をやっているのだ。

パンチパーマの男は急に余裕を取り戻した。もうひとりの幹部も残忍な薄笑いを浮かべている。

パンチパーマの男が言った。

「こいつはな、ケンカ空手の三段なんだ。その上、街なかでの実戦ファイトの経験も豊富だ。念仏でもとなえやがれ」

ボディーガードの空手青年は幹部たちに尋ねた。

「こいつ、やっちゃっていいんですか？」

パンチパーマがこたえる。

「かまわねえよ」

空手青年は心底嬉しそうな顔をした。獲物を見つけた野獣のようだった。今にも舌なめずりしそうだった。

彼は心底暴力が好きなのだ。眼が異様に輝き始める。

ふたりはカウンターをはさんで向き合っていた。

突然、青年が吼《ほ》えた。

彼は力強く床を蹴った。その巨体が軽々と宙に舞う。

彼はカウンターを飛び越しざまに、剛の顔面を狙って飛び足刀を見舞った。

剛は、それをぎりぎりでかわした。着地の瞬間を狙おうと身構えた。

だが、相手は、カウンターに片手をついてバランスをしっかりと保っていた。

着地した瞬間に回し蹴りを出してきた。

壁とカウンターの間は、二メートルほどの幅しかない。その狭い場所で上段の回し蹴りができるというのは、体がたいへん柔軟なことを物語っている。

事実、その蹴りは、まっすぐ膝を上げそこから、膝を回転させるようにして蹴る実戦的な回し蹴りだった。

軸足の踵《かかと》を前方に移動させることで、動きは小さくても充分に体重を乗せることができるのだ。

剛は辛うじてその蹴りをやり過ごした。

空手青年は、確かに喧嘩慣れしていた。ただの道場空手ではなかった。上段はフェイントで、本当の狙いは、金的蹴りだった。

上段に注意を引きつけておいて、着地した足をそのままはね上げた。

剛は咄嗟の判断で膝を曲げてブロックした。

危ないところだった。長年の喧嘩三昧の生活で養った勘のおかげで救われたのだった。

ボディーガードの男はさすがに喧嘩を知り尽くしているらしく、決して余裕は見せない。

喧嘩では必死になったほうがたいていは勝つ。

彼は金的蹴りに失敗すると、すぐに、五本の指を開いて、その先で剛の顔面を狙ってきた。

これも実戦的な技だ。親指を除いた四本の指が相手の顔に突き立つ。

そのうちの一本でも相手の眼に入れれば、それだけで戦力を奪うことができる。

相手は反射的に逃避や防御の行動を取るので、二本指による眼球狙いは外れることが多いのだ。

剛はその手を双手《もろて》――両方のてのひらで払い、そのまま、その双手で相手の胸を打った。

巨体が吹っ飛び尻もちをついた。空手青年は一瞬、不思議そうな顔で剛を見上げていた。

だが、彼はすぐに立ち上がった。

剛は言った。

「今度おまえが近づいたら倒す」

「ふざけるな」

相手は、顔面に、ワンツーを打ち込んだ。だが、それもフェイントだった。

彼は踵を突き出すようにして剛の膝を狙っていたのだ。膝折りは喧嘩の必殺技だ。

剛は双手で相手のワンツーパンチをさばき、なおかつ、膝を上げて、相手の足をそらした。そのまま踏み込んで、今度はさきほどより少し強く勁《ジン》を放ちながら双手で胸を打つ。

空手青年は壁までまっすぐに飛んだ。壁に激突し、先に倒れていたふたりの若い衆の上に落ちた。

そのときすでに彼は白眼をむいていた。

パンチパーマともうひとりの幹部は化物でも見るような眼で剛を見ていた。

剛はその男たちに興味はなかった。だが、仲間を呼ばれたり、邪魔をされるのがいやだった。

剛はパンチパーマの男に歩み寄った。もうひとりの幹部が壁に立てかけてあったゴルフクラブを持ち、いきなり剛に殴りかかった。

相手が得物を持っているのだから手加減する必要はないと思った。

そう思ったときには、もう剛は攻撃を終えていた。

ゴルフクラブをかわしざまに踏み込み、双手で突いた。相手はスチール製の机を乗り越えて向こう側へ転がり落ちた。

そのまま起き上がってはこなかった。

パンチパーマの男がひとり残った。彼はまったく信じられないものを見るように剛を見ていた。

たったひとりで暴力団の事務所に乗り込んできて、素手で全員を叩きのめしてしまった。

しかもほとんどは一撃で相手を倒してしまったのだ。

パンチパーマの男はすでにおびえていた。剛は言った。

「あんたも眠っていたほうがいい」

言ったとたんに半歩進んで、崩拳を打ち込む。パンチパーマの男は、うしろにあったロッカーに激しく全身を打ちつけて、崩れ落ちた。

剛は振り向いた。

出入口とは別のドアのところに、ひとりの男が立っていた。

スマートな体型をしている。淡いブルーグレーの色の入った眼鏡をかけていた。

彼は、何も言わず、じっと剛を見つめていた。

剛は言った。

「八十島享太だな？」

八十島享太は訊き返した。

「てめえ……、どこの者《モン》だ……？」

「八十島かと訊いている」

「そうだ。この俺が八十島だ。てめえ、俺の命《タマ》取りに来やがったのか？　誰の差し金だ？」

「母親の怨みを晴らしに来た」

「母親の怨みだ？」

「朝丘京子という女だ。覚えがあるだろう」

「知らねえな」

八十島はあっさりと言った。剛は驚いた。

「俺の母親はおまえを怨みながら死んだんだ」

「そいつは気の毒だったな。だが、俺を怨んでる女なんて掃いて捨てるほどいるんだ。い

「ちぃち覚えちゃいねえよ」

「一度はおまえと暮らしたと言っていた」

「愛人だってひとりやふたりじゃねえ。それより、こんだけのことをしておいてただで済むとは思ってねえだろうな」

「朝丘京子という名を本当に覚えていないのか?」

「知らんな」

「おまえが香港に売った女だ。そのとき、俺は、その腹のなかにいた」

八十島はベルトにはさんでいたリボルバーを取り出した。

「警察の手入れをおそれて、武器は事務所に置かないようにしているんだがな……。やはり、護身用に一挺くらいあったほうがいいようだ」

剛はその拳銃を見ていなかった。彼は言った。

「おまえの子を宿し、そのために香港に売られたんだ」

「なんだ? てめえが俺の子だとでも言うのか?」

剛は、全身に怒りが満ちていくのを意識していた。血が沸騰しそうな気がしてきた。

自分で顔色が変わっていくのがわかった。

「母はおまえへの怨みだけを心に抱いて生き続けた。そして、おまえを怨みながら死んでいった」

八十島はトリガーにかけた指に力を込めた。それを見て取ったと同時に、剛は前方に身を投げ出していた。

銃声がした。

だが、銃弾は床をえぐっていた。それは、剛の足のすぐそばだった。

剛は跳ね起きながら、銃を持つ手を左手で弾き上げた。

八十島が二発目を撃ったのはそれと同時だった。

今度は、弾が天井に穴をあけた。

剛は左手で八十島の銃を持つ手を支えたまま、右手の開掌で胸を軽く打った。

八十島は、肺のなかの空気をすべて吐き出すような声を出し、体をくの字に折った。

剛は、八十島の右手を自分の膝に何度か叩きつけて銃を取り落とさせた。

八十島が顔を上げた。

剛は言った。

「俺の体におまえと同じ血が流れていると思うと、自分を呪いたくなる」

彼は手の甲で八十島の頰を張った。八十島は、体をくるりとひねってとなりの部屋の床に倒れ込んだ。

剛は足もとに落ちていた銃を拾った。

八十島はそれに気づいて目をむいた。

逃げていく。
剛はリボルバーの銃口を八十島に向けた。八十島は、尻を床にこすりつけるようにして
「初めからおまえを殺すつもりできた」
「な、何をする気だ……」

剛は一歩一歩近づいた。

「待ってくれ。話を聞こう。金が欲しいなら何とかする」

「くそくらえ」

剛はトリガーを絞ろうとした。

当初は、素手で殴り殺すつもりだったが考えが変わった。

一瞬、劉栄徳《りゅうえいとく》と松原弘一の顔が浮かんだのだ。形意拳で八十島のような男を殺すと形意拳をけがすことになるような気がしたのだった。

八十島の表情がふと変化した。狡猾《こうかつ》な表情が一瞬浮かんだような気がした。

はっと剛は振り返った。

ボディーガードの空手家が立っていた。さすがに鍛えているだけあってダメージからの回復が早い。

これほど彼が早く目覚めるというのは、剛の計算違いだった。

剛は目のまえが真っ白く光った感じがした。

ひどい衝撃はそれより一瞬遅れてやってきた。

顔面にパンチをくらったのだ。床がぐらぐら揺れるような感じがして、まともに立っていられない。

視界はまだ黄金の星で縁取られている。

さらにもう一発、顔面にパンチをくらった。

剛は拳銃を床に落とした。彼は倒れずにいるのがやっとだった。

倒れてしまったら何をされるかだいたい想像がついた。

頭蓋骨を踏みつぶしにくるか、背骨を踏み砕きにくるはずだ。

八十島は銃を拾い、自分を撃つだろうと剛は思った。

さすがにボディーガードのパンチは強力だった。これ以上立っていられそうにないと剛は思った。

（もうこれで終わりか……）

そのとき、またしても、剛の体の奥に小さな炎が生じた。

その炎は次第に大きくなり、心を照らし、五体に最後のエネルギーを与えた。

ボディーガードが蹴ってくるのが、ぼんやりと見えた。

剛は、無意識のうちに動いていた。

彼は、相手とほぼ同時に蹴りを出していた。

相手は動きの大きい上段回し蹴りだが、剛はまっすぐ相手の金的を蹴り上げていた。回し蹴りは中断され、相手は体を曲げて倒れた。

剛は、その頭をサッカーボールのように蹴り、眠らせた。

徐々に意識ははっきりしてきた。剛は、最後の星を追い払おうと、頭を振った。

そのとき、足もとに手が見えた。

這いつくばっている八十島が、手を伸ばしているのだ。

彼は、拳銃を拾おうとしていた。あと十五センチくらいで手が届く。

剛はそれを見降ろしていた。

そして、その手が銃に触れた瞬間、剛はいきなりその手首を踏みつけた。

八十島は悲鳴を上げた。もう片方の手で、剛の足にしがみつこうとする。

剛は手首を踏みつけている足に力を込めた。八十島はまた悲鳴を上げた。

剛は、胸のなかにどす黒い快感がこみ上げてくるのを感じた。

彼は言った。

「俺と母さんがどんなところで、どんな思いをしてきたか、おまえにはわかるまい」

八十島は手首の痛みにただ苦悶するばかりだ。

「朝丘京子という名を、まだ思い出さないのか?」

八十島は顔いっぱいに汗を浮かべ言った。

「許してくれ。もう勘弁してくれ。つぐないはする」

「そう。つぐないはしてもらう」

剛は、手首を踏んでいる足に、さらに力を加えた。

手首が砕けるのがわかった。

八十島は絶叫し、失禁した。

剛は、手首を踏みつけたまま、拳銃を拾った。その銃口を八十島に向ける。

「つぐないは、おまえの命でしてもらう」

剛はゆっくりと四回、引金を絞った。

二発が八十島の額に当たり、一発が首に、そしてもう一発が心臓に命中していた。

八十島亨太の体がけいれんし、やがて動かなくなった。

剛は、八十島の服で銃をぬぐうと、放り出した。

彼は大急ぎで八十島エンタープライズをあとにした。

エレベーターは使わず、階段で一階へ降りる。そのまま、何気ない様子で外に出て、歩道の人の流れに乗った。

18

翌日、広域暴力団板東連合傘下の暴力団、八十島一家組長八十島享太《やそじまきょうた》の死が報道された。

警察では対立勢力との抗争事件と見て捜査を進めているということだった。

その記事を読んだ松任源造は、すぐに和泉を呼んだ。

和泉がノックしてから部屋に入ってきた。

「お呼びですか？」

「おう。八十島享太が死んだ」

「記事読みましたよ。朝丘の仇だったやつでしょう？」

「詳しいこと、調べられるか？」

「わかると思います。やってみますよ」

「たのむぞ……」

和泉が部屋から出て行った。

十五分もすると彼は戻ってきた。

松任は尋ねた。

「何かわかったのか？」

「事件を目撃した者は、現場にいた組員だけらしいですね。そのほとんどは病院送りです。警察には、どこかの組の鉄砲玉のしわざだと言ってるようです。事実、連中はそう思い込んでいるのかもしれません」

「事務所に乗り込んだのは何人なんだ？」

「それが、皆、そのことになると口を閉ざしちまうんだそうです」

「ほう……。その話、どこから聞いた？」

「警察に情報《ヒネネタ》売ってる情報屋です。そいつは逆に警察から仕入れた話をこっちに売ってくれるというわけで……」

「つまり、情報源は警察ということか……。どう思う？」

「相手の人数……。ひとりだったんじゃないかと思います。たったひとりの男に組長殺され、自分たちが病院送りになったなんて言ったら、もうこの稼業はやっていけませんからね」

「剛がやったんだな……」

「そう思いますね」

松任源造はしばらく考えていたが、やがて言った。

「敵に回さなくてよかったな……」

「ええ……」

松任は、新聞に目を戻し、和泉は一礼して部屋を退出した。

「暴力団の組長が殺されたそうですよ」

松原弘一が朝食のときに、劉栄徳に言った。

「知っている」

「何だか気になるんですが……」

「何がだ？」

「剛が出て行った翌日、東京で暴力団の組長が殺された……。剛がやったのではないでしょうか？」

「さあな」

劉栄徳はゆっくりと茶を飲んでいた。「そうかもしれんし、そうでないかもしれん」

「老師は松任がやってきて、剛の母親の仇の所在を言ったとおっしゃいましたね。その男の名は覚えておいでではないのですか？」

「忘れた。年を取るとなかなか物を覚えられんでな……」

「そうですか……。殺された組長は八十島享太という名だったそうです。銃で撃たれたということですが……」

「さあ、もう剛の話などやめよう。あいつはここを出て行ったのだ」

「はい……」

劉栄徳は、実は松任が確かに八十島と言ったのを覚えていた。

八十島を殺したのは十中八九、剛だと劉栄徳は思った。

彼は、これ以外に道はなかったのだと自分を納得させた。そして、松原には余計な心労を与えたくないと考え、何も教えないことにしたのだった。

剛が生きているらしいこと、そして、仇を討つのに形意拳を使わなかったらしいことが劉栄徳にとってせめてもの救いだった。


マリアは、来る日も来る日も、剛を待っていた。

彼女は次第に日本の生活にも慣れてきた。すばらしい美貌で、なおかつ十代の愛らしさがあるので、たちまち人気者になった。

マリアは、夜の世間の華やかさに溶け込んでいくように見えた。

だが、本当はそうではなかった。彼女の心は日本にやってくる船のなかにいたときと同様に冷えてしまっていた。

剛に会ったときだけ、その心に暖かい光が差すような気がするのだ。

彼女は毎日、ドアが開くたびに、そこから剛が現れるのではないかと思い振り返るのだった。

剛は、八十島エンタープライズを出るとすぐに、地下鉄に乗り、さらにＪＲに乗り換えて、東京から離れようとした。

土地鑑がまったくないので、でたらめに電車を乗り継いだ。

いつしか彼は、武蔵五日市《むさしいつかいち》までやってきていた。そこからさらにバスに乗って都心から離れた。

バスはやがて山のふもとを走り始める。檜原《ひのはら》街道だ。

その風景を見て剛は今後の方針を決めた。

ほとぼりが冷めるまで山のなかに逃げ込むのだ。

香港の黒社会の連中をよく知っていたので日本のやくざのことも想像がついた。彼らは面子を大切にする。

しばらくは、剛を組長の仇として追い続けるだろう。剛はそう考えた。

檜原村数馬《かずま》まで行き、そこからひたすら歩いた。

そのあたりはまだ大きな村落で、民宿まである。剛は、憑《つ》かれたように歩き続けた。

山の生活には何が必要か――そんなことはまるで考えていなかった。

都内でぶらぶらしているより、都心から離れて山に入ったほうが命の危険は少ない。

ただそう考えただけなのだった。

やがて、山道を見つけ、そこに分け入った。山道は、はじめ地面が見えていたが、やがて、下草を踏みしめて、灌木《かんぼく》を切り開いたばかりの獣道となった。

ナラ、シイ、ブナ、カエデなどが生えており、枝を広げ日の光をさえぎっている。

下草は次第に深くなる。笹とシダ類が多いが、まれに蔓草《つるくさ》が這い回っており、それに足を取られる回数が多くなってきた。

木の根が意外なところに露出していて、足をくじきそうになる。

足腰を鍛えているはずの剛だったが、山を歩いた経験はほとんどなく、たちまち息が上がってしまった。

それでも、常人では考えられないほどの距離を移動していた。

赤坂を出たのが十一時三十分ころだった。今は、午後五時になろうとしている。

日が傾いている。

剛は今のうちに寝る場所を確保しなければならないと考えた。

しかし、彼はナイフ一本持っていなかった。野営に火は欠かせないが、彼は煙草を吸わないのでマッチもライターも持っていなかった。

第一、野営の方法がわからない。どういう場所が適しているのかもわからないのだ。

彼は幼いころから地獄のようなつらい生活をしていた。しかし、それは香港という大都市のなかでのことだった。

さきほど通った村落まで戻ろうと思った。必要なものをそろえてから山に入っても遅くはない。

彼はその判断もできないくらい度を失っていたことに気づいた。

しかし、そのときになってはっとした。

方向がまったくわからなくなっているのだ。剛は不安を感じた。

暗くなるまでに村まで行こう。彼はそう思って歩き出した。

しかし、じきに完全に道を見失ってしまった。山では下から見上げる景色と、上から見降ろす景色がまったく違う。

彼はあせり始めた。あせりと不安が彼をどんどん消耗させた。

いつしか彼は汗まみれになっていた。どれくらい歩き回ったのか、もう自分ではわからなくなっていた。

山とはそういうものだ。道までほんの二、三百メートルの山林内で人が遭難することは珍しくない。

剛は、立ち止まった。大きく息をついている。水を欲しいと思った。

だが、彼は水も持っていなかった。

剛は大きなシイの木にもたれかかり、そのままずるずるとすわり込んだ。シイの木には、葉のついた蔓が巻きついている。その蔓は下生えのなかへと伸びている。

やがて日が落ち、山林が闇に包まれた。

闇は青色から薄墨色に刻々と色を変え、やがて濃密な黒一色となった。

まったく明かりのない山中の闇。自分の手すら見えない本物の闇だ。

剛は動けなくなった。シイの木の根もとにすわり込んだまま、じっとしているしかなかった。

彼は背広を着たままだった。それが幸いした。背広はビジネス・スーツでアウトドアには適してないように思われがちだが、意外にサバイバルには向いているのだ。

通気がいいし、その反面保温性もある。

剛は暗闇に圧しつぶされそうな気分だった。やがて夜行性の小動物が動き始めて、剛を驚かせ始めた。

剛はわずかな音に反応し、おびえた。

彼の心はどんどん萎縮し、ついには不安と恐怖の虜《とりこ》となった。彼は下生えのなかでうずくまり、歯を食いしばっていた。

どうしてこんなことになってしまったのか――彼は考えた。

剛は今ほど死ぬことを恐れたことはなかった。純粋な恐れだった。

それは、生命に対する本能的な尊敬の気持ちにすら近かった。

剛は、そして、今ほど自分がちっぽけだと思ったことはなかった。

ほんの少し山のなかに入っただけで、彼は生死の境にいるような気持ちを味わっていた。大自然のなかでは、自分などまったく小さな存在でしかない——彼はそれを思い知らされていた。

母の怨みを晴らすことができた。長い間、そのことだけを考えて生きてきた。

だがその願いを果たした今、まったく嬉しくはなかった。

ただむなしいだけだ。

そして、山のなかで恐怖と不安におののいている。

不安と恐怖の多くは自分自身が作り出していることを、まだ剛は知らない。

ましてや、憎しみや怨みも自分自身が作り出したものだということに気づくはずはない。

狂おしいほどにおそろしい夜は際限もなく続くように感じられた。剛は一睡もできなかった。

だが闇の世界も無限には続かなかった。

空が白んでくる。闇が青く変わっていく。

剛は顔を上げた。

鳥がさえずり始める。失われた視覚の世界が再び戻ってきた。

剛はゆっくり立ち上がる。

空に朝焼けができる。剛はそのさまを、飽きずにながめていた。

やがて太陽が山の上に顔を出した。木々の間から見える太陽は、徐々に輝きを増しながら昇っていく。

剛は、身動きもせずに見つめていた。その眼は新しいものを発見した驚きに満ちている。

彼は腹の底から何か熱いものが湧き上がってくるのを感じた。

剛は低くうなっていたが、やがて、大きく咆哮《ほうこう》した。それは、歓喜の叫びだった。

彼は太陽に向かって、劈《ピー》、崩《ポン》、躦《サン》、炮《パオ》、横《ワン》の五行拳を突き出した。

その日から何が始まろうとしているのか、彼にはまったくわかっていない。

だが、それは剛の新しい生きかたの始まりだったかもしれない。

迷闘

1

奥多摩町や檜原《ひのはら》村は東京都西部の山岳丘陵地帯だが、そこに住む人々の間で、天狗が出るという噂がささやかれていた。

ひとりの農夫が、商店の主人から噂を聞いた。

その農夫は、檜原街道ぞいの山の裾野《すその》で畑を作っており、商店主は、奥多摩湖へ山を越えて抜ける道の途中にある山小屋を管理していた。

「間違いなく天狗だっちゅう話だ」

商店主が言った。「山小屋に置いてあった非常食を持って行ったやつがいるが、ひょっとしたら、その天狗だったかもしれん」

農夫が訊《き》いた。

「天狗が非常食を盗むのか?」

「動物をつかまえるより楽だろう」

「ほかに悪さはしないのか?」

「悪さ?」

「人を襲ったりとか……」

「そりゃ、人がいたら襲うだろう。だが天狗がいるのは人が滅多にいかん山奥だ。山林のなかで、獣をさばいた跡が見つかるそうだ」

「猟師か登山家じゃないのか？」

「そうかもしれんが、天狗かもしれん」

山は不思議な雰囲気を持っている。

深い山林に足を踏み入れると、そこは確かに精霊の支配する場所であることが実感される。

里にいると一笑に付すような話も、山のなかでは妙な説得力を持つものだ。

山を歩き回って傘張りやノコギリの目立てなどをする職人が、この農家を訪ねてきた。

彼らは顔見知りだった。

農夫はこの職人を、たいへん重宝に思っていた。ノコギリだけでなく、農具も修理してくれるし、手先が器用で、少々の機械の故障なら直してしまうのだ。

そして、この傘張りは独特の誇り高い雰囲気を持っている。

農夫はひとりで山から山を渡り歩くこの職人を尊敬していた。

さっそく、家中の錆《さ》びた刃物を彼に渡し、農夫は世間話を始めた。

農夫は商店主から聞いた話を職人に聞かせた。

職人は笑った。

「そりゃ天狗なんかじゃないですよ。普通の人間ですよ」

「人間だって？　なぜわかる？」

「私、会いましたから……」

「会った？」

「ええ。まだ若い男でしてね……。子供といってもいい」

「話をしたのか？」

「しました。寸鉄《すんてつ》すらなく困り果てているというので、私は古いナイフをひとつやりました。あるお客が錆びたので捨てるというのをもらって研《と》いでおいたんです」

「山のなかで何をしているんだ？」

「さあ……」

　職人は言った。「でも、里に住む人間ばかりじゃないんですよ。山で立派に生活している人はたくさんいるんです」

「そんなもんかね……」

　農夫はもうその話に興味をなくしていた。ただの人間なら、山のなかで何をしていようが知ったことではない。

　職人は日だまりのなかで刃物を研いでいる。農夫は仕事をまかせて、午後の畑仕事に出かける準備を始めた。

農夫は日が暮れてから家に戻った。すっかり日が短くなっており、作物の収穫に夢中になっていると、いつの間にかあたりは暗くなり始めていた。

山の日暮れはつるべ落としだ。

帰り道は暗かったが、通い慣れた道なので心配はなかった。

夕闇がこのあたりではまだ青いものだと実感することができる。暮れ始めると同時に、景色はどんどんと青味がかってくる。

青いフィルターをかけたように、手などが白っぽく見えてくるのだ。

やがて、自分の手も青い夕闇に溶けて見えなくなる。そうすると、真の暗闇がやってくる。

自分の手がはっきり見えなくなってから、真の暗闇がやってくるまでにはしばらく時間がある。

その間が、最も神秘的な時間だ。

農夫がその影に出会ったのは、そんな時間だった。

農夫は、納屋に農具を片づけ、母屋《おもや》に入ろうとしていた。そのとき、庭に、影が立っているのが見えた。

ちょうど、夕闇が真の闇に変わろうとする時間帯で、その影の輪郭は闇に溶け込んでいるようにはっきりしなかった。

農夫は天狗の噂話を思い出してぎょっとした。

もし彼が傘の修繕職人から、噂の主《ぬし》は人間であり、しかも少年だ、と聞いていなかったら、腰を抜かしていたかもしれない。

農夫は声をかけた。

「誰だ？　そこで何をしてる？」

影はこたえた。

「食料を売ってほしい」

農夫は相手がちゃんと返事をしたことで少しばかり安心した。

そのとき、家のなかで明かりがついた。

誰かが、縁側の内側にある和室の明かりをつけたのだ。

その明かりが庭へ差し、農夫から相手の姿が見えた。

浮浪者のように見えた。もとはスーツだったらしい服は完全によれよれで、なかに着ているワイシャツもひどくしわが寄っている。

髪は長く伸びており、不精髯《ぶしょうひげ》も生えていた。

「金、持ってるのか？」

農夫は尋ねた。

男はうなずき、上着からこれもくしゃくしゃの札をつかんで取り出し、農夫に見せた。札は千円札ばかりに見えたが、もちろん、多少の米や作物を売るには充分なほどある。農夫はうなずき、顎《あご》で合図をした。

「こっちへ来なよ」

男は農夫のあとについて母屋のほうへ行った。

農夫は、男が近づいたとき、不思議な感じがした。

まず、浮浪者特有のひどい臭いを覚悟した。しかし、どうやら、服はよれよれだがちゃんと洗ってあるらしく、臭いはしなかった。

そして、その眼は精気に満ちている。人生を捨てた者の眼ではなかった。

職人の言ったとおり、男は若そうだった。おそらくまだ少年だと農夫は思った。

「何が欲しいんだ？」

「米と卵。もし、鶏を一羽もらえるならありがたい」

農夫はうなずいた。

「鶏は締めたほうがいいのかい？」

「いや、生きたままでいい。必要なときは自分で締める」

「鶏を締めたことがあるのか？」

「ある」

「そのあと、さばけるのか？」

「さばける。ナイフを持っているからな」

「今時の若者がそんなことをできるとは思わなかったな……」

相手は何も言わなかった。

農夫はばかなことを言ったと思った。相手は普通ではないのだ。まだ高校生かそこらの少年が、山のなかでひとり暮らしをしている——それだけで充分常軌を逸しているのだ。

農夫は言われたものを用意し始めた。

「米は一キロくらいでいいのか？　卵はうちの冷蔵庫のなかにあるくらいしか分けてやれんぞ」

「充分だ」

「ちょっと待ってろ。鶏をつかまえてくる」

農夫は鶏小屋のほうへ行った。彼は、もうあまり使い道のない老いた雄鶏をつかまえた。もちろん味も悪く、とても売り物にならない鶏だ。農夫は少しばかり気が引けたが、使いものにならないものから処分していくのは当然のことだった。

その代わり、代金は安くしておいてやろうと考えた。

農夫は鶏の両足を持ってぶら下げ、少年のところへやってきた。

鶏は羽をばたばたいわせていたが、農夫はまったく平気だった。

農夫は、鶏の両足を納屋にあったビニールの紐でしばった。そのまま少年に渡す。少年は農夫がやっていたのと同じように、両足を持って鶏をぶら下げた。

鶏はあいかわらず羽をばたつかせている。少年は、米や卵を大きな麻袋に入れた。

「三千円でいいよ」

農夫が言うと、少年は素直にうなずいた。鶏を左手に持ち替えると、右手でポケットから札をつかみ出した。

農夫は千円札を三枚受け取る。少年は麻袋を右手で肩にかつぎ、左手に羽をばたばたさせている鶏を下げ、山のほうへ歩いていった。

その足取りは、山の暗闇のなかとは思えないくらい速くしっかりとしていた。

少年はたちまち闇のなかに消えた。

農夫は少年が去った方向をしばらく眺めていた。あの少年は、山のなかで、いったい何をやっているのだろう――農夫は考えた。

浮浪者であるはずがない。

今や彼はそう考えていた。

浮浪者の雰囲気ではない。それに、浮浪者は山のなかなどにはいない。都会でなければ生きられないのだ。

農夫はそれに気づいたのだった。

母屋のなかから妻の声がした。

「お父さん、何、ごそごそやってんの?」

「何でもない」

農夫はこたえた。「ちょっとした片づけだ」

「ごはんですからね」

「わかった」

農夫は三和土《たたき》で土を払い、茶の間へ上がった。

朝丘剛《あさおかつよし》が山に入ってから三ヵ月が過ぎようとしていた。

山に入ったばかりのときは、何をどうしていいのかわからず、そのまま死んでしまうのではないかと思った。

何を食べたらいいのかがわからない。

彼は空腹のために低血糖となり、気を失いかけたことが何度もあった。

人間は空腹になると、感覚がどんどん鋭くなっていく。不思議なことに、普段感じないようなことが手に取るようにわかるようになるのだ。

修験道や真言密教の修行者が断食をするのは、それが理由だともいわれている。

さらに、空腹になることで、自然治癒力は増すとされている。

断食治療というのは、それを利用したものだ。

朝丘剛の感覚も異常に研《と》ぎ澄《す》まされていた。彼は気分の悪い汗をかき、下生《したば》えのなかに倒れた。

そのとき、下生えにシダの若芽が混じっていた。ワラビかゼンマイかコゴミ――何かわからないが、たくさんの若芽が独特の螺旋《らせん》状をした頭をのぞかせていた。

倒れたとき、朝丘剛はそのシダの若芽のにおいをかいだ。

うまそうだ、とそのとき思った。

食用になるとかならないとかの知識は二の次だった。

うまそうだと感じた次の瞬間、彼はそれを食べていた。

空腹が続いているため、消化器の吸収力は増しており、シダの若芽はたちまち消化吸収された。

シダの若芽――特にワラビは、ビタミンや食物繊維だけでなく、炭水化物を豊富に含んでいる。

炭水化物は良質のエネルギー源だ。彼はそれで生き延びることができた。

その出来事で、朝丘剛は食物に関する問題をひとつクリアした。自分で食用かどうかを見分ける基準を見つけたのだ。

シダ類の若芽はこれで食べられることがわかった。その後、彼は積極的に食べられるものを探して歩いた。

次に彼が見つけたのはクリだった。成熟した雑木林の一帯があり、そのあたりは下生えも少なく土が露出していた。

その土の上にクリが落ちていた。クリの巨木がそびえていたのだ。

季節が秋に向かっているのがある意味で朝丘剛に幸いした。

クヌギ・ナラ・カシなどの実もたくさん見つけた。

これらの実は総称してドングリと呼ばれる。味は渋くひどいものだが、とにかく食用にはなる。

トチノキの実も見つけた。クルミの実を見つけたときは、小躍りしたい気分だった。香港で生まれ育った朝丘剛にとってクルミの油はなつかしかった。

木の実は保存がきくので見つけるたびにたくさん集めシャツにくるんで持ち歩いた。

次に彼が覚えたのはイモの蔓《つる》だ。彼は、注意深くあたりを観察することを覚え始めていた。

ある日、誰かがヤマイモを掘った跡を見つけたのだ。

その穴のそばには、まだ育ち切らぬ自然薯《じねんじょ》が残っており、もちろん彼はそれを掘り出した。ヤマイモの原種には毒があるが、日本の山で採れるものはまず心配はない。

そればかりか、ヤマイモは栄養の宝庫であり重要なスタミナ源だ。木の実やヤマイモは生でも食べることができる。だが食物は火を通したほうが消化にいいし、安全でもある。味覚の点でも火を通したほうがいい。

朝丘剛は何とか火を手に入れようと思った。煙草を吸わない彼は、マッチやライターを持っていなかった。

火の起こしかたなど彼は知らない。

ひとりで大自然のなかで生き残るためには、水・食料、そして火が不可欠だ。彼は渓流を見つけ、水には不自由していなかった。ぎりぎり生命をつなぎとめるだけの量と質でしかなかったが、食料も手に入れられるようになった。

夜の闇の恐怖も耐え難かった。人里では絶対に経験できない絶望的な恐怖だ。どんなに街中で豪胆な男でも、夜の山中では簡単にパニックを起こす。

朝丘剛も、夜になるたびにおびえた。人間は弱い動物だ。本気で戦っても、人間は家猫にすらかなわないのだ。

自然界で人間が優位に立つためには道具が必要だ。なかでも火はきわめて重要だ。他の動物と人間が決定的に違っているのは火を使うという点だ。

朝丘は火が欲しかった。

そんなとき、傘を修理して歩く職人に出会ったのだ。この職人はもともと紀州の生まれだった。

彼は決して里を歩かない。里には里の文化があり山には山の文化がある。彼は山の高潔な文化に属する男だった。

職人は、朝丘と出会い、まず、自分と同じく山で生きる民なのかと思った。

しかし、朝丘がひどい状態であることにすぐ気づいた。明らかに栄養失調だった。

職人は、朝丘剛にハチミツと塩を与え、自分の食料を少し分けてやった。

体調がいいときの朝丘剛だったら、用心深い獣のように、職人に近づこうとはしなかっただろう。しかし、今、彼は誰かの助けが必要だ、と本能的に感じ取っているようだった。

朝丘は高カロリーと塩分を与えられ、にわかに元気を取り戻し始めた。ほぼ断食状態の体には食べ物が薬のように効く。

朝丘剛は事情があって山を下りられないのだと職人に言った。職人は余計な詮索《せんさく》は一切しなかった。

彼は何か必要なものはないか、と剛に尋ねた。

剛は火が手に入らなくて困っていると言い、さらに刃物があればありがたいと言った。

職人は驚いた。火と刃物は山で生活する上で何よりも大切なものだ。

彼はビニールにつつんだ使い捨てのライターと古い折り畳み式のナイフを剛に与えた。

そして、魚を捕る方法や、ウサギなどの小動物をつかまえる罠《わな》の作りかたを教えた。

朝丘と職人が会っていた時間は二十分に満たなかったが、この約二十分がその後の朝丘剛の生活を支えることになった。

剛が育ったのは香港の九龍城砦《カオルンセンツァイ》だ。日本では栓をひねるだけでガスが出て、ワンタッチで火がつくのが当たりまえになっている。

だが剛はそうした生活を送ったことがなかった。彼はマッチで焚きつけに火をつけ、紙からだんだんと大きな薪《たきぎ》へ燃え移らせていくことを知っていた。

彼は薪を拾い集め、焚火を起こした。何度失敗してもどうということはない。火が燃え上がればそれでいいのだ。

焚火が燃え上がったとき、剛は心から安堵した。火がこれほどありがたいものだとは思ってもいなかった。

火があれば、今まで食べられなかったものも食べられるようになる。

例えば魚だ。彼は刺身などになじみがないので生の魚を食うという発想がなかった。

そして、火は夜の闇を蹴散《けち》らし、恐怖を追い払ってくれる。そして、活動時間を伸ばしてくれるのだ。夜の間、これまでまったく動けなかったのだが、火があればそうではなくなる。

さっそく彼は手ごろな枝を手に入れ、日が暮れてから、魚を突くためのヤスをナイフを使って作り始めた。

焚火の明かりで、ナイフを動かしていると心がたいへん落ち着いてきた。剛は、久し振りに物を考えるということをした。

まだ山に入って一週間目くらいのことだった。

剛が山でちゃんと生活を始めたのはこれ以降のことだった。

2

朝丘剛は、職人に会って火とナイフを手に入れてから、山で生活するというのはどういうことかを落ち着いて考えることができた。

だが、かたくなに人と会わず、山のなかにひそんでいたら、結局のたれ死にしてしまう。必要なものを手に入れるために、たまには人家を訪ねなくてはならないのだ――彼はそれに気づいた。

幸い、香港時代に貯えた金は、ほとんどそっくり残っている。

彼は山裾の農家や、食堂を兼ねた雑貨屋を訪ね、鍋・塩・醬油・味噌、そしてそれらを持ち歩くための袋を手に入れた。

それからは、山で生活していく自信が持てるようになった。

若い朝丘剛の体は動物性蛋白質を求める。香港で生まれ育ったことは、彼にとって幸いだった。

広東《カントン》地方の人々はとにかく伝統的に何でも食べる。動物を食べるということに抵抗がない。動物をさばくことにも慣れている。

朝丘剛は、蛙の肉がうまいことも知っていた。

手製のヤスは最初、無用の長物でしかなかったが、そのうち、たいへん役に立つようになってきた。

魚を刺すこつを呑み込んだのだ。

朝丘剛は、そういうことに天性の才能を持っているようだった。まず、動体視力が人よりすぐれているし、反射神経がきわめていい。

そして何よりも、すばらしい集中力を持っていた。

彼が見よう見まねで『崩拳《ポンチェン》』を自分のものにし、なおかつその『崩拳』で暴力専門家たちにことごとく勝ち続けることができたのは、そうした資質があったからだ。

針金で作った罠には、ごくたまにウサギがかかった。

針金で輪を作り、引くとその輪が締まるようにしただけのごく簡単な罠だ。罠を作るときに大切なのはしかけの複雑さではない。まず、動物の通り道を乱さないこと、そして匂いを残さないことに注意しなければならない。

つまり、人間がいた形跡を残してはいけないのだ。

朝丘剛は、香港時代に動物のさばきかたをだいたい覚えていた。生きるためには何でもやらねばならなかったのだ。

血抜きさえしっかりすれば、あとはどうにでもなった。売り物の食肉を採るわけではないのだ。

たいてい彼は、肉や魚、そして山菜、木の実を煮込んだ粥《かゆ》を作って食べた。

米がなくなると、農家を訪ねて売ってもらうようになった。

生活していくことに自信と余裕ができた彼は、山中を歩き回った。

山道を歩くのではない。深い下生《したば》えをかき分けて進むのだ。傾斜があり、下生えの深い山を歩くのはたいへんだった。

しかし、彼は、それに喜びを感じ始めていた。

息がはずみ、汗が流れる。

時折、足を取られそうになりながら、とにかく登り、あるいは下る。

『エルドラド号』のなかで鍛えられた下半身がたちまち生き返った。

さらに、山歩きは、自然に持久力を養っていった。

朝丘剛は、傾斜のある土地で『形意拳《けいいけん》』の基本技『五行拳』を練った。

『五行拳』というのは、劈《ピー》、鑚《サン》、崩《ポン》、炮《パオ》、横《ワン》の五つの拳から成っている。

劈《ピー》は開掌を顔面めがけて打ち降ろす技だ。鑽《サン》は中段を突き上げる拳。崩《ポン》は中段をまっすぐ突く拳で、炮《パオ》は相手の攻撃を上方にそらしながら中段に拳を打ち込む技。そして、横《ワン》は振るようにして横から打ち込む拳だ。『三体式』と呼ばれる準備動作に続いてそれぞれの拳を練習することになっている。

『五行拳』の最大の特色はその名が示すとおり、陰陽五行の理《ことわり》に従っている点だ。五行説は、木火土金水《もっかどごんすい》の五大要素で宇宙の理を表わすというもので、東洋医学の根本思想でもある。

劈拳《ピーチェン》は金の性質を持つ。そして、鑽拳《サンチェン》が水に、崩拳《ポンチェン》が木に、炮拳《パオチェン》が火に、横拳《ワンチェン》が土にそれぞれ当てはめられている。

木尅土、土尅水、水尅火、火尅金、金尅木——これを五行の相尅《そうこく》の関係という。つまり、木は土に尅《か》ち、土は水に尅ち、水は火に尅ち、火は金に尅つ。そしてまた、金は木に尅つというわけだ。

また、それとは逆に、五行の相生《そうじょう》の関係というものもある。

木生火、火生土、土生金、金生水、水生木——木は火を生み、火は土を生み、土は金を生み、金は水を生み、水は木を生む、といった関係だ。

木は土に尅つ。つまり、崩拳は横拳に尅つ。しかし、金は木に尅つので、劈拳は崩拳に尅つ、というわけだ。

また、五行は五臓にもあてはめられる。木は肝臓、火は心臓、土は脾臓《ひぞう》、金は肺、水は腎臓の性質をそれぞれ表わしているのだ。木の性質のある『崩拳』を修練すると肝機能が高まる。また、木生火の相生関係があるため、火の性質のある心臓も丈夫になる。

だが、あまり『崩拳』をやり過ぎると、木剋土の関係から脾臓が弱くなる。また、脾臓を攻めるには『崩拳』を使うといい。同様に心臓を攻めるには水剋火の関係から『躦拳』がいいということがわかる。

このように理論を展開していくのだ。

これまではほとんど水平の土地でしか練習をすることがなかった。すべての拳を、坂を登りながら、あるいは下りながら出す。足元が不安定だと、なかなかうまく発勁《はっけい》を行なうことができなかった。

発勁で最も大切なのは臍下丹田《せいかたんでん》に気を蓄えることだ。だが、それと同じくらい下半身の安定が必要とされている。

密着するほどの接近戦を得意とする中国武術では、ボクシングのようにバネを鍛える必要はない。

下半身の筋持久力を高めるのだ。

勁《ジン》というのは、その定安した姿勢から発する筋力プラスアルファの力だ。

体のありとあらゆる関節を鞭《むち》かヌンチャクのように使うことによって得ることができる。呼吸法もまた大切な勁の要素だ。

そのうち、朝丘剛は、足元がどんな状態でも、素早くしかも強力な発勁を用いて『五行拳』を打ち出すことができるようになった。

山にこもることの利点は、自然と脚力がつき、下半身が安定すること。そして、持久力が養われることだった。

また、娯楽などの他の刺激や、他人の干渉がまったくないため、剛は持ち前の集中力をいかんなく発揮することができた。

さらには、孤独と不安、恐怖に打ち勝つ術《すべ》を学ぶこともできた。また、時間がたっぷりあるため、自分自身のことをよく考えることができた。

もちろん、良い点ばかりではない。

たったひとりで練習するため、実際に敵と向かい合ったときの感覚がつかみにくくなる心配もあった。

特に中国武術は、相手の出かたを見て臨機応変、自在に技を変化させなければならないのだ。

剛は『崩拳』を得意としたが、ただ闇雲に『崩拳』を出しても決まらない。どんなに剛の技に破壊力があろうと、それがいいタイミングで相手に当たらなければ、威力を発揮することはできないのだ。

剛は実戦を幼い頃から繰り返し、絶妙のタイミングを学んだのだった。

まさに相手が攻撃しようという瞬間に、迷わず『崩拳』を出すのだ。

そうすれば、剛の技はカウンターで決まるか、虚を衝《つ》くかのどちらかになる。

そのタイミングで『崩拳』を出す限り、フェイントも崩しもコンビネーションも必要ない。

そして、通常不可能と考えられている、たった一撃による勝利が可能になるのだ。

一撃必殺はあり得ないと多くの格闘技家が主張する。

彼らは、よく街中での喧嘩を引き合いに出す。路上で喧嘩する連中を見ると、確かに何発も顔を殴り合い、目のまわりにあざを作り、唇を切って血を流し、鼻血を流す。

それでも気を失ったりせずに戦い続ける。

また、格闘技を経験したことがあればあるほど、相手に正確なパンチを当てることの難しさを知るようになる。

そのために「一撃必殺」はあり得ないという結論を導き出すわけだ。

相手をノックアウトするためには、コンビネーションが必要であり、手数がものをいうのだということになってしまう。

それはある意味で正しい。

殴り合ってみるとわかるが、なかなか相手は眠ってくれないものだ。

しかし、中国武術の世界では実際に、一撃で人を殺したという話が伝えられているのだ。

『八極拳』の李書文《りしょぶん》や『形意拳』の郭雲深《かくうんしん》が特に有名だ。

李書文が相手の頭上に掌打を打ち降ろすと、首がめり込み、眼球が飛び出して相手は絶命したという。

郭雲深は、ただ半歩進んで『崩拳』を出すだけでことごとく相手を打ち負かしたといわれている。

彼はその技でひとりの男を殺し、投獄された。

手かせ足かせをされたが、それでもその限られた動きで工夫して技を練り続けた。

出獄したとき、仇討ちに来た男たちを、その手かせ足かせされた状態で練った小さな動きの技で打ち負かした。

その技は『形意拳』のなかにある『虎形拳《こけいけん》』という技を小さくまとめたもので、『虎撲《こぼく》子《し》』と呼ばれている。

いずれにしろ、一撃必殺を可能にするには技の威力だけではなく、間合いやタイミングがどうしても必要になってくるのだ。

そして、タイミングさえつかめば、それは決して不可能ではないのだ。

李書文や郭雲深は、そのタイミングをものにしていたのだ。日本の武道では、そのタイミングを『見切り』と呼んでいる。

剛も実戦で『見切り』を養ったからこそ、生きてこられたのだった。

彼の『五行拳』は山の修行でますます威力をつけつつあった。

問題は、その『見切り』だ、と彼はある時期から考えるようになっていた。

3

農家で売ってもらった鶏と米などを下げて、ねぐらに向かっていた剛は、灌木の茂みがごそごそと動くのに気づいた。

山で三ヵ月過ごした剛は、物音や草木の揺れ具合で、それが何を意味するかを読み取れるようになりつつあった。

明らかに獣だった。それも小動物ではない。かなり大型の獣だ。

剛はそのあたりに獣道があったのを思い出した。そして、その獣道の先にはヌタ場と呼ばれる泥だらけの場所があった。

ヌタ場というのは猪《いのしし》が泥浴びをする場所なのだ。

猪は昼間寝ていて、日が暮れると食べ物をあさり始める。

十頭ほどの群れを作って暮らしているが、雄は群れに加わらず一匹で歩き回っている。

どんな動物でも、何かに出っくわしたら、まず逃げるものだ。特に自分より大きな者に襲いかかるようなことはあまりない。

虎やライオンですら、まずは逃げようとするものだ。もちろん、腹をすかして獲物を狙っているときは別だ。

剛は、茂みのむこうにいるのは猪だろうと思った。猪ならば心配はない。どうせすぐにむこうが逃げ出すと考えたのだ。

しかし、茂みから現れた猪は逃げ出そうとはしなかった。

たいへん珍しいことで、剛は驚いた。

彼は知らなかったが、晩秋から冬にかけてが猪の繁殖期で、その時期は雄の猪の戦いの時期でもあった。

剛はその猪のテリトリー内におり、その雄猪は何かの理由でひどく気が立っていた。腹が減っていたのかもしれない。

猪は前足の蹄《ひづめ》で下生えをひっかくようなしぐさをした。

剛はそれが攻撃の準備であることに気づいた。

猪は何度か見かけたことがある。たいていは、逃げていく背中だけが見えるのだ。

こうして猪と向かい合うことなど初めてだ。しかし、猪が攻撃しようとしていることはすぐにわかった。

剛は緊張した。

獣の運動能力というのはばかにできない。そして、あらゆる獣は独自の武器を持っている。

猪の武器は鋭い牙《きば》だ。そして、その体当たりはおそろしい。

剛は農夫から買った鶏や米などを地面に降ろした。その間も猪から眼を離さない。

あたりは真っ暗で、常人ならほとんど何も見えないはずだった。

だが、剛は山暮らしを始めてから、飛躍的に暗視力が向上していた。

暗視力は眼そのものや視神経の機能的な発達も関係するが、大部分はこつの問題なのだ。

暗いところで何かを見ようとするとき、少し視点をずらしたほうがよく見える。

暗い小さな星を見つけようとするときと同じだ。

そして、暗視力と一般にいわれるが、実は視力だけが働くのではない。聴覚や嗅覚《きゅうかく》、そして勘などが視力を助けるのだ。

剛は常に警戒しながら育ってきた。そうでなければ九龍城砦《カオルンセンツァイ》では生きられなかった。

そのせいで、五感は鋭く、勘が発達していた。

暗い山中を歩くことができるようになったのはそのせいだった。

まだ完全に暮れ切っていないので、剛はまだ動き回れるし、猪を眼で確かめることもできる。

夜の山中は、さすがの剛も歩き回ることなどできない。

剛が荷を置くと、鶏がまた羽をばたばたと鳴らした。

その音が合図だったかのように猪が突っ込んできた。

そのスピードに剛は驚いた。

少しでも躊躇したら、剛は猪の体当たりを喰らい、牙でざっくりと切り裂かれていたかもしれない。

剛は下生えの上に、上半身から飛び、一回転した。

起き上がったとき、すでに猪は剛のほうを向いていた。

猪は嗅覚がすぐれている。眼で見るよりも、音を聞き、臭いを嗅いで相手を察知するのだ。

暗闇ではずっとそちらのほうが有利だ。

剛が下生えのなかを転がったとき、すでに猪は体勢をととのえていた。

猪突猛進という言葉があるとおり、猪の突撃はすさまじい。

また、この言葉は融通がきかないというような意味にも使われるが、実際の猪はかなり機敏で小回りもきく。

剛は、思った。

これは天が与えてくれたチャンスなのかもしれない。

訓練の効果というのは自分ではなかなかわからない。山に入って三ヵ月、訓練を始めてから約二ヵ月半。その効果がどれほどのものか確かめる好機かもしれないと剛は思ったのだった。

剛は気分を切り替えた。戦いの姿勢となったのだ。

そのとたん、猪の動きがよくわかるようになった。

時間を追うに従って、眼で捉《とら》えられるものはどんどん少なくなっていく。今や、黒一色の一歩手前だった。

しかし、剛には猪の存在がわかった。

猪の荒い息づかいがわかる。蹄で草をかくしぐさもわかる。

たてがみを揺らしている姿もわかる。

それは、音であり、臭いであり、空気を伝わってくる微妙な雰囲気であった。

すべての情報が総合されて、視覚を補っている。

たいていの人間は皆そうだが、戦いを意識すると、感覚が敏感になる。

それはすでに剛にとって馴染みの状態だった。

戦いを意識することで、あらゆる感覚が数倍にもなるような気がしていた。

ただ、問題は相手が人間ではないという点だ。

人間は動物のなかでは、きわめて脆弱《ぜいじゃく》な構造をした部類に入る。

つまり、たいていの動物は人間より手強いということになる。

猪は首が短く、胴体にそのまま目鼻がくっついたような恰好《かっこう》をしている。

人間が簡単に脳震盪《のうしんとう》を起こすのは、首が不安定だからだ。大きな頭を、細い頸部《けいぶ》が支えている。頭部が揺れやすい構造になっているのだ。

その上、猪の肩や胸の皮膚や肉は厚く、牙で傷つけ合っても平気なのだ。

相手が人間なら、剛は得意の崩拳《ポンチェン》を決めて倒すことができる。

しかし、猪は腹を地面に向けているため、崩拳を胸や腹に打ち込むことはできない。

そう考えると、人間は他人と向かい合うとき、相手に急所をさらしていることになる。

他の動物はたいてい、急所を隠す恰好をしている。

剛はとたんに不安になった。

戦うとき、何をされるかわからないという恐怖はもちろんある。しかし、何をしたらいいのかわからないという不安のほうがはるかに問題なのだ。

戦う方針さえしっかり決まっていれば、相手がどう出ようとたいした問題でなくなる場合が多い。

再び猪が突っ込んできた。ぎりぎりまで引きつけて自分の拳の威力がどの程度のものか試してみようと思った。

だが、剛は拳を打ち出すまえに、また身を投げ出して逃げていた。

いつしか剛は喧嘩をするとき、勝つことしか考えなくなっていたことに、そのとき気づいた。

それは大切なことだった。

自分は負けるのではないかと思っていたら、勝てる勝負も勝てなくなってしまう。どうやって勝つか。そのイメージをどれくらい豊富に持てるか。その時点でだいたい勝負は決まっているといえる。

幼いころ、やはり剛は負けることがこわかった。だが、成長するにつれて、勝つために何をするかだけを考えるようになっていた。

剛の並外れた強さの秘密はそんなところにもあったのだ。

今、剛は、とても猪に勝てるとは思っていなかった。

自分の拳は人間には通用しても、猪には通用しないのではないかと思い始めていた。

そうなると、拳を出すタイミングまで狂ってくる。威力もなくなる。

自信を持ち、自分の技を信じていれば百発百中で決まる技も、疑い始めたとたんまったく決まらなくなるものなのだ。

剛はそのことを自覚した。

戦いのことだけを考え、ひたすら強くなることをめざしている彼だからこそ、それに気づいたのだ。

彼はどうすればいいかを知っていた。

自分の技の威力をひたすら信じればいいのだ。

もし、自分の拳が猪に通用しなかったら、自分は死ぬか大けがをするかどちらかだ。死んだとしても、自分の武術家としての力量がそれまでだったのだ——そう考えることにした。

開き直りだ。だが、開き直ることは戦いにおいては大切なのだ。

猪がまた突っ込んでくる気配がした。

剛にはすでに余裕が生まれていた。

無意識のうちに最も有効な技を選んでいた。実戦のときにそれができるように肉体をプログラムしてやるのが稽古だ。

剛は、わずかに体をさばきながら劈拳《ピーチェン》を使った。

掌《てのひら》を打ち降ろす技だ。

充分に発勁《はっけい》を使ったし、タイミングもぴたりと合っていた。

剛の掌は眉間に振り降ろされていた。

猪は剛のすぐ脇をすり抜けていった。

だめか……。

剛は次の攻撃にそなえた。

猪はひどく不器用に停止した——よく見えないが剛にはそう感じられた。

下生えのなかに突っ込んだような音がしたのだ。

それは、猪の前足に力が入らなくなったせいだった。前足がかくんと曲がり、走っていた勢いのせいで、猪は地面に鼻面をぶつけることになったのだった。

剛は、茫然と立ち尽くしていた。

猪は倒れていた。動かない。

剛にはそれが死んでいるのか気を失っているだけなのかわからない。

だが、そこに倒れているというだけで充分だった。

頑丈な猪を、たった一発の劈拳で倒すことができた——その事実が剛にとっては大切なのだ。

剛のなかで、じわじわと高揚してくるものがあった。

しばらく忘れていた感覚だ。彼はやがて叫び出したいほど興奮している自分に気づいた。

彼は、戦いと勝利の興奮を思い出したのだった。

その夜、剛はまったく眠れなかった。

自分の劈拳の威力に酔っていた。戦いが日課だったころは、戦いがこれほど刺激的だとは思ってもいなかった。

猪は獣のなかでも頑丈なほうだ。それを、ただの一撃で眠らせてしまったのだ。相手が人間ならどんなやつでも簡単に倒せる――剛はそんな気さえしていた。

山での鍛練は無駄ではなかった。剛はそう考えた。

見切りがうまくできないのではないかとこのところずっと不安に思っていたのだが、その不安はどこかへ消えてしまった。

剛は、小さく燃える焚火の炎を見つめながら、初めて山を降りることを考えていた。思えば、朝晩は急に冷え込むようになっていた。秋と冬は山からやってくるのだ。山で冬を越すわけにはいかない。

季節からいっても、そろそろ山を降りねばならないころだった。

剛は八十島《やそじま》エンタープライズのことを考えた。八十島享太《きょうた》が組長をやっていた暴力団だ。

組長がいなくなった今、八十島エンタープライズはどうなっているだろう。かつて彼の子分だった連中は今でも自分のことを追い回しているだろうか……。

判断はつきかねた。しかし、剛はだいじょうぶだろうと思った。

彼らに自分の正体はばれていないはずだ。剛が何者かを知っている八十島エンタープライズで唯一の人物、八十島享太は死んだ。

それに、親分を失った子分たちが、三ヵ月以上も自分を追い回しているとは思えなかった。
たとえ、日本のヤクザが想像以上にしつこく、自分を発見したとしても、かまうものか
——剛は、そう考えた。
それならば、ことごとく返り討ちにしてやるだけだ。
彼は決断した。山を降りることにしたのだ。そうと決まれば早いほうがいい。
剛は、明日、日が昇ったら、さっそく下山することにした。

食い残しの食料は穴を掘って埋め、鍋はねぐらに置いていくことにした。ねぐらといっても、下生《したば》えを刈り取り、川原から拾った石で、焚火の周囲をかこっただけの場所だった。

そこは大きなシイの木の根もとで、剛は木の枝を複雑に交差させてシェルターを作っていた。

枯れ葉や枯れ草を敷いて布団《ふとん》の代わりにしていたのだった。

シェルターのなかに鍋を伏せて置き、その下にビニール袋に包んだ使い捨てライターとナイフを置いた。

いずれまた、山に戻ってくるときがあるかもしれない。そのときにこれを使うことができるかもしれない。

また、剛が傘修繕の職人に助けられたように、このライターやナイフが他の人を助ける

ことになるかもしれない。

剛は山に入ったときと同様、手ぶらで下山した。

彼は檜原村から山に入ったのだが、山中でかなり移動しており、ねぐらからまっすぐ谷側に向かっていくと、奥多摩湖に出た。

奥多摩湖に着いたのは午前十時ころで、行楽客の姿があった。

人々は、剛の姿を見ると、見て見ないふりをした。

剛は停まっていた車のバックミラーに自分の姿を映した。

ひどい恰好だった。三ヵ月の間に髪は伸び不精髯もかなり濃くなっている。

スーツはよれよれで原型をとどめていない。ワイシャツは黄ばんでおり、しわだらけだ。

靴は泥だらけで、彼は素足に革靴をはいているのだった。

顔は日焼けのせいでかなり浅黒くなっているが、それは周囲の人から見ると汚れているように見えた。

剛は今でも、五十万円の現金を身につけている。何も好きこのんで、汚ない恰好をしている必要はなかった。

彼はバスに乗ることにした。行先の地名など見てもわからない。とにかく、奥多摩湖からバスに乗ればどこかの町に着くに違いないと考えた。

バスの運転手は剛を見ると露骨に迷惑そうな顔をした。

しかし、剛には直接何も言おうとはしなかった。剛は一番うしろの席に陣取った。客は剛からなるべく離れていようとしているようだった。

金を持っているのだから文句を言われる筋合いはないと剛は考えていた。

彼は恥ずかしいと感じているわけでもなければ、周囲の反応を面白がっているわけでもない。

自分の恰好を他人がどう思っているか——そんなことにまったく関心がないのだ。

香港でも、『エルドラド号』のなかでも、彼はほとんど着の身着のままだった。

そんなことを気にする余裕などなかったのだ。それで当たりまえだと思っていた。

バスは青梅《おうめ》線奥多摩駅に着き、剛はバスを降りた。

彼はまず雑貨屋で使い捨ての髭そりを買い、駅のトイレで髯をそった。髪がひどく邪魔に思えたので、雑貨屋でもらった輪ゴムでうしろに束ねた。

印象が一変した。

薄汚れた感じがまったくしなくなった。

よく光る眼、形のよいまっすぐな鼻、ひきしまった唇。

たいへん端整な顔立ちであり、しかもそれだけでなく精気にあふれている感じがした。

髯がなくなり、髪がすっきりすると、たちまち少年の顔にもどっていた。その美しさは母ゆずりだった。

剛は、次に洋品店を探した。どんな土地にも必ず洋品店はある。

ショウウインドウに、ありとあらゆる種類の服をぶら下げている店があった。

剛はその店に入り、ジーパンとTシャツ、それに、フライト・ジャケットに似せて作ったジャンパーを買った。

ジャンパーは、化学繊維の中綿の入った安物だったが充分にあたたかかった。

そして彼は履物屋を見つけて、これもコピー商品の安いスニーカーを買った。

軍の放出品のようなオリーブ色の大きな袋を買うと、これまで着ていた背広やはいていた革靴を入れた。

背広は川の水で洗っていたので、一度ちゃんと洗濯をしてアイロンをかければ、まだ充分に着られるはずだった。

剛はこれまでの生活のせいで、簡単に物を捨てられなくなっていた。彼にとってはどんな物でも貴重品だった。

新しいジーパンとジャンパーに身を包んだ剛は、見違えるほど若々しく、そして魅力的だった。

彼は、さきほどとはまったく反対の意味で人々の注目を集めていた。

4

劉栄徳《りゅうえいとく》の経営する『梅仙楼《ばいせんろう》』は、従業員が厨房を含めて十名余りの小さな店だ。店の構えは小さいが、味には定評があって客足は絶えない。夕刻になると、必ず店の入口に列ができる。

劉栄徳は、横浜在住の華僑のなかでも大物だった。

故国を愛しており、同時に、隣人を愛している。

日本は故国に対し決してぬぐいさることのできないことをした。戦争のせいにするのはあまりに虫がよすぎる。

日本は故国に対して礼を尽くして謝罪しなければならないと劉栄徳は考えている。しかし、当時日本軍がやったことを日本の民衆が望んでいたとは思えなかった。

そうした問題は決して曖昧《あいまい》にはさせまいと思いつつ、劉栄徳は日本の友人たちを大切にしていた。

特に彼は、熱心に中国の文化を学ぼうとする日本の若者が好きだった。

中国文化は歴史が長く奥が深い。劉栄徳が提供できる中国文化はふたつあった。

まず『梅仙楼』の料理だ。厨房には広東料理を長年にわたって修業した中国人のコック長がおり、彼が『梅仙楼』の味に責任を持っている。

『梅仙楼』の料理は、劉栄徳自身がその鍛えられた舌でチェックをしている。

そうした環境で本当に熱心な若者が料理を学ぶことができる。

『梅仙楼』から、何人もの日本人が一流の中華料理コックとして育っていった。

もうひとつは中国の武術だ。日本では中国拳法などという呼びかたをするが、中国では一括して武術《ウーシュー》と呼んでいる。

劉栄徳は、中国武術の内家拳《ないかけん》を習得しており、なかでも『形意拳《けいいけん》』と『八卦掌《はっけしょう》』の達人だった。

内家拳というのは、体の外側よりも内側を鍛錬する武術という意味で、特に内家拳三門といわれ、『形意拳』『八卦掌』『太極拳《たいきょくけん》』がその代表とされている。

体の内側を鍛錬することを内功と呼び、大切なのは気を練ること——つまり気功だ。

気功というのはこのように、もともと独立したものではなく、武術や健康体操にも不可欠な要素だった。

劉栄徳の学んだ『形意拳』と『八卦掌』は根本の理念が共通であるところから「二つで一門」と言われ、合わせて学ぶのが一般的となっている。

『梅仙楼』の厨房に入る者を選ぶときも慎重だが、中国武術を教えるときは、さらに慎重だった。

劉栄徳は、一度にひとりの弟子しか取らない。どんなに多くてもふたりが限度と考えていた。

でなければ武術の真髄は伝わらないと信じているのだ。

中国武術はすべてが実戦的な殺人技だ。伝えるときには、よく相手の人格を見極めなければならない。

また、中国武術で同門となるということは家族になるのと同じだといわれている。

同じ一族として生きる誓いを立てたものでなければ技を教わる資格がないのだ。

現在、劉栄徳には松原弘一《まつばらこういち》という名の弟子がいた。

松原弘一は二十一歳の大学生だ。劉栄徳は七十歳を過ぎているから、孫のようなものだった。

劉栄徳は今まで教えた弟子のなかでも特に松原弘一を気に入っていた。

とにかく、学ぶことに熱心なのだ。中国武術に夢中といってよかった。

中国武術を学ぶために必要だといって、中国語も勉強している。

まったく他のことに興味を持たず、中国武術の修行にのめり込んでいる。その様は、師の劉栄徳にふと不安を抱かせるほどだった。

世の中には学ばねばならないことがたくさんあり、ひとつのことだけに夢中になっていては片寄った人間になりはしないかという心配だ。

ただ、技だけにすぐれていても、人間として成長しないのでは武術を指導するに値しない。

しかし、それは余計な心配だった。

松原弘一は、野獣のように強さだけを求めているわけではなかった。中国武術を修行することによって、自分が何を得られるのかを冷静に考えられる人間なのだ。

その松原がこのところ、ぼんやりしていることが多い。

劉栄徳はその理由を知っていた。ある日、稽古が始まるまえに、劉栄徳は松原弘一に言った。

「そんなに朝丘剛のことが気になるのか？」

「は……？」

松原弘一は不意を衝かれて、びっくりした。

「おまえにしては珍しく、心ここにあらずという感じなのでな……」

「老師には隠し事はできませんね」

「中国武術の門派では、師と弟子は親と子の関係だ。子の心がわからぬ親はいない」

「近ごろではそうでもないようですよ。子供の気持ちを親はまったく理解できず、親の気持ちを子供が無視している……」

「それは本当に理解しようとしていないだけだ。朝丘剛が出て行ってから、三ヵ月も経つ。

今さら、何を気にしておるのだ？」

「香港からたったひとりでやってきて、身寄りもなく、いったいどこでどうやって暮らしているのかと思いまして……」

「幸いなことに、彼は日本語が不自由なく話せる。なに……、外国からひとりでやってきて東京やこの横浜あたりで働いている者はいくらもおる」

「彼は、この横浜に上陸してすぐに何をやっていたか覚えておいででしょう？」

「ヤクザの用心棒だったな……。松任源造《まっとうげんぞう》という組長の……」

「そう。私が心配しているのは、その点なのです」

「その点……？」

「彼はどこかで、また同じことをやっているのではないでしょうか？　彼のような立場の者が食べていくには一番手っ取り早い方法のはずですから……」

「そうかもしれん。だが、そうでないかもしれん。どちらかわからないことに思い悩むのは愚かだ」

「そうは言っても、老師……。あの腕を悪用されるのには我慢なりません。あれだけの功《コン》夫《フー》は滅多にお目にかかれるものではないのですから……」

「他人のことを気にしすぎるのも愚かだ」

「一度は老師の門をくぐったわけですから、剛は他人ではありません。兄弟です」

「おまえは、私から中国武術の正統を学び、その奥義までたどりつかねばならない人間だ。そして、剛は、おまえとは違う道を選んだのだ。これは天の命ずるところであり、われわれ凡夫にはいかんともしがたい。剛のことを心配するより、己れの道を信ずることだ」

「老師は覚えておいでですか。剛は、この『梅仙楼』で獣から人間に生まれ変わったのです」

「そうだ。剛は、読み書きをここで学び、それにより、知性の光明に初めて気がついた。それは人間として生きる第一歩だった」

「ならば、ここは彼の第二の生まれ故郷のはずです」

「そう。だが、剛は出て行った。それを選んだのは誰でもない、剛自身だ。今、私たちにはどうすることもできないではないか」

松原は何か言おうとして、ふと考え、そしてあきらめたように唇を噛《か》んだ。

劉栄徳は松原の気持ちがよくわかった。剛の功夫を惜しんでいるのは、劉栄徳も同じだった。

中国武術は中国が生んだすばらしい文化のひとつだ。それ故、劉栄徳は、松原よりもいっそう残念に思っているかもしれない。

だからといって、劉栄徳は松原の言い分をすべて受け容れるわけにはいかない。

松原はおそらく、剛を探しに行きたがっているのだ。

劉栄徳は、剛が八十島享太を殺したらしいと勘づいていた。松原は知らない。

「もし縁があれば……」

劉栄徳は言った。

「天がそれを必要と認めるなら、私たちは再び会うことになる」

松原弘一は、ちょっとの間考え、それから言った。

「はい……。そうですね、老師」

マリアが日本にやってきて五ヵ月になろうとしている。

マリアはフィリピンから『エルドラド号』に積み込まれ、横浜に着くまでの間に何度も絶望を味わっていた。

彼女は明らかに乗船したのではなく積み込まれたのだ。

積み荷並みの扱いだった。あるいは積み荷以下だったかもしれない。

連夜にわたって積み荷に悪戯《いたずら》をする船員はいない。マリアたち五人の娘は、フィリピンから横浜に到るまで、毎夜のように船員たちに犯され続けたのだ。

『エルドラド号』は、マリアにとって絶望の代名詞でしかないはずだった。

あの船に関わるものすべてを忘れ去りたかった。

だが唯一例外があった。船で出会った朝丘剛だった。

マリアは、横浜港から中華街へ行く途中にある『パピヨン』という小さなクラブで働いていた。

　フィリピン独特の南方系に、中国人とスペイン人の血が混じったマリアは、まさに神のブレンドだった。

　顔立ちは、人形のように端整で、その上、年齢のせいで愛らしくもあった。

　完璧と思える美貌の彼女が笑ったときの効果はすばらしかった。

　一瞬、彼女の周囲が明るくなったように感じられるのだった。

　彼女はプロポーションもすばらしかった。脚が長く、腰が高い。その腰は丸く豊かだった。

　ウエストがくびれており、全体に細身のように見えるが、胸も腰と同様に豊かだった。

　彼女は店に慣れるにつれ、さらに美しさを増していった。

　最初は、どうしても化粧が厚くなってしまうのだが、最近は抑え気味にするこつを覚え、本来の美しさがより引き立ってきていた。

　変哲のないミニのスーツを着たときの彼女はまるで魔法を使っているようにさえ感じられた。

　タイトのミニスカートから伸びる足が長くまっすぐで美しい。腿《もも》のあたりは適度な豊かさを持っているのでその美しさは独特の色香を伴っている。

そして、細くボリュームのある長い髪がふんわりと肩から背をおおっている。ただの地味な形をしたスーツが、まるで彼女の美しさを演出するためにあつらえたように見えてくるのだ。

彼女はたちまち人気者になった。

マリア目当てで『パピヨン』にやってくる客も増えた。

店のママは、マリアが単なるヘルプではなく売り上げのホステスとして稼げれば言うことはないと考えていた。

しかし、日本語もまだたどたどしいマリアにはそうした水商売のシステムを理解するのは無理のようだった。

もし理解できるとしても、まめに客に電話をして店に足を運ばせたり、同伴出勤の約束をしたり、また売り掛けをうまく取り立てたりといったことができるとは思えなかった。

マリアのおかげで多少なりとも客が増えたのは事実だ。ママはそれだけで満足することにした。

『パピヨン』で朝丘剛に再会してから、マリアは剛のことを折に触れて考えるようになっていた。

『エルドラド号』のなかで、彼と話をしたわけではない。そんなことが許されるような状態ではなかった。

だが、マリアは剛のことを覚えていた。そして着飾ったマリアは、すっきりとスーツを着こなした剛に『パピヨン』で再会した。

『エルドラド号』はいやな思い出しかないはずなのに、マリアはひどくなつかしく感じた。同じひどい運命をたどってきた仲間と感じたのかもしれない。

彼女は、美しい服を着て剛と会えたことがうれしかった。剛の立派な姿を見るのもうれしかった。

そのとき、剛は必ずしも立派とはいえない立場にあった。横浜の新興暴力団松任組で組長・松任源造のボディーガードのようなことをやっていたのだ。

だが、マリアにはそんなことはどうでもよかった。

汚ない船の最下層をはいずり回るようにして日本へやってきたふたりが、きれいに着飾って会っている——それだけで充分うれしかった。

ふたりは英語が話せたので、いろいろな話をした。

マリアが剛に最後に会ったのは、剛が東京へ行く前日だった。

剛が、何か危険なことをするために東京へ行くのだということが、マリアにはわかった。もちろん、剛は一言もそんなことは言わない。

それでも、彼女にはわかった。

だが、マリアは何をしに行くのかと尋ねることも、行くなと頼むこともできなかった。

そのときに剛は、必ずまた会いに来るとマリアに約束した。

マリアはその言葉を信じて、待ち続けているのだった。あれから三ヵ月が過ぎた。

「あら、いらっしゃい」

『パピヨン』の店内に、ママの元気な声が響いた。

まだ八時を過ぎたばかりで、今日初めての客だった。

その席にマリアが呼ばれた。客は松任源造と松任組ナンバー・ツーの和泉正吾《いずみしょうご》だった。

ママが言った。

「まあ、社長。このところ、ずいぶん出席率がいいわね」

マリアが作った水割りを受け取りながら、松任源造が言った。

「バブルがはじけて店が大変だろうと思って、こうしてせっせと通ってやってんじゃねえか」

ママはふくみ笑いをした。

「どうもありがとうございます。でも、本当のところ、マリアちゃんがお目当てなんじゃないんですか」

松任源造は悪びれずに言った。

「さすがママだ。よくわかってんじゃねえか……」

彼は女のことで照れたりするような男ではなかった。

和泉は、黙って組長とママの軽口を聞いている。

ママはマリアに言った。

「マリアちゃん。社長が面倒見てくれるかもしれないわよ」

マリアにはよく意味がわからなかった。彼女は曖昧にママと松任源造にほほえみかけた。

その笑顔は男たちが入れ上げてもおかしくないほど愛くるしかった。

松任源造はそんなマリアを鑑賞するように見ながら言った。

「まったく、こんないい女になるとは思わなかったよなあ……。この店に来た当時は、ただの小娘だと思ってたんだが……」

「社長、それは女を見る眼がないんですよ」

ママが言って笑った。

「この娘《こ》は来たときから別嬪《べっぴん》でしたよ」

「場合によっちゃ、俺が揚げてもいい」

「落籍《ひか》すとおっしゃるんですか？」

ママはあいかわらず笑顔で言った。「まあ、マリアちゃん。どうしましょう」

「こいつをフィリピンから連れてきたエージェントがいるだろう。そいつとの話はどうなってるんだ」

「社長。本気ですか……」

「まあな。俺は冗談は言わない男だ」

「こう言っては何ですが、相手は外国人ですよ」

「情婦《イロ》に外国人も日本人もねえよ」

「こういうことは本人の意思もありますからね……」

ママは角が立たぬよう、その場を切り抜けようとした。

ドアが開く音がした。三人組の客が入ってきた。ママはそちらを見て、松任源造に言った。

「ちょっとごめんなさい」

彼女は席を立って、その客のほうへ行った。

「おう、マリア」

松任源造は言った。「俺の女になるか?」

マリアはその言葉を理解した。

しかし、わからぬふりをした。首をかしげて、松任の顔をじっと見つめた。

「おい、見ろよ。かわいいじゃねえか……」

松任源造はうれしそうににやにやと笑った。

「日本の娘どもは、どうもすれっからしでいけねえ……」

「組長《オヤ》っさん……」

和泉正吾が言った。

「何だ、辛気臭《しんきくせ》え顔して……」

「マリアのこと、本気なんで……？」

「悪いか？」

「他の女ならいざ知らず、マリアは……。俺は賛成できませんね」

「おまえが賛成しようがしまいが知ったことか」

「そりゃそうでしょうが……。しかし、マリアは……」

「どうしてだ？」

「組長《オヤ》っさんも知ってるでしょう。マリアと剛のこと……」

「剛か……」

松任源造は、とたんに白けた表情になった。

「剛とマリアができてるというわけじゃあるまい」

「しかし、ふたりの気持ちを考えると……」

「剛がここにいりゃ、俺だって考える。だがやつはどこにいる？　誰も知らねえじゃねえか……」

松任源造は、剛がたったひとりで八十島エンタープライズに殴り込み、八十島享太を殺したらしいことを知っていた。

彼はもう一度、つぶやくように言った。

「やつはいねえんだ……。気にするこたあねえよ」

5

剛は、駅にある路線図を見たが、ちんぷんかんぷんだった。

東京へ行くのは利口ではないと思っていた。八十島享太の子分たちが、まだ自分を探しているおそれがあると考えたのだ。

剛は、まずマリアのことを思い出した。彼女との約束は覚えていた。

そして、劉栄徳《りゅうえいとく》と松原弘一、松任源造のことを思い出した。

横浜へ行くのが一番だ、と彼は考えた。少なくとも、土地鑑のない東京で、おびえながら暮らすよりはずっといい。

だが、問題はどうやって横浜までたどりつけばいいか、だ。

駅員に尋ねると、駅員は事務的に言った。

「拝島《はいじま》で乗り替えて、八王子へ行き、八王子から横浜線に乗ってください」

拝島という地名も、八王子という地名も、横浜線という路線名も、彼にとっては何の意味も持たなかった。

駅にある路線図を見たが、路線図というのは普段見慣れている人にはすぐわかるが、初めて見る人にはパズルのようなものだ。

剛は東京と横浜の地理関係もよくわかっていない。

しかも、彼は地名を読むことができないのだった。

彼は劉栄徳のもとで、初めて読み書きを教わった。

彼に字を教えたのは松原弘一だった。剛は中国語も日本語も読めなかった。

朝丘京子は剛を日本語で育てた。そのため、剛は広東語と日本語の両方を話すことができた。話せるが、読み書きはできなかった。

松原弘一はまずひらがなから教えた。

剛の知的好奇心はずば抜けており、また、持ち前の集中力を発揮したので、日本語の読み書きはあっという間に上達した。

彼はある程度の漢字を読むこともできるようになっていた。

香港で育ったので、もともと漢字には親しんでいた。

町の看板にある漢字くらいは、香港にいるころから読むことができたのだ。

しかし、日本の地名となるとお手上げだった。

適当に電車を乗り継げば、横浜にたどり着くかもしれない。

首都圏に住み、日本語を読み書きできる者は今の剛を見て笑うかもしれない。

剛がなぜ途方に暮れているか理解できないに違いない。だが、たったひとり、海外で迷った経験のある人なら、剛の戸惑いを理解できるだろう。彼は駅を出て、近くのそば屋に入った。とりあえず、食事をすることにしたのだった。

午後一時を過ぎており、そば屋はすいていた。

彼は日本そばを食べたことがなかった。あのそばの色はとても食欲をそそる色ではないと感じていた。育った文化の違いというのはいかんともしがたい。

剛は親子丼を注文した。

テレビがついていて、剛はぼんやりとそれを眺めていた。

テレビの画面から放出される言葉と音のテンポに彼は圧倒される思いがした。三ヵ月間、ほとんど他人と会話をしなかった剛にとって、言葉と音楽の垂れ流しのようなテレビに恐怖すら感じた。

反面、剛は、親子丼の味にほとんど衝撃ともいえる驚きを感じていた。

そのうまさに声を上げそうになった。ちゃんと調理されたものを食べるのもほぼ三ヵ月ぶりだ。

ダシや微妙な塩辛さと甘さの配分。

しぶくて口のなかがしびれそうになるドングリをかじって飢えをしのいでいたのだから、その味に驚くのも当然だった。

彼は徐々に、自分がある種のショックをかかえていることに気づいた。

それはカルチャー・ショックのようなものだった。

山から出たばかりのときは意識していなかった。

だが、今、食事をするためにそば屋に入り、店員に注文をし、テレビを眺めるといった日常的な行動を取ったところで、ショックがじわじわと表面化してきた。

それはまず、自分の居場所がどこにもないという居心地の悪さから始まった。

彼は、落ち着きをなくしていたが、とにかく親子丼を平らげた。見ている人が目を丸くするような食いっぷりだった。

食べ終わると、彼は周囲のことが気になり始めた。他人が自分に注目しているような錯覚だ。

テレビの音が聞こえ、厨房での話し声が聞こえ、他の客の会話が聞こえた。

すべてのテンポが早く感じられた。

剛は狭い店内にいるのがつらくなってきた。閉所恐怖症のような感じだ。

胸が苦しく感じられる。もちろんそれは気のせいでしかない。

すべての音に敏感になっていた。

山林のなかでは、敏感であることが必要だった。

音や気配を素早く察知することで自分の身を守ることができるのだ。

だが文明社会のなかでは必ずしもそうではない。すさまじい量の情報がどっと入り込んできて、恐慌状態に近くなってくる。都会に住む現代人は、自分の感覚を無意識のうちに遮断することで、逆に自分の身を守っているのかもしれない――ふと剛はそんなことを思った。

剛はうまく感覚をコントロールできずにいた。

山に入る前はもちろんそんなことはなかった。山での生活は、本人が思う以上に、剛の五感を鋭くさせていたのだ。

彼は早く店を出ようと思った。狭いところにいると、情報に溺《おぼ》れてしまいそうだった。どこでどうやって金を払うのだろうと店内を見回した。

そのとき、剛は「横浜」という言葉を確かに聞いた。

日に焼けてたくましい男たちが向かい合って食事をしていた。

ふたりとも作業用の頑丈な服装をしている。

ひとりは長袖のシャツにニッカーボッカーをはいており、頭に手ぬぐいを鉢巻きのように巻いている。

もうひとりは、作業服姿だ。その作業服の前のボタンはだらしなく外されている。作業服の下には、米軍の放出品らしいタンクトップがのぞいている。

ニッカーボッカーの男が言った。

「今日は横浜だって？」

「ああ」

作業服にタンクトップの男がこたえる。

「奥多摩湖まで何往復もしたあと、会社に戻れだってよ。まったく、運転手を何だと思ってんだ」

「けど、手当ては出るんだろ」

「じゃなきゃ、やってるかよ」

「いいよな、おまえさん、天気に関係なくて……。その上、朝だろうが夜中だろうが、時間に関係なく働ける。超過勤務の手当てだって相当なもんだろ？」

「基本給といろんな手当てがまったく同じくらいだな。うらやましいって、俺たちにすりゃあんたたちのほうがずっとうらやましいぜ。時間当たりの給金はあんたらのほうがずっと多いんだからな……」

いつの間にか、剛がそのふたりのそばに立っていた。

ふたりは険しい表情で剛のほうを見た。

剛は自分でも、いつふたりの近くへ歩いていったのか気づかぬくらいふたりの会話に集中していた。

ニッカーボッカーの男が剛を睨みつけて言った。

「何だ、兄《あん》ちゃん。何か用か？」

剛はまっすぐに作業服にタンクトップの男を見ていた。

作業服の男は警戒心に満ちた眼差しで剛を鋭く見返していた。

剛は、ニッカーボッカーの問いにはこたえず、作業服の男に言った。

「横浜へ行くのか？」

「なにィ……」

作業服の男が剛の全身を見てから、顔を睨みつけた。

剛は、その相手の反応で、言葉づかいが悪かったことに気づいた。

言葉づかいについては、松任組にいるとき、代貸《だいがし》の和泉《いずみ》にうるさく注意されたものだった。

剛は言い直した。

「横浜へ行くのですか？」

作業服の男はそれでもあいかわらず険しい眼つきをしている。彼は凄《すご》むように言った。

「それがどうかしたか？」

「僕も横浜へ行きたいんです」

「行けばいいだろう」

作業服の男はふと疑わしげな表情になった。

剛の精神状態に疑問を感じたのだ。

「行きかたがわからないのです」

剛は言った。

作業服の男はますます疑わしい表情になった。今やニッカーボッカーの男も同様の表情をしている。

「わからないって、おまえ……」

作業服の男が言う。

「電車に乗りゃあいいだろうが……。金がないのか？」

「金はあります。僕は東京の地理がよくわからないし、字もよく読めないんです」

剛は正直に言った。

彼は本当のことを話していい相手とそうでない相手を本能的に識別するのだ。幼いころから、暗黒街を駆けずり回って身につけた生きるための知恵だった。

作業服の男とニッカーボッカーの男は、眼だけでお互いを見合った。

彼らはぴんときたのだった。作業服の男が剛に眼を戻して言った。

「てっきり日本人かと思ったぜ。日本語がうまいんでな……」

「母親は日本人です。でも、事情があって、僕は香港で生まれたのです」

剛には計略があった。相手を利用するためには、相手に信頼されねばならない。

そのためには、多少の身の上を明かす必要があるが、それはどうということはない。どうせ行きずりの人間なのだ。

ふたりの男はたちまち興味を示した。剛はその様子を見て取り、言った。

「横浜に身寄りがいるんです」

「どうしてこんなところにいるんだ？」

作業服の男が言った。

「横浜に行きたがっている人間が奥多摩にいるなんて変じゃないか」

「身寄りの者は、このあたりにいるはずだ、と香港を出るときに聞かされていました」

ここから剛は巧妙に嘘をつく必要があった。

「何とかここまでその人を訪ねてやってきたのですが、その人は横浜へ行ったと聞かされたのです」

「横浜のどこだい？」

剛は、松任組や『梅仙楼』のことを思い出してこたえた。

「関内《かんない》というところらしいです」

「そうか……」

作業服の男は剛を見て、さきほどとはうって変わって感慨深げにそうつぶやいた。

剛は言った。

「必要なお金は払いますから、もし横浜まで行くのなら、連れていってもらえませんか」

「どうしたもんかな……」

作業服の男は考え込んだ。

「俺はトラックの雇われ運転手でな……。そういうことをすると、けっこう会社がうるさくてな……」

「いいじゃないか、連れてってやれよ」

ニッカーボッカーの男が言った。

「会社にゃ黙ってりゃわかんねえだろうが……」

運転手は、また考え込んでいたが、やがて言った。

「よし、いいだろう。連れてってやろう。ただし、出発は夜になるぜ。作業が終わってから出発するんでな」

「いくら必要ですか？」

「ヒッチハイクはタダという不文律があるんだよ」

「ヒッチハイク……？　フブンリツ？」

「つまり、金はいらないということさ」

「そういうわけにはいきません」

「いいかい、兄ちゃん。覚えておけよ。俺たちは金のために働いている。だが、金のために生きているわけじゃない。金は大切だが、ほかにも大切なものがあることぐらい知っているんだ」

剛には理解しかねた。

彼は生きるために金が必要だった。金があれば母親はもっと長生きしたかもしれない。そして、彼は欲望むき出しの人間のなかで育ってきたのだ。

彼のまわりには、金のためなら、平気で仲間を裏切ったり、人殺しをしたりするような人間ばかりがいた。

だが、剛はそれ以上何も言わなかった。彼は礼を言った。

運転手は剛に言った。

「今夜、九時過ぎに、もう一度この店のまえに来てくれ」

駅のそばだというのに、そのあたりは夜になると暗く淋しい感じがした。

だが、剛にとってはむしろ昼間より居心地がよかった。

約束の九時に剛は店のまえにやってきた。そして、三十分、待つことになった。

山での生活を経験していない頃の剛だったら、三十分も待てなかったかもしれない。しかし、今、剛は落ち着いていて、むしろ、ひとり夜の暗さを楽しんでさえいた。

昼間のにぎやかさは、剛を疲れさせた。

車に反射する日の光、人の声、エンジンの音、テレビの画面——すべての光と音が鋭角的に感じられ、剛は苛立った。

夜になると、周囲は静かで、剛の過敏になっている五感にはちょうどよかった。

三十分の時間などすぐに過ぎた。

「待たせたな」

作業服の運転手がやってきた。

「出発するまえに、腹ごしらえをさせてくれ」

剛はうなずいた。

運転手はそば屋の引き戸を開けた。店内には数人の客がおり、ビールや日本酒をくみ交わしている。近所の常連客のようだった。

運転手は熱いそばを食い、剛もそれに倣《なら》った。初めてそばを食べたが、思っていたよりずっとうまいものだと剛は感じた。

店を出ると運転手は、剛を中型のトラックのところへ連れていった。

トラックの荷台は泥でひどく汚れていた。

「乗んなよ」

運転手が言って、自分は運転席にすわった。剛はステップに足をかけ、助手席まで自分の体を持ち上げた。まるで体重がないようなふわりとした身のこなしだったが、運転手はそれに気づかなかった。

トラックは国道四一一号線に出てまっすぐ南下した。八王子で一六号線に入り、そのまま横浜を目指す予定だった。

「飛ばしゃ、一時間だ」

運転手が言った。

だが、秋川《あきがわ》市を過ぎたところで、運転手がいまいましげに舌打ちした。

何か面倒な問題が起きたことは剛にもすぐわかった。剛は尋ねた。

「どうしたんです？」

「くそっ！　こんなところでつるみやがって……」

運転手は、フロントガラスからまっすぐまえを睨むように見つめている。

剛は道のはるか前方を見た。

たくさんのテールランプが光っている。車だけでなく、自動二輪もいるようだった。

その集団はひどくのろのろと走っているようだった。自動二輪は、道を蛇行《だこう》し、他の車両の通行を明らかに妨害している。

「そうか……。今日は金曜の夜だ……」

運転手が言う。

剛が訊《き》いた。

「それがどうかしたんですか？」

「聞いたことないかい？　あれが日本の暴走族だ」

「暴走族？」

「くだらねえやつらよ。バイクや改造車を乗り回して、人に迷惑をかけることを生《い》き甲斐《がい》にしてやがる。喧嘩、強姦、暴行、何でもやる」

「へえ……」

剛は近づいてくるテールランプの群れを見つめた。

エンジンを空ぶかしする音や、派手なクラクションの音が聞こえた。

運転手が言った。

「触らぬ神に祟《たた》りなしだ。あの連中はまともじゃねえ。頭がいかれちまってるんだ。どこか脇道に入って避けたほうがいい……」

見ていると、バイクの群れが、一台の乗用車を取り囲んで走っているのがわかってきた。

やがて、その集団は道の中央で停止した。

「あ……、ちくしょう！」

運転手は罵声《ばせい》を上げた。道をふさがれたため、剛が乗っているトラックを含め、三台の車が立ち往生した。

バイクに乗った男たちは手に鉄パイプや金属バットを持っている。それらの武器で取り囲んだ車を殴り始めた。

たちまち、フロントガラスや後部の窓ガラスを割られた。

車のなかから、男と女が引きずり出された。

「何だ……？　襲撃されているみたいだな……」

運転手が言った。

剛は無言でドアを開けた。運転手は驚いて叫んだ。

「おい、どういうつもりだ」

剛は運転手のほうを見なかった。一言も口をきかない。

彼は、外へ出ようとした。運転手は怒鳴った。

「何をするんだ！　おとなしくここでじっとしていろ！」

だが、剛は耳を貸さなかった。

彼は、道に降り立ち、暴走族のほうに向かって歩き出していた。

6

五人がバイクを降りて、車から引きずり出した男女を取り囲んでいる。

その周囲ではバイクにまたがった連中がさかんにエンジンを空ぶかししている。その不快な音が路上に響きわたる。

バイクの集団の先には、車が二台、斜めに駐車していた。

すでに引きずり出された男は、数発殴られているようだった。唇が切れて血を流している。

女は、何事か大声でわめいている。

囲まれている男女も、周囲の暴走族と大差ない恰好をしている。

五人の暴走族のうち、ひとりが剛に気づいた。

その男が剛の顔を睨んで何か叫んだ。

バイクの空ぶかしの音で、何を言ってるのかわからない。しかし、威嚇《いかく》しようとしているのは確かだった。

剛は無視してさらに近づいた。

剛を最初に見つけた男が歩み出てきた。彼は鉄パイプを肩にかついでいる。

鉄パイプには、アスレチックテープが巻いてあり、握っているところが滑らないようになっている。

その男はいきなり鉄パイプを振りかぶった。相手が誰であれ、気に入らない者には嚙みつこうとする狂犬のような男だ。

狂犬病というのは犬に伝染する病気だが、暴走族などというのも一種の病気だ。決して治ることのない、質《たち》の悪い病いなのだ。

剛は、暴走族がどういう連中なのか予備知識がまったくなかった。

しかし、相手が、こちらの素性も確かめず、鉄パイプを振りかぶった瞬間に悟った。この連中には手かげんなどする必要はない。

眉毛をそり落とした不気味な顔のその相手は鉄パイプを勢いよく振り降ろしてきた。

剛はよけもしなければ退がりもしなかった。

相手が鉄パイプを振り降ろそうとするその瞬間に、半歩踏み込んだ。

得意の崩拳《ポンチェン》を出す。

剛にとっては普通の動きだが、相手の暴走族には剛が何をしたのかわからなかったに違いない。

見事な見切りをされたときはそんなものだ。単なる正拳突きでもタイミングさえよければ決められたほうは何をされたかわからないのだ。

さらに、周囲で見ていた者には、何が起こったのかわからなかった。

鉄パイプで殴りかかったはずの仲間が、大きく後方に弾き飛ばされてしまったのだ。

後方に飛んだのは、突きの威力というよりも重心の移動のせいだ。

相手の重心が移動している最中にカウンターのタイミングで剛の崩拳が決まったのだ。

剛はそのタイミングを香港の暗黒街で学んだ。

西洋的な理論に基づく格闘技では、体重差は絶対的なものという考え方がある。ボクシングもレスリングもウエイト制を採用しているのはそのためだ。柔道も、西洋的スポーツとなりウエイト制を採っている。

確かに、パンチの応酬や、投げ合いではウエイトは大きくものをいう。

一般に体重が重いほうが打たれ強いし、パンチ力もある。

しかし、ウエイトにこだわるのはルールに縛られているせいでもある。

東洋的な武道ではウエイトは関係ない。目ざすものが違うからだ。

最近は、実戦というとフルコンタクトの試合を指す傾向があるが、東洋的な武道でいう実戦とは違う。

武道の実戦というのは、ルールなど一切ない殺し合いなのだ。

中国武術でも日本の古武道でも、琉球の空手術においてもその点は共通している。体重差があっては戦えないという人は、訓練の系統が違っているのだ。

どんなに体重のある相手でも、動いていれば崩すことができる。

動くというのは体重を移動させているということなのだ。その体重の移動を、二本の足で支えている。

二本足が不安定なのは宿命であり、体重が多かろうが少なかろうがこの宿命から逃がれることはできない。

さらに、どんなにウエイトがある人間でも急所を鍛えることはなかなかできない。

中国武術でも、日本の武道でも、また琉球の空手術でも、急所攻撃が本来の技なのだ。

剛は、東洋的な武術を訓練してきた。

理不尽なくらい相手が吹っ飛んだのにも、理論的な裏付けがある。

ただし、西洋的な格闘スポーツに、東洋的武術がかなわない点がある。

西洋的格闘スポーツは、比較的短期間で身につくのだ。ボクシングもフルコンタクト空手も一年ほど練習すればそこそこ使えるようになってくる。

しかし、剛がやったような見切りや、一撃で相手を倒すような発勁《はっけい》などは、何年やってもなかなか身につかないのだ。

車から引きずり出した男女を取り囲んでいた連中は、さっと剛のほうを向いた。

バイクにまたがった連中は、ずっと剛のほうを見ていた。

剛は、暴走族というのが思いのほか若いのに気づいた。

彼らは剛と同年代に見えた。剛は、自動二輪を持っているくらいだから、もっとずっと年上の連中かと思っていたのだ。

剛は、日本の経済レベルをまだよく把握していないのだった。

剛の崩拳を喰らった少年は倒れたまま動こうとしない。

やかましいエンジンの音が止んでいた。

今や、暴走族たちは全員、剛に注目していた。

前髪を金色に染めた体格のいい少年が歩み出た。下品なパーマをかけた上に、額の両端を不気味なくらい剃り上げている。

「……らァ、テメェ、……っぞォ、……のォ……」

彼は剛を威嚇しているようだった。

しかし、剛にはその少年が何を言っているのか聞き取れなかった。

彼は手にヌンチャクを持っている。

いきなりその男は、上段回し蹴りを見舞ってきた。

その蹴りは、叩きつけるような感じではなかった。回し蹴りの基本は、体重を思い切り乗せて相手に叩きつけることだ。

上段回し蹴りはフェイントだった。

本命はヌンチャクなのだ。

相手が剛でなければそのコンビネーションは決まっていたはずだ。

上段回し蹴りは大技だけにフェイントの効果はある。

だが、剛は、その蹴りに合わせて半歩踏み込み、やはり崩拳を見舞った。

またしても、たった一撃で相手は地面に転がった。倒れたきり起き上がろうとしない。

つかまっていた男女も含めて、全員が言葉もなく剛を見つめている。

バイクに乗っていた連中全員が降りて集まってきた。たいていの者は武器を持っている。鉄パイプにテープを巻いて持っている者が多い。七人いた。そのうち四人が鉄パイプを持っている。

ひとりが金属バット、ふたりが木刀だ。

「上等こいてくれんじゃねえかよ」

木刀を持った少年が凄んで言った。

だが、その意味が剛には通じなかった。

「ジョウトウ……」

剛は尋ねた。

「何のことだ？」

「てめえ……。タマレンの者か？」

「さっきから、何を言ってるのかわからない。まともな言葉がしゃべれないのか？」

これは皮肉ではなかった。剛は本当に訝《いぶか》しんだのだ。ひょっとしたら、この連中も外国人なのではないか、と。

「ふざけやがって……」

相手が興奮するのがわかった。

これからどうすればいいか剛にはすぐにわかった。

彼は犯罪と暴力の街で育った。生きていくための知恵は身についている。

相手は七人。しかも全員が武器を持っている。

そして、最初、剛に鉄パイプで殴りかかってきた少年の例を見てもわかるとおり、この少年たちは相手かまわず襲いかかるのだ。

しかも、集団の魔力に酔い、人を殺すことさえ何とも思っていないのだ。

こうした少年たちは、必要なものを学ばずに育った。それ自体不幸なことだが、さらに不幸なのは、彼らが更生する見込みなどまったくないということだ。

その点が昔の不良少年とは決定的に異なるのだ。

剛はこの連中の質の悪さを肌で感じ取った。

七人は剛を取り囲んだ。

後ろから来るのはわかっていた。

「……、ヤロウ！」

罵声を上げてひとりが鉄パイプで殴りかかってきた。

剛は、片足の上足底――足裏の指のつけ根――を中心にして体を入れ替えた。

鉄パイプが空を切り、剛は相手の右斜め後方に位置した。

相手は片手で鉄パイプを横に払うように、剛に叩きつけようとした。

しかし、そうするまえに、剛は掌でその少年の肩口を打っていた。猪を一撃で倒した強烈な劈拳《ピーチェン》だった。

少年は鉄パイプを取り落として悲鳴を上げた。腕が奇妙な方向にねじれており、手の位置がずいぶんと下のほうにあった。

肩が外れてしまったのだ。あるいは肩関節のあたりが砕けてしまったのかもしれない。肩関節をこわされて平気でいられる者などいない。わずかに身動きするだけで、気の遠くなるような激痛が走るのだ。

連中は根っから暴力が好きだ。暴力に慣れているがたいていは集団暴力なので、敵の力量を正確に推し測ることなどできない。

さきほどから仲間はたった一撃で倒されている。それがどういうことなのか彼らにはわかっていないのだった。

またしても、剛の後方から敵が襲いかかってきた。

今度の相手は木刀を持っていた。

剛は、さきほどとまったく同様に上足底を中心にしてくるりと向き直り、木刀をかわした。

かわしざま、掌を相手の脇腹に叩き込んだ。横拳《ワンチェン》だ。

剛の掌は正確に脾臓を打った。

掌で腹部を強打すると、拳で殴るより衝撃が伝わりやすい。

剛の強力な発勁による衝撃が、まともに脾臓を襲った。

その少年は体をくの字に折って崩れ落ちた。

すぐさま右側にいた敵が、木刀で突いてきた。

殴りかかるのではなく、突いてきたということは、少しは武器の扱いに通じていることを意味する。

棒などの長い得物《えもの》は、一般的には打つ技より突く技のほうがおそろしい。

剛はまったく慌てなかった。

左手でその木刀をそらすように受け流しながら、拳を相手の膻中《だんちゅう》に見舞った。炮拳《パオチェン》だ。

相手を気絶させたり単に無力化させようとする場合は、水月を打つ。

水月――鳩尾《みぞおち》を打たれた苦しさはたいていの人が知っている。水月にある太陽神経叢《しんけいそう》を正確に強打すると、横隔膜が収縮して息ができなくなる。

だが、相手を殺すつもりだったら、膻中を狙う。

膻中は、中丹田と呼ばれ、中段最大の急所だ。特に掌ではなく拳で打つのに適している。

膻中を強打されると、全身のバランスが崩れ、ひどいショックを受ける。気血の流れが乱れてしまうのだ。

さらに胸椎の歪みをさそい、そのために内臓をそこねることにもなる。特に胃や肝臓への影響が出やすい。

炮拳もだいたいはカウンターのタイミングで決まる。

剛の拳をカウンターで膻中に喰らったのだからたまらない。少年は、手足をでたらめに動かしながら、あおむけに倒れた。

すぐそばに、敵がいたので、剛は、相手の武器を両手で交互に叩くようにして制しながら接近し、劈拳を見舞った。

掌が相手の顔面を強打する。

相手の少年は反撃できなかった。よけることすらもできない。

剛の手さばきはそれほど早かった。

劈拳を顔面に喰らった少年は、そのまま膝を折って崩れていった。打たれた瞬間に脳震盪を起こしているので、倒れたとき、アスファルトの路面で頭を打つ危険があったが、剛はそんなことを気づかってやるつもりはなかった。

四人を倒すのに要した時間は五秒に満たなかった。

ひとりに一秒かかっていない。

暴走族たちは、ようやく事態に気づき始めた。

剛にかかっていく者は、皆、一撃で倒されているのだ。これでは、消耗するだけだ。

ひとりが鉄パイプを捨ててナイフを取り出した。

それは小振りのバタフライナイフだったが、剛の怒りをかき立てるには充分役に立った。

さらに、それに倣《なら》って仲間たちも刃物を取り出した。

危険なサバイバルナイフを持っている者もいたし、どこから手に入れたのか、九寸五分の匕首《あいくち》を持っている者もいた。

今や、車から引きずり出した男女を取り囲んでいた数人も、こちらに加勢に来ている。

残っているのは総勢で六人だ。

斜めに駐まっている車から人が出てくる気配はなかった。車の窓には黒っぽいフィルムが貼ってあり、なかが見えない。

刃物を持った六人に囲まれ、剛は心底頭にきていた。

おそろしくないわけではなかった。刃物はいついかなるときでもおそろしい。

刃物を持った相手には、たとえそれが幼い子供でも、充分に注意しなければならない。

その恐怖が、剛をさらにおそろしい男に変えた。

獣がおそろしいのは、おびえているときなのだ。

剛は恐怖と怒りと奇妙な高揚感が入り混じり爆発しそうに感じていた。

彼は目のまえが真っ白になるほど興奮してきた。

バタフライナイフを持った少年が、ナイフの鞘《さや》をかちゃかちゃいわせて威嚇した。

ナイフの扱いに慣れていることを誇示しているのだ。

だが、そんなものは剛には通用するはずはなかった。

さきほどと同じく、剛は近づくと、まず近いほうの手でナイフを持つ手の手首をおさえた。すぐさま、その肘をもう片方の手で制する。

次には、手首にあった手で肩を制する。そして、劈拳を顔面に叩き込んだ。

この間、約〇・五秒。剛の手は見えないくらいに早い。

すぐに匕首を持った少年が突っ込んできた。

剛は、今、劈拳を叩き込んだ少年の体を支え、匕首を持って飛び込んでくる少年めがけて放り出した。

匕首は気を失っている少年の腹に突き刺さった。

匕首を持っていた少年は訳のわからない罵声を上げた。

しかし、そのときには剛はその少年のすぐ脇にいた。

剛は狙いすまして躦拳《サンチェン》を叩き込んだ。顎《あご》めがけて下から突き上げるのだ。

その少年はのけぞったままアスファルトの路面に倒れ、頭を強打した。

匕首で腹を刺された少年もいっしょに倒れた。彼はうつぶせだった。その勢いで匕首が腹をえぐり、さらに血が噴き出した。

たちまちアスファルトの路面に血だまりができる。

その血を見て剛はさらに高揚した。もう誰も剛を止められない。

剛は、匕首を持っていた少年の頭を蹴り降ろした。何かが砕ける感触があった。歯かもしれないし、鼻梁の軟骨かもしれない。顎関節かもしれないし、頭蓋骨そのものかもしれなかった。

その行為はひどく残忍に見えた。

残り四人。すでに倒れているのは八人だ。そのうちのひとりは腹を刺されて大量に出血しており、ひとりは今、頭を蹴り降ろされた。

斜めに駐まっていた車が、太いエンジン音を上げた。

四人は、はっとそちらを向いた。

車は派手なクラクションを鳴らしてその場から走り去った。

剛は、四人がその車に気を取られた隙に落ちていた鉄パイプをさっと拾った。

空手も中国拳法も武器を持つことによって技を増幅させることができる。

剛は、いきなり鉄パイプを振り降ろした。サバイバルナイフを持っていた少年が頭を割られ、血を流して倒れた。頭蓋骨骨折は間違いなかった。

残った三人が剛に注意を戻したときにはその少年は頭を割られて倒れていた。

少年たちはついに逃げ出した。逃げるならもっと早く逃げるべきだった。

彼らは捨て台詞《ぜりふ》を残すのも忘れ、バイクに飛び乗って去って行った。

気がつくと、通行止めをくらっていた車がいなくなっていた。彼らが暴走族の喧嘩に付き合わねばならぬ理由はない。

皆、迂回するか、Uターンして、その場から去って行ったのだ。

剛を乗せてきたトラックと、暴走族に窓を叩き割られたセダンだけが残っていた。

トラックの運転手と、助けられた男女が、茫然と剛を見ている。

剛は、大きく目を剝《む》き、肩で息をしている。彼は今にも叫び出しそうな気分だった。

7

「助かったよ……」

男が言った。

今まで女と抱き合って震え上がっていたのだ。

その男もまだ未成年のようだった。やはり剛と同じくらいだ。

髪を赤く染めパーマをかけている。頭のてっぺんが平らになっており、正面から見ると髪はV字型に見える。額の両脇に剃り込みを入れていた。

剛はその声を聞き、さっとその少年のほうを向いた。

少年は連れていた女とともにびくりとした。

剛は、その少年たちが何におびえているのかわからなかった。やがて、自分におびえているのだということに気づき、驚いた。

手にした鉄パイプに血がついている。

剛は不快そうにそれを放り出した。

周囲には暴走族が九人倒れている。弱々しく動いている者もいた。

「すげえな、あんた……」

少年が近寄ってきて言った。

「見たところチームみたいだけど……」

「チーム……？」

「違うのかい？　まあ、いいや何だって……。とにかく助かったよ。俺たち、多摩連なんだけど、うっかり、埼玉まで足伸ばしちまって、ここまで逃げ回ってきたんだ」

「タマレン？」

「多摩連合。気合い入ったゾクだぜ」

「おい……」

剛は背後から呼ばれて振り向いた。トラックの運転手が立っていた。

彼は言った。「いつまでこんなところでぐずぐずしている気だ？　やつら、仲間を連れて戻ってくるかもしれない。警察だって駆けつけるだろう」

剛はうなずいた。トラックに向かおうとすると、助けられた少年が言った。

「ちょっと待ってくれよ。礼ぐらい言わせてくれ」

「礼など、いい」

剛は言った。少年は食い下がった。

「まあ、そう言わないで……。先を急ぐのか?」

「急ぐ」

「どこへ行くんだ?」

「横浜だ」

「仕事かい?」

少年はトラックを親指で示した。

「いや。横浜まで乗せてもらうだけだ」

少年の表情が明るくなった。だが、それは演技のようにも見えた。

「なら、俺の車で送ってやるよ。なあ、とにかく礼をしなきゃ……」

トラックの運転手が言った。

「早くしろよ。俺ァ、ごたごたに巻き込まれるのはまっぴらだからな」

少年が言う。

「な、俺に送らせてくれ。礼もしたい。な、いいだろ」

剛は何も言わない。

少年はトラックの運転手に向かって言った。

「この人、俺たちと行くことになったから……」

「勝手にしろ！」

運転手はトラックの運転席によじ昇るとドアを閉めた。

剛はトラックへは向かわない。エンジンがかかった。剛は、それでも黙ってトラックを見ているだけだった。

動き出したトラックが一旦停止した。

運転手が体を倒し、手を伸ばして助手席の窓を開けた。彼は剛を見て言った。

「本当に行っていいんだな？」

剛の代わりに、多摩連合の少年がこたえた。

「いいんだよ！」

運転手は少年を睨みつけると、剛に言った。

「救急車と警察は俺が手配しておいてやる。あんただって人殺しになりたくはないだろう」

剛が尋ねた。

「僕のことを警察に言うつもりですか？」

「心配するなよ。暴走族同士の喧嘩だって言っておくよ。暴走族なんかいくら殺したっていいと思うんだが、こんなやつらにも生きる権利があるんだそうだ。世の中、おかしいよな。こんなクズにも、一所懸命生きているやつにも人権は平等だってんだから……。そいつはあまりに不公平じゃないか」

運転手は、もう一度、多摩連合の少年を睨みつけた。

剛が言った。

「本当に警察に僕のことは言わずにいてくれますね」

「約束する。あんたは若いのにたいしたもんだ。これだけのゾクをたったひとりで片づけちまったんだからな……」

運転手は窓を閉めた。トラックは走り去った。

少年が言う。

「さて、俺たちもぐずぐずしちゃいられねえ」

彼は自分の車のところまで駆けて行った。少女がシートの上に散らばっているガラスを外に出そうとしている。

車の窓のガラスは特殊な加工のせいで、小さな直方体の破片となる。安全のための加工だが、それでも、破片はけっこう切れるのだ。

少女は着ていたスタジアムジャンパーを手に巻き、注意深くガラスの破片を掃き出していた。

少年が同様に上着を脱いでガラス片を外に捨て始めた。

剛はその様子を黙って眺めていた。

やがて少年は言った。

「よし、こんなもんだろう」

彼は運転席にすべり込んでエンジンをかけた。車はツードア・タイプだった。

少女が助手席のシートを前に倒して、後部座席におさまった。少年が剛に言う。

「さあ、早く乗って……」

剛は言われたとおりにした。

そのとたん、車はタイヤをきしらせ、急発進した。

あやうく倒れている暴走族たちを轢《ひ》きそうになったが、うまく間をすり抜け、一度反対車線に出てから、現場を離れた。

「いい気分だ」

顔面に風を受けながら、少年は大声で言った。

「埼玉のダサ坊に一泡吹かせてやったんだからな……」

「あんたがやっつけた訳じゃないじゃん」

後ろのシートから少女が声をかけた。

「うっせえな、おめえはよ」

彼は、剛の顔と前方を交互に見やりながら言った。「俺、中島ってんだ。うしろの女はチエリ」

「こいつ、みんなにタダシって呼ばれてるただのパシリよ」

「余計なこと言うなよ」

剛はパシリが、暴走族や不良《ツッパリ》たちの隠語で使いっぱしりを意味することなど知らない。だが、そんなことを聞き返す気もなかった。

剛は言った。

「横浜に向かってるんだろうな？」

「ちょっと待ってくれよ。こんな車で横浜乗り込んだら、たちまち警察《マッポ》に止められちまう。仲間んとこ行って、車を調達するからよ」

「スピードを落とせ。風で話が聞こえない」

「わかったよ」

車のスピードが落ちると吹き込む風も弱まり、ようやく声を限りに叫ばなくとも話ができるようになった。

「いやあ、いっしょに来てくれてよかった」

タダシが言った。剛は前方を見たまま冷たい口調で尋ねた。

「何が目的だ？」

「え……？」

「どうして僕を引き止めた？」

「礼がしたいって言ったろ」

「嘘だ」

「嘘じゃねえよ。何言ってんだよ」

タダシは鼻で笑った。

剛は彼の横顔を睨みつけた。タダシは、それをちらりと見た。

タダシはたちまちすくみ上がった。

「何だよ……。睨むなよ」

「僕をこれからどうするつもりなんだ」

タダシはますます落ち着きをなくした。彼は、剛の力量を思い出したのだった。

「いや、どうってことねえよ。ちょっと、あんたのこと紹介しておきたいと思ってよ。だってそうだろ。敵対してる埼玉のやつらを十人近くやっつけちまったんだ。それもあっという間に……」

「誰に紹介するつもりだ？」

「多摩連の総長だよ。吉田さんていうんだ。会っておいて損はないって……」

「僕をみやげに、その吉田という男に取り入ろうというのか？」

「そんなんじゃねえけどよ……」

タダシはむっとした顔つきになった。

それを見て剛は図星だ、と思った。

だが、剛は車を止めろとも、いっしょに行くのはいやだとも言わなかった。

実際どうでもよかったのだ。

誰に紹介されようと知ったことではなかった。横浜へ行くのも、別に急いでいるわけではない。

マリアには会いたいが、剛は、さきほどそれよりも切実な自分の気持ちに気づいた。

戦うことに飢えていたのだ。

彼が暴走族に立ち向かっていったのは、タダシとチエリを助けたいからではなかった。

そんなモラルや正義感とは無縁の気持ちだった。

そこに戦いの臭いを感じ、自分を抑えきれなくなったのだ。

暴力を嗅ぎつけたとたん血がたぎる思いがした。

それは、猪との戦いの比ではなかった。

トラックの運転手は、暴走族というのはくだらない連中だ、と言った。剛は実際に暴走族をその眼で見て運転手の言うとおりだと思った。

だが、少なくとも、そのくだらない連中のそばにいれば、戦うことに不自由しない――

剛はそう考え始めていた。

そして、彼は意識していなかったが、心の奥底で暴走族を憎んでいるはずだった。母親の仇、八十島享太は、もともと暴走族上がりのヤクザだった。剛は幼いころその話を母親から聞いており、今は忘れているかもしれないが、潜在意識には残っているはずだった。

タダシの車は、多摩川ぞいの奥多摩街道を走り、福生《ふっさ》市に入った。

街道に面したバースナックがあり、そのまえに思い思いに改造したバイクが並んでいた。暴走族には暴走族なりのセンスがあり、バイクの改造にもセンスの良し悪しがある。そこに並ぶバイクは金のかかったものばかりだった。

さらに店の脇には派手な飾りのついた自動車が何台か駐まっている。

店は、かつては米兵がよく出入りしたタイプのバースナックだが、今では暴走族のたまり場になっている。

バーの名は『フラストレーション』。

ドアのまえに三段だけの木の階段があり、そこに、凶悪な顔つきをした若者がふたりすわっていた。

ひとりはタンクトップにだぶだぶのズボン。もう一方は迷彩の入った野戦服を着ている。

夜になると、ひどく冷え込む季節になっていた。それなのに、タンクトップだけでいるというのは、その若者の異常性を充分に物語っている。

その若者は、見るからに血の気が多そうだった。一年中血がたぎっている性格異常の一種だ。

タダシは、『フラストレーション』のまえに車を駐めると、その出入口の階段に近づいていった。

「オーッス」

タダシは、階段のところにいるふたりに挨拶をした。

「何だ？」

タンクトップの男がいきなり嚙みつくように言った。「ここはてめえみたいなパシリの来るところじゃねえ」

「いや……。総長に会っていただきたい人がいるんです」

「てめえが総長にお会いできるような人間か？　身分を考えろ」

「会って損はないと思いますよ。凄い男なんです」

「帰れ、帰れ。さっさと消えねえと目の玉なくすぞ」

タダシはその言葉を聞いて背筋が寒くなった。彼は、このタンクトップの男が、喧嘩のとき相手の眼球を指でえぐるのを得意としているのを知っているのだった。

だが、タダシは引き退がらなかった。

「聞いてください。埼玉のやつら十人をやるのに、秒単位だったんですよ」

「フカシこいてんじゃねえぞ、この」

「まあ、待て……」

野戦服の男が割って入った。「埼玉がどうのってのは、何の話だ?」

「自分はチエリと四ツ輪転《ころ》がしてたんですよ。そしたら、埼玉のやつらに囲まれちまって……。奥多摩でついにつかまっちまったんです。自分とチエリは車から引きずり出されて……。自分は血祭り、チエリは輪姦《マワシ》……。当然そうなるところでした。そこに、そいつが現れて……」

「そいつ……? 何者だ?」

「まだ名前も聞いてないんですが……」

「素性もわからねえやつを、総長のところに連れて行こうってのか!」

「それだけの価値があると思ったんです。本当に十人相手にするのに、一分とかからなかったんですから……」

タダシの話はおおげさだった。少なくとも三分はかかっていた。

だが、タダシにしてみればそれくらいの時間にしか感じなかったのかもしれない。時間の経過というのは相対的なものだし、個人的なものだ。

野戦服の男はタンクトップの男を見た。それからタダシの車を見た。

窓がめちゃめちゃに割られているのが見えた。

「そいつは車んなかか?」

野戦服の若者がタダシに尋ねる。タダシはうなずいた。

「そうです。多摩連合のものすごい戦力になると思いましてね。必死で連れてきました」

「会ってみようじゃねえか」

タダシは愛想笑いを浮かべた。

「今、連れて来ます」

彼は車のところまで駆けて行った。剛を連れて、階段近くまで戻ってくる。

剛はタダシのはるかうしろをゆっくりと歩いている。

階段のふたりはすわったままだった。

タダシが言った。

「この人です」

フライトジャケットを模した安物のジャンパー。Tシャツにジーパン、スニーカー——

ふたりは剛の出立《いでた》ちを子細に眺めた。

長い髪を後ろで一本に束ねている。

タンクトップの男が鼻で笑った。

「何だよ、ダサ坊じゃん。こんなやつ、どこが根性入ってんだよ」

野戦服の若者が剛に尋ねた。

「名前は……？」

剛はこたえない。

「おい、聞こえないのか！」

野戦服の男は怒鳴った。

タダシがおろおろして言った。

「なあ、返事してくれよ……」

剛はタダシに向かって言った。

「人に名を尋ねるときは、まず自分から名乗るのが礼儀だ」

野戦服の若者は剛をじっと見ていた。タンクトップの若者は、面白そうに笑って見せた。

剛はさらに言った。

「無理やり連れてこられて、こんな扱いを受けるいわれはない」

タダシはうろたえて、剛と野戦服の男を交互に見ている。

「ほう……」

野戦服の男は言った。

「度胸だけはちょっとしたもんじゃねえか」

彼はタダシを見た。「おい、タダシ。おまえ、俺たちの強さを知ってるよなあ……」

「はい……」

「こいつ、一分で埼玉のやつら十人をやっちまったって……？」

「ええ」

「おもしれえ……。もし、こいつがおまえの言うとおりのやつだとしたら、この俺たちともいい線いくよなあ……」

「さあ、それは……」

「もし、俺たちとタイマンでいい勝負だったら、総長のところに通してやるよ」

ゆらり、とタンクトップの男が立ち上がった。かなりの長身だった。一八〇センチ以上はあるだろう。

その上、筋肉が発達している。

凶悪な面構えに、凶器のような四肢。おそらくは未成年だろうが、こんな体格の若者が少年法という保護の下で、暴力の限りを尽くしているのだ。

少年はあくまで保護されるべきだと主張する法律関係者は、この少年のような者がいることをおそらく実感したことがないのだ。

「俺が相手だ」

剛は冷やかな眼でタンクトップの男を見た。野戦服の男はまだ腰かけている。

剛は言った。

「おまえたちと戦わねばならないのか？」

野戦服の男がこたえた。

「そうだ。泣いて頼んでも許してやらねえ」

「ひとりでいいのか？」

剛が言うと、野戦服の男は笑いを消し去った。

「なに……」

「ふたりいっぺんにかかってきたほうがいいんじゃないのか」

野戦服の若者はすぐに落ち着きを取り戻した。

「ふん。はったりかましてんじゃねえよ。こいつはな、源空会の黒帯なんだよ。骨の二、三本じゃ済まねえぞ」

「源空会……？」

「実戦空手の源空会だ。知らねえのか」

剛はあらためてタンクトップの若者を見た。剛より十センチは確実に背が高く、ウエイトはやはり十キロほどの差がありそうだった。

剛は言った。

「それは面白い」

8

タンクトップの大柄な若者は、威嚇するように一度、高々と両手を頭上に差し上げた。

それから、顔面をカバーするように、肘を曲げて、前腕を掲げた。

スタンスは肩幅。左前に構え、後ろに引いた右足の踵《かかと》をわずかに浮かせている。

パンチを警戒するように、体を左右に揺すりながら近づいてきた。

剛は、わずかに半身になって相手を見ていた。腰は高いままで、両手もだらりと下に垂れている。

タンクトップの若者は、剛が隙だらけだと思った。

こんな相手に自慢の蹴《け》りを叩き込むのは簡単だ——彼はそう考えていた。

彼は確かに体を鍛えていたし、喧嘩の場数も踏んでいる。そのため、彼は喧嘩にフェイントなどあまり意味がないことを知っていた。

喧嘩は先手必勝。強気で押していって、思いきり早く、強力なパンチや蹴りを迷わずに叩き込む——それが大切なのだ。

タンクトップの男は何の疑いも抱かず、素早い追い足からのローキックを繰り出した。

フルコンタクト空手でランニング・キックと呼ぶ技法だ。

長い距離を一気に詰め、すかさず強力な蹴りを出すことができる。見栄《みば》えのするハイキックなどでなく、ローキックを出したところも、喧嘩慣れしていることを感じさせる。

ハイキックはいかにも威力がありそうに見えるが、実はそうでもない。角運動量のエネルギーが充分に伝わらずしかもバランスを崩しやすいのだ。

ハイキックの利点は、弱い頭部を狙うため、決まればＫＯ率が高いことが上げられる。また相手を威圧するための心理的効用もある。

だが、なかなか決まらないのも事実だ。

それに比べローキックは、確実に決めることができる。そして、叩き降ろすようなローキックはエネルギーの損失がきわめて少ないために威力が大きいのだ。

人間の全体重を支えているのは二本の脚だ。その脚を攻撃するというのも理にかなっている。

フルコンタクト系空手の試合で、ローキックはかなりの確率で一本――つまりダウンを奪える技なのだ。

いつもの剛なら、相手が一歩進み、技を出そうとするところで半歩踏み出し、崩拳《ポンチェン》を決めたはずだった。

剛は滅多に退《ひ》かない。

一度退いてしまうと、反撃が難しくなる。相手は勢いに乗って畳みかけてくるからだ。連続して技を出してくる相手を止めるのは至難の業《わざ》だ。どうしても二発、三発のパンチや蹴りは喰らってしまう。

一発でもパンチを喰らうとその瞬間にひるんでしまい、さらに相手の攻撃にさらされてしまう。

だからこそ、武道家は見切りにこだわり、出合いを取ることを修練するのだ。

だが、このとき、剛は退いた。

ぎりぎりでローキックが空を切る。

すぐさま、相手はワンツーのコンビネーション・ブローを出してきた。

そして、金的を狙った蹴り、さらに、ショート・フックの左右の連打からアッパーへ続くコンビネーション。

そして上段回し蹴りにつないだ。

こうして、勢いに乗って攻めているときのハイキックは効果がある。

剛は、確かに相手のリーチの範囲内にいた。しかし、パンチもキックもまったくヒットしなかった。

剛は、手も出さず、すべてを身のこなしだけでかわしているのだ。

彼は、そうして自分の反応速度を試しているのだ。試しながら同時に楽しんでいる。

タンクトップの若者の攻撃が止まった。

彼は呼吸を乱し始めていた。

攻撃し続けるのはたいへんに疲れるのだ。しかも、すべてのパンチ、キックが空振りなのだ。これは急速にスタミナを失っていく。

剛は、最初と同じ恰好で立っていた。

彼はかすかに笑っていた。

タンクトップの男は、奇妙に感じていた。いつもの喧嘩とまったく違う。

彼の知っている手強い敵というのは殴り返してくる敵だ。

相手のパンチが当たる。すると、かっと血が昇って前後を忘れることができる。痛みすらも遠のく。

しかし、この喧嘩は違った。

まるで影を相手にしているようなのだ。

手ごたえのまるでない戦いというのは不安なものだ。追い回すだけでまったく自分のパンチが当たらないと、急速に消耗していく。

不安は消耗を助長する。

剛は言った。

「やはりふたりがかりのほうがいいと思うが……」

「うるせえ！」

タンクトップの男は吠《ほ》えた。

野戦服の若者が苛立った声で言った。

「どうした。相手は逃げているだけだぞ。たいしたことねえよ」

周囲で見ている者には、逃げ回っているようにしか見えないのかもしれない。

実際に戦っている者にしか、本当の相手のおそろしさはわからない。

「わかってるよ」

タンクトップの男は自分を鼓舞《こぶ》するようにわめき、いきなり、ロングのリード・フックを飛ばした。

すかさず左のジャブ、右のリア・ストレートとつないでいく。

だが、彼の作戦はパンチを当てることではなかった。

相手はかわすのがうまいと見て取ると、とにかく近づいてつかまえる作戦に切り替えたのだ。

タンクトップの若者はストレートを打ったその右手でうまく剛の二の腕のあたりの袖をつかまえた。

引きつけて左手で剛の首をおさえた。

さらに右手を移動させ、両手で剛の首をかかえた。

その状態から、左右の膝蹴りを肝臓や脾臓《ひぞう》に叩き込み、さらに、顔面に膝を叩きつけてフィニッシュにしようと考えていた。

剛の危機だった。

接近戦における膝と肘はまさしく凶器だ。

剛は相手の体勢から目的を悟っていた。

タンクトップの少年は、両手で剛の首をつかむと、しっかりと脇を締めて自分の体に引きつけていた。

こうすると相手は抵抗ができなくなる。ムエタイやキックボクシングでは「首相撲《くびずもう》」と呼んで鍛練《たんれん》をする。

この若者も首相撲の経験があるに違いなかった。

フルコンタクト系空手ではムエタイの技術や練習体系を取り入れているところが多い。

タンクトップの少年は剛の脾臓と肝臓を狙って左右の膝蹴りを繰り出してきた。

剛は肘を曲げて、腕の筋肉を固め、脇腹にぴたりとつけて膝蹴りをブロックしていた。

それでも膝蹴りは威力がある。

腕にダメージが生じ始めていたし、ブロックの上からでも、多少はボディに影響が出始める。

実戦に慣れていない者は、ダメージをおそれるあまり、ここでしゃにむに抵抗を試みる。

そして墓穴を掘るのだ。

首を固定された状態でもがいても逃げられない。下手《へた》に動けばそれだけブロックがゆるみ、相手の攻撃をもろに受けることになる。

剛はひたすら耐えた。

鍛え上げた筋肉を鎧のように固め、できる限り、呼吸は下腹に落とし、衝撃をはね返そうとした。

両手のブロックはけっしてゆるめない。そのうちに、タンクトップの男は罵声を上げ始めた。

蹴っても蹴っても剛は音《ね》を上げない。

なかなか相手が参ってくれないというのはいやなものだ。自分の攻撃が通用しないという無力感は、戦いの最中では絶望的だ。

「くそったれ！」

ついに、タンクトップの男はフィニッシュに持っていこうとした。

剛の顔面に膝を叩き込むのだ。

そのために、彼は、自分の鎖骨のあたりにがっちりと固定していた剛の頭部を離した。

ボールを持つように、両手で剛の頭を持っている。

若者と剛の間に、隙間ができる。この距離がないと膝を相手の顔面に叩き込むことはできない。

剛は、その隙間ができるのを待っていた。

チャンスは一瞬しかなかった。

タンクトップの男は膝を叩き込むために剛の頭を両手で持ったのだ。すぐに顔面に膝が飛んでくるはずだった。

顔面への膝蹴りは必殺技だ。殺傷力がきわめて高く、空手のたいていの流派では禁じ手となっている。

これを喰らったら、剛に勝ち目はなくなる。つまり、命が危ないということだ。

だが、剛はその一瞬のチャンスを逃がさなかった。

剛は、自分の頭をつかんでいる相手の両腕の間に、自分の両手を差し込んだ。両手の指を組んで補強している。

ちょうど楔《くさび》を打ち込むようなものだ。

そのまま、指を組んだ両手で相手の顎《あご》を突き上げた。

相手は膝蹴りを出そうとしたところだった。技を出す瞬間がもっとも無防備になる。

タンクトップの少年はのけぞり、手を離した。

彼は目のまえでストロボを焚《た》かれたように感じていた。視界がゆらぎ、鼻の奥でキナ臭いにおいがする。

腰が浮いて膝に力が入らなくなるが、彼はその感覚に慣れていた。

敵がどこにいるかわからなくなったが、反射的に両肘を曲げ、前腕を顔面の両脇に掲げてガードを固めていた。

ダメージが去り、視点が定まる。

剛は、また立ち腰のまま、やや半身になってタンクトップ少年を見ている。

その顔に、あざけるような笑いがあった。実際、剛は嘲笑して相手を挑発しているのだ。

タンクトップの男は、かっと熱くなった。

「殺してやる」

彼は、一気に間合いを詰めると、左のリードフックを出した。

剛はまだ遊んでいる。本来なら、そのリードフックを出す途中で、敵は崩拳《ポンチエン》か炮拳《パオチエン》を喰らっている。

剛は難なくかわした。

しかし、タンクトップの男も、単調には攻めてこなかった。ワンツーのリズムを変えた。

右が剛の頬《ほほ》をかすった。

それがパンチでなかったことに剛は気づいた。

指を伸ばした貫手《ぬきて》だった。しかも、指と指の間を離し、なおかつ指を少し曲げた『熊手』と呼ばれる拳に近い貫手だ。

まず掌底で顎や鼻を狙い、そのまま人差指と薬指で下から眼を突き上げる。中指はガイドに使う。鼻にそって中指を這《は》わせることによって、両眼の狙いを外さずにすむのだ。

下から指を突き上げるのは、眼をえぐる正しいテクニックだ。

正面からまっすぐ突いてもなかなか眼には当たらない。

人間は反射的に眼をかばう。そして、まぶたや顔の皮のあそびによって指先が眼球からそれてしまう。

正しい眼球つぶしは、頰骨を目標にするのだ。頰骨に二本指を当てると、皮のあそびによって、指はそのまま眼窩《がんか》に滑り込んでいく。

剛の表情が変わった。

眼球を狙うという残忍な行為に腹を立てたのだ。

もう遊んでいる気分ではなかった。

タンクトップの男は、じわじわと攻めてきた。今度は、左のジャブから入ろうとした。

ジャブを出しながら、前方へステップする。

だがそれとほぼ同時に剛も半歩進んで崩拳を出していた。

タンクトップの若者はボクシング的なステップを使ったため、重心の移動が少なかった。

そのおかげで、後方に大きく弾き飛ばされることはなかった。

だが、発勁《はっけい》の効いた崩拳の衝撃をまともにくらい、その場にすとんと崩れ落ちた。

本当に強力な技が決まったときは、このように、その場で崩れることが多い。

ボクシングでも、大きく弾き飛ばされたKOより、その場に崩れ落ちたKOのほうが危険だ。

剛は倒れた少年の右手を靴の踵《かかと》で思いきり踏みつけた。掌《てのひら》を構成する細くて複雑な骨のいくつかが折れた。

その痛みが気つけ薬になり、たちまちタンクトップの少年は目を覚まし、わめいた。

眼球を狙ったことへの制裁のつもりだった。

崩拳のダメージで起き上がることもできず、手の骨を踏み折られた痛みにも耐えられず、タンクトップの男は、ただ地面でもがきながら声を上げていた。

彼は目と口を大きく開き、声を出すとともによだれを垂らしていた。失禁している。

野戦服の少年とタダシは、声もなくその様子を見つめていた。

ややあって、野戦服の少年は怒鳴った。

「てめえ！　何しやがる！」

剛は冷やかな眼でその少年のほうを向いた。冷やかだが、残忍な感じの眼差しだった。

底光りしているような眼だ。

「戦いを挑んできたのはそっちだ」

剛は言った。

「それに、こいつは僕の眼を狙ってきた。これくらいのことは当然だ」

そのとき、『フラストレーション』のドアが開いた。

「何だ？　騒々しいな」

開いた戸口のなかから声がした。

そこには、やはり大柄な少年が立っていた。だが、その少年の恰好は、とても少年とは思えなかった。

パンチパーマと呼ばれる細巻きのパーマをかけ、それを神経質なくらいにきちんと刈っている。

口髭を生やし、それほど色が濃くないサングラスをかけている。

ピンストライプのスーツを着ているが、そのスーツの寸法は大きめで、そのだらしのなさが凶悪さを感じさせる。

スーツの下にはハイネックの白いシャツを着ている。

野戦服の男はその男を見上げ、言った。

「あ、名取《なとり》さん……」

名取と呼ばれた少年は、少年らしからぬ態度で悠然と、周囲を眺めた。

バイクが並んでいるすぐ脇にタンクトップの少年が倒れ、うめき声を上げながらもがいている。

「何だ、これは……」

名取は、野戦服の少年に言い、タダシと剛を見た。

「理事長！」

タダシは名取に対してそう呼びかけた。

「話を聞いてください」

「うるせえ！」

野戦服の男が怒鳴った。

「てめえは黙ってろ！」

名取はタダシに向かって尋ねた。

「おまえ、どこの者《モン》だ？」

「『福生鉄騎兵』です。中島っていいます」

「『福生鉄騎兵』……？　おう……。火野《ひの》のところか」

「はい」

剛は、まるでヤクザ社会の模倣だ、と思った。

彼は横浜の松任組にいたときに、その世界のしくみやしきたりなどを見聞していた。

いや、もしかしたら、模倣ではなく、彼らは将来にそなえてこうした組織のありかたを学んでいるのかもしれないと剛は思い直した。

実際、暴走族から多くの暴力団員が生まれる。こうした組織作りは、彼らにとっては未来のためのシミュレーションになっているのだ。

タダシは訴えかけるように言った。

「理事長、これはテストなんです」

「テスト……？」

「黙ってろってのがわかんねえのかよ」

野戦服の少年が言ったが、名取はそれをおさえた。

「中島っていったか……？　どういうことか聞かせろ」

タダシは、剛のことを話した。埼玉の暴走族に囲まれたところから、今、タンクトップの少年を倒したところまで詳しく順を追って説明した。

タダシの話術はすぐれていた。余計な話はなく、簡潔でしかも表現が的確だ。

彼にはそうした才能があり、その話術のおかげで暴走族のなかで生きのびることができているのかもしれない。

名取は話を聞き終わると、しばらく黙っていた。

やがて彼は剛に向かって言った。

「俺は多摩連合理事長の名取将夫《まさお》ってもんだが、あんたは？」

「ようやくまともな挨拶《あいさつ》が聞けたような気がする」

剛は言った。「朝丘剛だ」

「中島の言うことは確かなようだ。あんたが今ぶっ倒したやつは、うちの親衛隊でも一、二を争う強さなんだよ」

「ならば、その親衛隊というのはたいしたことはないな……」

名取は唇をゆがめて笑った。

「来なよ。ただし、総長のまえで、あまりそういう口をきかねえほうがいい」

剛は階段に向かった。

タダシがそれに続こうとした。名取が言った。

「おまえはここで待ってろ」

タダシは黙って名取を見上げた。

名取は野戦服の少年に言った。

「病院に連れてってやれ」

タンクトップの少年のことを言ったのだった。

剛と名取が戸口のなかへ消え、ドアが閉まった。

タダシはそれでも同じ姿勢で戸口を見上げていた。

9

『パピヨン』は、不景気のなかにあって健闘していた。

何時になっても客足が絶えない。

松任源造も口開け直後からねばっていた。多くの客がマリアを指名し、マリアは、松任源造の席にはほとんど着けなくなっていたが、それでも、彼の機嫌はそれほど悪くなかった。

代貸《だいがし》の和泉は少々訝《いぶか》しく思っていた。

松任源造はもともとあまり気の長いタイプではない。

ひいきのホステスがなかなか席に戻ってこなかったら、たちまち機嫌が悪くなって当然なのだ。

こういうときの松任源造は何かを企んでいる――和泉はそれを知っていた。

松任の稼業のほうは悪くはなかった。バブル景気のときに銀行から多額の借金をしたり、土地転がしに躍起になったりしていた大手の組は、例外なく苦しくなっていた。

松任組は所帯が小さいことが幸いしたのだ。さらに、松任組はこれから伸びていく組だと、源造自身が言っているとおり、新規の収入源の開拓に熱心だった。

横浜の埠頭《ふとう》で働く港湾労働者の一部を仕切っていることも大きかった。

バブルがはじけると、こうした儲けはそれほど大きくなくても固い商売が大切だということが身にしみてわかった。

松任組は、朝丘剛を譲ってやる代償として、劉栄徳《りゅうえいとく》に、華僑への顔つなぎを頼んだ。

横浜で華僑に顔を覚えてもらうことは、裏の稼業においてたいへん大きな意味を持つ。

華僑は、もちろん松任源造を友人として迎えたわけではなかった。

しかし、華僑に対するしきたりを教えることで、事実上の相互不可侵条約を結んだのだった。

松任の稼業が安定しているのは、華僑とのこの顔つなぎのおかげが少なからずある。

確かに余計なもめごとが減ったのだった。

稼業が安定しているために、松任源造には女にうつつを抜かす暇ができてしまった。

よくない傾向だ、と和泉は思った。

松任源造は本来、骨のある男だと和泉は思っていた。

マリアのような小娘に入れ揚げるような男ではないはずなのだ。

マリアは確かに、たいへん美しい。しかし、冷静に考えると、松任源造が惚《ほ》れるべき相手ではない。

和泉は、これが一時の気の迷いでしかないことを知っていた。

早く、本人に、それを気づいてほしいと考えていた。

客を一組送り出すと、ママが松任源造の席に戻ってきた。

「おい……」

松任源造は、鷹揚《おうよう》に笑いながら言った。

「俺がどうしてこんなにねばっているか、わかってんだろうな？」

「マリアちゃんですか？」

ママはさりげなく言う。

「ごめんなさいねえ……、人気者だから、なかなか席に着けなくって……」

「席になんぞ着かなくたっていいさ」

松任源造は意味ありげに言った。

すでにママは、松任が何を言いたいのかわかっていたが、ここはあくまでとぼけることにした。

「あらま、純情だこと……。見ているだけでいいってわけ……？」

「いい男が、そんなわけ、ねえだろう。俺は看板までねばるぜ」

「ずいぶんごゆっくりなんですねえ……」

「マリアに話をつけておいてくれよ」

ママは気分をそこねた。

小さい店ではあるが、ママは一国一城の主だ。

そして、どんなに経営が苦しいときも、店の女を売ったことはなかった。

水商売はきれい事では済まない。だからこそ、その一線は守らねばならないと、彼女は考えていた。

「ちょっと、社長……」

ママは言った。「それはいくらなんでも無粋ってもんじゃありませんか?」

「あん……?」

「あたしに遣《や》り手婆《てばば》になれっていうんですか。信じてくれるかどうかわかりませんがね、あたしはこれまで、一度だってそんなまねをしたことはないんですよ」

「なら、やってみることだ」

松任は凄《すご》んだ。大都市で歴史も古い横浜は、当然、暴力団の支配図が固まっている。その街で、新興勢力としてのしていこうというのだから、松任の肝《きも》は半端ではない。荒っぽさにも定評がある。

その松任に凄まれて、『パピヨン』のママはいい気分はしなかった。

松任源造は言った。

「売り上げが上がるかもしれないぞ」

「社長にも仕事のやりかたってものがあるでしょう。こんな店ですがね、あたしにだって意地があるんですよ」

松任は、持っていたグラスをいきなり床に叩きつけた。

「意地のために、店をつぶされてえか」

松任はきわめて低い声で言った。

カウンターのなかにいるバーテンダーが松任の席のほうを見ていた。

ママは、さりげなくコップの破片を拾い、バーテンダーに言った。

「あらま、大変。ね、オシボリ持ってきて……」

和泉が松任の前腕に手を置いていた。

松任は和泉を睨みつけた。和泉は手に少しだけ力を込めて、小さくかぶりを振った。

松任は、何か言いたげに、和泉を睨んでいたが、やがて体の力を抜いて、深々とソファに腰かけた。

バーテンダーが新しいグラスを持ってきた。ママは、何事もなかったように水割りを作った。

松任はそのグラスを受け取り、水割りをあおった。ばつが悪いのをごまかしているのだ。

彼はママに言った。

「俺がマリアを直接口説《くど》けば文句はないんだな……」

「そりゃあね」

ママは言った。

「従業員の恋愛関係にまで、あたしは口出ししようとは思いませんよ」

「わかった」

松任は言った。

彼は機嫌をなおしたようだった。

しばらくするとマリアが席に戻ってきた。

松任はマリアに言った。

「店が終わったあと、食事でもしないか？」

ほほえんでいたマリアは、ふと困ったような表情になった。

「お店、終わると、迎えの車、来ます。寮まで送ってくれます」

「だいじょうぶだよ。食事が終わったら、俺が車で送ってやるよ」

「でも、あまり遅くなる、私、困ります」

「そんなに遅くはならない。何かうまいものを食わせてやりたいんだよ」

マリアは助けを求めるようにママのほうを向いた。

ママは愛想笑いを浮かべているだけだ。ママも、もう助け舟を出すわけにもいかない。

松任を怒らせたら、『パピヨン』みたいな小さなクラブは簡単につぶされてしまう。

組員が毎日大勢で押し寄せて、悪ふざけをするだけでいい。それで客足はたちまち遠のく。

　マリアはうなずいた。

「じゃあ、ちょっとだけ……」

「十二時に上がるんだろう。それから食えるもんといったら、すしか焼肉だな……。どっちがいい？」

「どっちでも……」

「決めてくれよ。おまえの夕食だ」

「そう……。焼肉のほうが……」

「よし決まりだ。横浜で一番うまい焼肉を食わせてやるぞ」

　松任はたちまち上機嫌になった。


　十二時ちょうどに、松任はマリアを連れて『パピヨン』を出た。

　松任は待たせてあった黒いメルセデスに近づいた。退屈し切っていた若者があわてて車から降りてきて後部座席のドアを開けた。

　松任源造は和泉に言った。

「悪いが、タクシーで帰ってくれねえか？」

「いいですよ……」

和泉はもう何も言う気はなかった。

組長《オヤジ》もこれくらいの息抜きは必要だ——彼はそういう結論を下したのだ。

いつまでも舞い上がってはいないだろう——和泉は思った。いつかはきっと熱も冷め、自分がいかにつまらないことをしているかに気づいてくれるに違いない。それまで待つことにしよう……。

和泉はタクシーを拾うために大通りまで出た。大桟橋にぶつかる通りだった。

松任は若者に命じて、よく利用する焼肉屋へ向かった。

それほど広くない松任組の縄張りのなかにある。つまり、『パピヨン』とはそれほど離れていないのだった。

車を降りると、松任はマリアに聞こえないように若者にささやいた。

「おい、どこかホテル取っとけ」

松任はマリアを連れて、焼肉屋に入った。

店内はけっこうにぎわっていた。水商売関係者の姿が、そろそろ見え始める頃だ。

客のなかには松任を知っていて挨拶をする者もいた。

松任とマリアは一番奥の人目につかない席に案内された。

これは松任と店との双方のための心づかいだ。

松任は肉をどんどん注文した。クラブでかなりの量の水割りを飲んでいたにもかかわらず、彼はビールを飲んだ。

彼は、多くのヤクザ者がそうであるように、酒が強い。そして、精力もある。飲み過ぎると、ホテルに行ってからのことが心配になりそうなものだが、実のところ、松任は酒のせいで役に立たなくなったことなど一度もないのだった。

初め警戒していたマリアも、次第に打ちとけてきて、焼肉を食べ始めた。マリアの食べっぷりは気持ちがいいほどだ。まだ彼女は食べ盛りなのだ。

一時間ほどで食事を終え、店を出た。

松任はメルセデスのところにいた若者に尋ねた。

「どうだ？」

「はい、何とか……」

若者は市内にあるシティーホテルの名を言った。

「もうちっとましなところはなかったのか？」

「プリンスもホテル横浜もいっぱいでして……」

「まあいいさ。ホテルがどんなところだってやることはいっしょだ」

松任は、寮まで送ってやると言って、マリアを車に乗せた。松任が隣りにすわる。

最後に若者が運転席にすわり、発車した。

「寮はこっちじゃありません」

しばらく行くとマリアは言った。

「まだいいだろう。もう一杯、付き合ってくれ」

「もう遅いです。私、遅いの、困ります」

「心配いらない。ほんの少しだけだ」

マリアはそれ以上逆《さか》らえなかった。

松任がヤクザだということを、彼女は知っている。ヤクザは気に入らないことがあれば平気で人を殺すのだ、とフィリピンにいるころから聞かされていた。

車がホテルのまえに停まった。ドアマンがいるようなホテルではない。

マリアは、松任が何を考えているか悟った。

そして、彼女は『エルドラド号』での絶望的な生活を思い出した。

彼女らは、船底の部屋に住まわされていた。床が常に濡れている不快な部屋だ。

夜になると船員たちが、娘らを連れに来た。マリアたちは、上の階の船室に連れて行かれ、船員たちの相手をさせられたのだ。

毎夜、入れ替わりで別の船員に犯された。もう二度とあんな思いをするのはごめんだった。

マリアは、おとなしく松任に肩を抱かれてホテルの玄関を入った。

連れ込みホテルではないので、ロビーにちゃんとしたフロントがある。

松任はそこでチェックインをしなければならなかった。

彼がボールペンで書類に書き込みをしている間に、マリアは、そっと後ずさりした。

松任はそれに気づいていない。

マリアは、駆け出した。

その瞬間に松任は気づいた。

「あ、待て！」

松任は怒鳴ると、ボールペンを持ったままあとを追い始めた。

だが、すでにマリアは玄関のドアを出たところだった。

彼女は若く弾けるような肉体を持っている。走るのも早い。

一方、松任はもう四十歳近く、肉体の盛りはとうに過ぎている。その上、普段の不摂生がたたり、走るにはあまり向いていない体型になりつつあった。今夜はたっぷり酒も飲んでいる。

ちょっと走ると息が切れた。

松任のメルセデスも運転手兼ボディーガードの若者の姿もなかった。

若者はメルセデスを地下の駐車場に持って行ったに違いない。

「くそったれ！」

松任は持っていたボールペンを握り締め、折ってしまった。

彼は酒のためではなく、怒りのせいで顔が熱くなってくるのを感じていた。ふたつに折ったボールペンを投げ捨てると、彼はロビーに取って返した。

「部屋はキャンセルだ」

フロントで嚙みつくように言うと、彼はエレベーターを探し、地下の駐車場に向かった。刻々と怒りが強まっていった。

もうマリアを愛人にする気など失せていた。彼女には罰を与えなければならない——そう彼は決めたのだった。

俺に恥をかかせたやつがどうなるか、思い知らせてやる。彼は、その方策をあれこれ考え始めた。

怒りで息苦しさを感じるほどだった。

マリアは、とにかく闇雲に走り、すっかり息が上がってしまった。

それでも立ち止まるのがおそろしかった。彼女が走るのをやめたとき、彼女は港にいた。どこをどう走ったのか、彼女はまったく覚えていなかった。

急に走ったせいで胸に痛みを感じた。それくらい夢中に走ってきたのだった。

港を見て彼女は、横浜にやってきた日のことを思い出した。彼女は仲間の少女たちと船から降ろされるとすぐにマイクロバスに乗せられて、今彼女が契約しているエージェントに連れて行かれた。

このエージェントもヤクザのようだったが、彼女には詳しいことはわからなかった。彼女は寮だといって、三人で1ＤＫのマンションをあてがわれていた。三人で1ＤＫというのはひどく手狭だが、それでも国の暮らしから考えると充分に贅沢だった。バスも水洗トイレもついているのだ。

そこまで考えて、彼女は愕然《がくぜん》とした。戻るところがないのだ。

松任源造は必死でマリアをつかまえようとするだろう。そのことはマリアにもわかっていた。

当然、『パピヨン』やエージェント、住んでいるマンションにも手が回っているだろう。のこのことマンションや『パピヨン』に顔を出したら、すぐさまつかまってしまう。殺されるかもしれないと思うと、マリアは心底おそろしくなった。

船を見つめて、これからどうするべきか考えた。

しかし、いい考えなどいっこうに浮かんでこなかった。自分のしたことが原因で、『パピヨン』に迷惑がかかるかもしれない、と彼女は考えた。

それが心苦しかった。

しかし、逃げ出さずにはいられなかったのだ。あのまま部屋に連れ込まれて、松任に犯されるのは我慢ならなかった。

頼る人は誰もいなかった。

『パピヨン』のママはこれまでよくしてくれたが、これ以上の迷惑はかけられない。まじめに店につとめていたおかげで、多少の金はあった。フィリピンにいる家族に送ろうと思っていた金だが、もうそんなことは言っていられなくなった。

とにかく、どこか泊まる場所を見つけなければならない。だが、どこへ行けばいいのかわからなかった。

少女ひとりでは、夜の横浜はあまりに心細かった。

彼女はまた歩き始めた。歩いているうちにいい考えが浮かぶかもしれない——そんな、はかない希望を抱いていた。

自分の足音が妙に大きく響き、彼女はびくびくしていた。

人通りがほとんどない。夜の波止場はひどく淋しい。

マリアは、剛のことを思い出した。

今、ここに剛がいたら、どんなに心強いだろうと思った。

心底、剛に会いたかった。

そして、彼女はまた絶望的な気分になった。剛はマリアに必ず会いに来ると約束してくれた。しかし、もう『パピヨン』には戻れない。

つまり、約束どおり剛が『パピヨン』にやってきても、マリアはそこにはいないのだ。

いや、それよりも——と彼女は思った。

——ヤクザにつかまって、殺されてしまっては、一生会うことはできなくなるのだ。

マリアは、ひどく悲しい気分で歩き続けた。

歩きながら、神に助けを乞うていた。

敬虔《けいけん》なカトリック教徒である彼女は、こんな目にあいながらも、神を恨むことはしないのだった。

10

『フラストレーション』の店内は、危険な雰囲気に満ちていた。

暴力と反逆の気分がたむろしており、すべてが強い静電気を帯びているような感じだった。

照明は薄暗く、煙草の煙がたち込めて、一種独特の効果を作り出している。

その煙には大麻の煙も混じっているようだった。

九龍城砦《カオルンセンツァイ》ではおなじみの臭いで、剛はすぐに気づいた。

店のなかは意外と静かだった。

無法者の溜まり場といえば、酔った男どもがばか笑いをしながら騒いでいるという印象がある。

しかし、この暴走族の溜まり場では、男たちがあまり大きな声で話をしたりはしなかった。笑うときも、嘲笑かしのび笑いだ。

店に入るとすぐ左手にバーカウンターがある。

細長いカウンターは店の奥まで続いていた。カウンターの向かい側には店の奥に向かってテーブル席が縦に並んでいる。

一番奥の席が、他よりも少しばかり広くなっており、そこに何人かの男が集っている。カウンターのところにすわり、飲み物を手にしている男たちが、出入口のほうを見ていた。

彼らは、隙あらば誰かに喧嘩を売りたいという雰囲気を醸《かも》し出している。

店のなかはひどく汚れ、壁にはスプレーで落書きがしてある。

たいていは、暴走族のグループ名を書いてあるのだが、それが、店内の禍々《まがまが》しい雰囲気をいっそう強調していた。

カウンターのなかにはジャンパーを着て、リーゼントに髪を固めた若者がいる。

店の従業員のようだが、どうやら、彼も暴走族の一員のようだった。

店内の男は、皆若かった。大半がまだ未成年者のようだった。

彼らは、気にくわぬような表情で剛をじっと見つめていた。

理事長の名取将夫がいっしょでなければ、たちまち取り囲まれていたに違いない。

剛は、その店では、まったく場違いな恰好をしていた。

周囲の男たちに言わせれば、剛の服装はひどく軟弱な感じがするのだった。

彼らは、硬派であることにこだわる。

彼らの言う硬派というのは、粗暴さや、誤った民族主義などのことを指す。信じ難い暴力至上主義で、彼らはそれが正しいと思い込んでいる。

その誤りを教え諭してやれる人間はいない。彼らは考えを改めるには成長し過ぎている。

そして、人生を考えるには若過ぎる。

そして、彼らが人生を考えるとき、たいていは、すでにれっきとした犯罪者のレッテルを貼られており、もう後もどりはできなくなっているのだ。

暴走族を更生させようとするのは、まったく無駄な努力なのだ。

そんな無駄なことに労力と金を費すのなら、本気で彼らと戦うことを考えたほうが社会のためだ。

「ちょっと、ここで待っててくれ」

名取は剛に言って、一番奥のテーブル席のところへ行った。

名取がいなくなったとたん、剛を見る周囲の男の眼に遠慮がなくなった。

なかには露骨に鼻で笑っている者もいる。

皆、酒のせいで赤い眼をしているが、その眼は餓えたようにぎらぎらと光っている。

確かに彼らは餓えているのかもしれない。

自分自身でも何に餓えているのかはわかってはいない。しかし、彼らは、餓え渇いているのだ。

その餓えや渇きは、育ってきた環境のせいもある。つらい境遇で育った者もいるはずだ。しかし、だからといって反社会的な生きかたをする言い訳にはならないはずだ。

剛は彼らの視線をことごとく無視した。

彼らは剛を挑発しておもしろがっていたが、剛はそんなものに付き合う気はなかった。

名取が戻ってきた。

「こっちへ来な」

剛は名取について奥へ進んだ。

奥の席には四人の男がいた。皆、二十歳になるかならないかだが、すでに一人前の犯罪者の面構えをしている。

眼つきはひどく凶悪で、ヤクザのようにすわっている。

彼らは、戸口の外にいたタンクトップと野戦服の少年や、カウンターのところにいた少年より貫禄があった。

誰がトップかは、剛にはすぐわかった。

剛は、そういうものを見抜く眼力を持っている。

喧嘩のときは、特にこの力は大切だ。

多人数と喧嘩をするとき、できるだけ早い時期にリーダーをつぶすのが鉄則なのだ。

その若者は、やはり、体が大きくたくましい体つきをしていた。

両手の拳には大きなタコが盛り上がっている。

その若者は黒く妙に丈の長い上着を着ていた。

その上着には、剛には読めない複雑な文字と、多摩連合の文字が刺繍《ししゅう》してあった。

髪はリーゼントにしており、眉を剃り落としているわけでも、額に剃り込みを入れているわけでもない。

しかし、その場にいる男たちのなかで最も凶悪な感じがした。

まず、問題は眼だった。常に何かをまぶしがるように細めているその目の底は冷たく底光りしている。

そして、左の眉から頬にかけて縦に大きく走る傷跡が、ひどく凶暴な印象を与える。

「連合総長の吉田さんだ」

名取が紹介した。

「総長。こっちが朝丘剛《あさおかつよし》」

総長の吉田はうなずきもしなかった。

ただ、黙って剛のほうを見ただけだった。連合総長の隣りにいた男が尋ねた。

「村下をやっつけたんだって？」

剛はその男を見た。

その若者は、やはり名取と同じくわざとだぶだぶのスーツを着ていた。

白いスーツだった。黒いシャツを着ており、赤い皮革製のネクタイを締めている。

やはりパーマをかけており、その髪をリーゼントの形にととのえている。

「理事の木暮《こぐれ》だ」

名取が言った。「村下ってのは、あんたが店の外で手をつぶした相手だよ」

剛はうなずいた。

白いスーツの男――木暮は言った。

「だからって、あまりいい気になっちゃいけねえな。やつは下っ端だ。連合には凄いのがいっぱいいるんだ」

「僕はいい気になどなってはいない」

剛は言った。「喧嘩をしているところを、たまたま車で通りかかった。そうしたら、こんなところへ連れて来られたんだ。来たくて来たわけじゃない」

「この野郎、頭がおかしいのか？」

木暮はふてぶてしく笑って見せた。

「ここがどういうところなのかよくわかっていねえようだな」

「もちろん、わかっていない」

剛が言う。「知りたくもない」

「よぉ、名取……」

木暮は言った。「このふざけた口をきくやつが、どうして連合に必要なんだよ？」

「熱くなってんなよ、木暮」

名取は、大物ぶって余裕の表情だった。「火野の下にいるパシリの話じゃ、埼玉の連中を十人、あっという間にやっつけたそうだ。嘘か本当かはわからん。でも、本当だったら、大きな戦力だ」

「十人じゃない。九人だ」

剛は言った。

「え……？」

名取は思わず訊《き》き返していた。

「倒したのは十人じゃなく九人だ」

名取は吉田のほうを見て、次に木暮以下三人の理事の顔を見た。

連合総長の吉田は、相変わらず何も言わない。表情も変えようとしない。

その沈黙がひどく不気味だった。

何かの原因で感情が失われてしまったのではないだろうか――ふと剛はそんなことまで考えていた。

あるいは覚醒剤の影響かもしれない……。

だが、すぐに剛はそれらの考えを否定した。そんな男が、子供の遊びに毛が生えたものにせよ、組織のトップに立てるはずがないのだ。

その無表情さは持って生まれたものか、幼いうちに形成されてしまった性格なのだろう。

木暮がまたしても、人をばかにするような笑いを浮かべると、言った。

「ほう……。どうやらフカシじゃねえようだな……」

「俺もそう思う」

名取が言う。「親衛隊で一、二の村下がやられちまったんだ」

剛は、店内の事情がだいたい呑み込めてきた。

連合総長に理事長、そして三人の理事。幹部はこの五人で、カウンターのあたりにいる連中は、彼らが親衛隊と呼んでる下っ端だ。

親衛隊はその名のとおり、幹部の護衛や使い走りをする連中で、つまりは、組織内でも腕に自信のある者を集めた組織なのだ。

親衛隊はおそらく、交替で見張りに出ているのだろう。

タンクトップの男――村下は、運が悪かったのだ。

木暮が尋ねた。

「ヤサはどこだ？」

「ヤサ……？」

剛は眉をひそめた。

「どこに住んでるかって訊いてるんだよ」

「宿は決まっていない」

「宿なしか……。親は？」

「死んだ」

「どうやって生きてきたんだよ」

「何とか働いて食いつないだ」

「ひとりでか？」

「ひとりで」

その場の雰囲気が変わった。

彼らは不幸な境遇の者に弱い。それは情け深いせいではない。

苦労をして生きている者に、劣等感を抱いているのだ。

世の中には劣等感をバネにして生きている者もいるだ、もともと、性格が歪んでいる彼らはそういう生きかたはできない。

劣等感をねじ曲がった方法で解消するしか術《すべ》を知らないのだ。

彼らは一瞬、剛に気圧《けお》されそうになったのだった。

木暮は言った。

「心配するな。今日からはひとりじゃねえ。多摩連合がいっしょだ」

これも甘言に過ぎない。

彼らは若いくせに、他人を利用することしか考えていない。

利用できるうちはさんざん甘い汁を吸い、そうでなくなったら平気で裏切る。ヤクザの生きかただ。

友情だ、組織に対する忠誠だと彼らは言うが、その言葉に裏付けはない。裏付けのないスローガンは嘘と同じことだ。

「火野んとこのパシリに面倒みるように言おう」

名取は言った。「中島とか言ったな……。ここまで連れて来た責任がある」

木暮ら三人の理事はそれぞれに肯定の意思を表した。

誰もがふてぶてしい態度だった。

「来いよ」

名取が言った。「用は済んだ」

「待ってくれ」

剛が言う。「これはどういうことなんだ？」

名取がこたえる。

「あんた、連合の一員になったんだ。そうだな、どこの族にも入ってないだろうから、一応身分は親衛隊ということにしておこう」

「こっちの意思は？」

「何だって？」

「勝手に引っ張って来ておいて、今からおまえも仲間だ、か。これでは、はいそうですかとは言えない」

三人の理事は顔色を変えた。

連合総長は不気味な沈黙を守ったままだ。名取が言った。

「言ったろう。総長のまえで、なめた口をきくなって……」

「納得がいかないと言っているだけだ」

その一帯の緊張度が、みるみる高まっていった。

店内の剣呑《けんのん》な雰囲気が強くなる。

剛はそれがきわめて危険なことを承知していた。

そこは相手の溜まり場だ。人数に差もあるし、地の利は相手にある。

連中は武器も持っているだろう。

どんなに腕に自信があっても、他人の縄張りで大口を叩いてはいけない。それは兵法に反するのだ。

しかし、なめられてはならない場面もある。剛は、今がその場面だと感じていたのだ。

緊張が臨界に達した。

木暮が立ち上がった。

剛のすぐ後ろには、親衛隊が集まってきていた。

五人いる。

剛はその気配を背後に感じながら言った。

「ここで争う気はない。だが、そちらが手を出したら、僕は戦わなければならない。僕も無事で済まないかもしれないが、そちらにも相当の被害が出る」

「被害なんぞ出ねえよ」

木暮が言う。「あっという間にオシャカだ、てめえ……」

剛は腹をくくった。やるしかない。

そのとき、ひどく野太い声がした。

「やめろ」

木暮はひどく驚いた顔をした。

それは名取や、他のふたりの理事も同様だった。

剛からは見えなかったが、親衛隊員の表情は驚きというよりも、恐怖のそれに近かった。

連合総長が何かを命ずるというのは、彼らにとっては、それほどの重大事なのだということがわかった。


木暮はその場に立ち尽くし、やがて、もとの場所に腰を降ろした。

しばらく沈黙の間があった。

店内は凍りついたようになった。

連合総長の吉田は、その底光りする表情のとぼしい眼で剛を見すえた。

剛も眼をそらさなかった。

長い沈黙の後、ついに連合総長は剛に向かって言った。

「多摩連合に迎えたい」

たっぷりと間を取ってから剛がこたえた。

「わかった」

これで片がついた。お互いの面子《メンツ》は保たれたのだった。

剛は面子にこだわるような男ではないが、暴力専門家を相手にしようとしたら、時にはそういうものも必要になるのだ。

剛は連合総長たちに背を向け、出口に向かってゆっくりと歩き始めた。

親衛隊員たちが道をあけた。剛は、直接連合総長に声をかけられたことによって、格が上がったのだ。

名取がそのあとに続いた。

剛がドアから出ると、タダシが階段の下で待っていた。

野戦服の男もタンクトップの男もいなかった。病院へ行ったに違いない。

名取がタダシに言った。

「朝丘は、今日から仲間だ。ヤサがないというから、責任持っておまえが面倒みろ」

タダシはうなずいた。

「わかりました」

名取はドアを閉めようとして、ふと剛を見た。彼は言った。

「まったく、何てやつだ……」

それは、軽蔑や嫌悪ではなく、むしろ畏敬の響きがあった。ドアが閉まった。

「よかったな……」

タダシが言った。

剛は返事をする気になれなかった。考えようによっては迷惑な話だった。

勝手に引っ張って来られて暴走族に入れられてしまったのだ。

だが、剛はそれほど迷惑には感じていなかった。

彼が今必要としているものが向こうからやってきたようなものだった。彼は戦いに餓えていたのだ。

「横浜はどうする？」

タダシが訊いた。

剛の脳裏に一瞬、マリアの顔が浮かんだ。しかし、彼は言った。

「少し寄り道をしたところで、どうということはない」

「よし。じゃあ、俺のアパートへ行こう」

タダシはフロントガラスが割れた車に向かって歩き出した。

剛はそのあとについていった。

チエリが車のなかで待っていた。彼女はタダシに文句を言った。

「遅いじゃん」

「ばか、総長に会ってきたんだぞ」

「ね、どんな話したの？」

チエリは剛に尋ねた。

そのとき剛は、チエリがかわいらしい顔立ちをしているのに気づいた。髪を染め、パーマをかけたりしているので今までそう感じなかったのだ。

小造りだが目だけが大きく、かなりの美人だった。

タダシが車のエンジンをかけた。そのとき、けたたましい排気音を立て、一台のセダンがやってきた。

改造が目につく車だ。それが『フラストレーション』のまえの小さな空地に勢いよく滑り込んできた。

ドアが開き、ちょっとした騒ぎが始まった。

「おーい。埼玉のレディース、二匹、生け捕りにしてきたぞーッ！」

「ウサギちゃん二匹だぞ！」

男ふたりで女をひとりずつ引きずっている。

「やめろ、バカヤロ！　放せよ！　痛ェだろ！」

女たちは声を限りに叫ぶ。

やがてふたりの少女は店のなかに連れ込まれた。

少女たちの罵声がかすかに聞こえていた。その罵声がひときわ激しくなり、やがて意味のない叫び声に変わった。

わめき声がしばらくすると号泣に変わり、やがてそれも聞こえなくなった。

タダシとチエリは何も言わなかった。

剛はひどく冷たい表情をしている。マリアたちが、船員に犯された最初の夜と同じ表情だった。

タダシは車を出した。

11

タダシのアパートは福生市内にあった。米軍横田基地に近く、そばに都営住宅がある。昔ながらの二階建てのアパートだ。木製のドアが並び、パイプの手すりのついた鉄板の階段が外についている。

タダシは一階の一番階段に近い部屋に住んでいた。

四畳半ほどの台所と六畳間があり、ユニットバスがついている。

六畳間にはベッドとタンスがあり、台所にダイニングテーブルと椅子が置いてあった。男所帯という感じではなかった。チエリといっしょに住んでいることがわかる。

女物の服が壁にぶら下がっている。

窓には、男物のパンツや靴下と、女物の下着類がいっしょになって下がっていた。

「散らかってるけどよ……」

剛は出入口のドアのところで立ち止まり、尋ねた。

「ふたりで暮らしているのか？」

「まあな……」

「自分で生活費を稼いでるのか？」

「俺、まだ高校生だよ。親が出してくれてるんだよ」

「親は遠くに住んでいるのか？」

「福生市内にいるよ。自分の部屋がほしいってゴネたら、ここ借りやがってよ。親も俺といっしょにゃ住みたくないいんだ。いいから入んなよ」

剛はタダシの言っていることが信じられなかった。

そんな贅沢《ぜいたく》が本当に許されるのだろうか？

それよりも、子といっしょに暮らしたくない親、親といっしょに暮らしたくない子がいるものなのだろうか――。

剛は、幸福な家庭というものを知らない。家庭というもの自体をあまり経験したことがないのだ。

そのために彼は、親子という関係に過大な幻想を抱いているのかもしれなかった。

タダシがチエリに言った。

「車、修理すんのにまた金がかかるなあ……」

「どのくらい？」

「見積り出させなきゃわかんないけど、二、三十万は……」

「保険は？」

「そんなもん、入ってるわけねーじゃん」

「どうすんのよ。親に泣きつく？」

「冗談！　バイトするしかねえな。おまえも手伝ってくれよ」

「そうね。また年ごまかして、新宿のクラブにでも出ようかしら」

「趣味と実益か……」

「ばか言ってんじゃないわよ。オヤジなんて趣味じゃないよ。みんなスケベでさ……」

「けど、ちょろいもんだろ」

「まあね。猫かぶってりゃ小遣《こづか》いくれるわよ」

剛は黙ってふたりの話を聞いていた。

香港では、少年少女が働くのは珍しいことではない。

というよりも、アジア諸国ではどこでも子供が働いている。

だが、それは食うためであり、あるいは、家業を助けるためだ。

遊ぶために金を稼ぐわけではない。

高校へ進める少年と働かなくてはならない少年は二分されるのだ。剛自身も生きるために必死で働いてきた。

剛はタダシやチエリに腹を立てるよりも、あまりの経済感の開きに仰天していた。

タダシは高校へ行かせてもらい、自宅の近くにアパートを借りてもらい、その上、車を乗り回しているのだ。

「ビール、飲むかい？」

タダシが冷蔵庫のドアを開けて言った。

剛はタダシとひどい断絶を感じて口もきけずにいた。

タダシやその仲間がやっていることは、九龍城砦《カオルンセンツァイ》あたりでは日常のことだ。犯罪と暴力は珍しくないし、法の眼も届きにくい。

だが、その暗黒街にやってくる動機が違う。あまりに違い過ぎると剛は感じていた。

タダシは缶ビールを剛のまえに置くと、多摩連合について説明を始めた。

多摩連合というのは、東京西部のいわゆる三多摩と呼ばれる地区を中心とした組織で、名前のとおり、大小の暴走族の連合体だという。

傘下の暴走族は約二十グループで、構成員は総勢で二百人とも三百人ともいわれている。

多摩地区は、埼玉との行き来がしやすい土地で、勢い、埼玉方面の暴走族との揉《も》め事が絶えない。

今では多摩連合と埼玉方面の暴走族のいさかいは日常のこととなっている。

さらには、多摩連合は、都心や神奈川県にも進出して勢力を広げたい考えだという。

「とにかく、総長ってのはすごい人でさ」

タダシは言った。「埼玉の暴走族《ゾク》三十人をひとりでやっつけて壊滅《かいめつ》させちまったっていう伝説や、ヤクザ相手に大立ち回りをやったっていう伝説があるんだ。ヤクザだぜ。半端じゃねえんだよ」

剛は驚かなかった。

彼は八十島エンタープライズという組をたったひとりで潰《つぶ》しているのだ。

タダシは何を言っても驚かない剛に拍子抜けしていた。

彼は、剛が総長に対してライバル意識を持っているのではないかと考え始めた。

タダシがあまりに総長を持ち上げ過ぎるので剛が機嫌をそこねているのかもしれないと思った。タダシは言った。

「そりゃ、あんたもすげえよ。あんたの強さも並じゃねえ。あんたと総長ならいい勝負かもしれねえな」

タダシは剛をおだてることにしたのだ。これから、どれくらいの期間になるかわからないがいっしょに生活をすることになるのだ。

だが、それでも剛は表情を変えなかった。

剛にしてみれば、これまで彼が戦ってきた男たちのほうがずっと手強いと思えるのだった。

暴走族は、暴力集団ではあっても、剛に言わせれば、子供の遊びの要素が強かった。

タダシはさらに言った。

「あんたなら、すぐにのし上がれるぜ。どんどん手柄を立てることだ」

「手柄……？」

ようやく剛が反応した。

タダシはほっとした。

「そうさ。埼玉や都心や神奈川のやつらをできるだけ多くやっつければいいのさ」

剛はこの言葉には心が動かされた。

「どうやればいいんだ？」

「そりゃ、つるんで走ったり、集会に出たり……。そうだな。『福生鉄騎兵』でいっしょに走ってりゃいい。火野さんに話を通しておいてやるよ」

「火野というのは誰だ？」

「『福生鉄騎兵』のリーダーだよ。おい、今度はあんたのことを話してくれよ」

とたんに剛は再び表情を閉ざした。

山を降りて、突然、あまりにいろいろなことがあり、彼は疲れ果てていた。

「僕はもう寝たいのだが……」

「ああ……」

タダシは質問を無視されて、面白くなさそうに言った。

「今、布団を敷くよ。待っててくれ。おい……」

タダシはチエリに声をかけた。チエリは面倒臭げに立ち上がり、押入れから布団を出して敷き始めた。

ピンク色の布団カバーがついている。ピローケースもおそろいだった。

チエリが使っていた布団に違いない。

今では、タダシとチエリは、ひとつのベッドでいっしょに寝るのだろう。それで用済みになったのだ。

剛は横になったとたん、たちまち眠りに落ちた。

久し振りにちゃんとした寝床で眠ることができた。布団に入った瞬間、それだけで幸福感を覚えた。

疲労のせいで寝苦しく、剛は何度も寝返りを打った。

寝汗もかいていた。

彼は夜明けまえに、一度目を覚ました。そのとき、タダシとチエリがベッドのなかでひそひそと言い合っているのが聞こえた。

「ばか、あの人、起きちゃうじゃん」

「だいじょうぶだよ。よく寝てるよ」

「やだってば、もう……」

「なんか、俺、興奮しちまってよ……」

「あ、だめだってば……、あ……」

そのあと、チエリは、鼻にかかった甘い声を洩らし始めた。声を出すのを必死にこらえている様子だ。

剛はじっとしていた。

彼は、体のなかに熱いものが渦巻くのを感じた。

剛はマリアのことを思っていた。


マリアは、本当に途方に暮れていた。

このまま、船にこっそり乗り込んでどこかへ行ってしまおうかとも思った。

横浜を離れるべきだ、とも考えた。

しかし、横浜を離れてしまったら、二度と剛に会えなくなってしまう気がした。

彼女は今、正確な判断を下せる状態になかった。

とにかく、横浜を離れ、生き延びることが先決なのだ。

生きてさえいれば、『パピヨン』のママに電話で連絡するなりして、剛に居場所を伝えることもできる。

だが、混乱し、疲れ果てている彼女は、こういうふうに順序立てて考えることができないのだった。

ないのだ。

まだ夜明けまでには間があった。

彼女は山下公園にいた。歩き回っているうちに、何度もここへ出てしまった。

マリアは、ずいぶん歩いたつもりだったが、実は、同じところを歩き回っていたに過ぎないのだ。

公園近くの車道には何台も車が駐車していた。

車のなかで愛し合っている男女もいた。

また、ひどく軟派な恰好をした連中が何人か乗っている車もあった。

そうした男たちが、何組かマリアに声をかけてきた。

マリアは、客商売だ。そうした連中を無視するのはうまい。

だが、しつこい連中もなかにはおり、ついに、三人組がマリアにつきまとい始めた。

歩道を行くマリアの速度に合わせ、車をゆっくり走らせ、窓からふたりがかりでさかんに誘いの言葉をかけてくる。

マリアは走り出した。

細い路地を曲がる。男たちは車を駐めて降りてきた。

三人でマリアを追い始める。

疲れ果てていたマリアだが、力をふりしぼって走った。

ここであんな男たちにつかまるのなら、松任のところから逃げ出して苦労をしている意味がなくなってしまう——彼女はそう思った。

走りながら、マリアは泣き出していた。

恐怖のためではない。何でこんな目にあわねばならないのかという情けなさのせいだった。

彼女は男たちの足音を聞き、何度もあきらめかけた。

いっそ、つかまって楽になったほうがいい。しかし、そのたびに剛のことを思い出した。

そして、剛といっしょだった『エルドラド号』でのことを思い出した。

彼女は必死だった。その必死さが、徐々に彼女に知恵を与え始めていた。

ただ逃げ回るだけではいけない。すぐに体力を消耗してしまう——彼女はそのことに気づいた。

時には身を隠し、やり過ごすことも考えねばならないのだ。

隠れる際には、発見されたときのことを充分に考え、逃げ道を用意しておかなければならない——マリアはそのことにも気づいた。

路地のなかで、本当の行き止まりというのは案外少ない。

ビルとビルの隙間は、たいていは通り抜けられるものだ。

彼女は今までとは違い、耳を使い始めた。そして、先を考え始めたのだ。

マリアは看板やゴミ箱、開いている裏口のドア、建物の角などを利用し、身を隠しながら男たちの様子をうかがっていた。

「ちっ……。逃げられちまったか……」

「上玉だったんだけどなあ……」

「おう。夜が明けるまで、まだひと勝負できるぜ、他を当たろうや……」

男たちは去って行った。

そのとき、マリアはビルの庇《ひさし》の下にある、飲み物の自動販売機の陰にいた。

ほっとしたとたん、一歩も動けなくなってしまった。

彼女はそこで膝をかかえて小さくなっていた。

また涙があふれ始めた。一度泣き出してしまうと、涙は次から次へ流れ出てきた。

自動販売機の後ろはあたたかかった。

マリアは、泣き疲れ、知らぬ間にうとうとと眠ってしまった。意識がすうっと遠のいていくような眠りだった。

それだけ疲れていたのだ。

はっと目を覚ましたときには、すでに空が白みかけていた。

まだ人通りはない。マリアは自動販売機の陰から身を起こして歩み出た。

あちらこちらの関節が痛んだ。窮屈な恰好で眠ったせいだった。

一夜明けて、松任は怒りを鎮《しず》めているだろうか——マリアは考えた。

残念ながら、それは望めそうになかった。本当に大変なのは、これからかもしれない——そう思うと、マリアは居ても立ってもいられない気分で、また街のなかをさまよい始めた。


松任源造は怒りのために、ほぼ一睡もできなかった。

深夜、自宅に帰りつくと、頼りになる若い衆を電話で叩き起こして、マリアを見つけ出せと命じたのだ。

組長の命令は、いついかなるときでも絶対だ。

その命令は深夜のうちに、松任組の若い衆に行きわたった。

松任は眠れなかったせいで、朝早く事務所にやってきた。

運転手役の若者は、昨夜は遅かった上に、朝早く迎えに来いと言われ、参っていた。

松任源造が事務所に着いたとき、まだ若い衆や行儀見習が掃除を始めていなかった。

「何をぐずぐずしてやがる！」

突然、事務所に現れた組長に怒鳴られ、若い衆は飛び上がった。

「おう。コーヒー持ってこい」

そう言うと松任は自分の部屋へ入り、勢いよくドアを閉めた。

組長の機嫌がひどく悪いと知って、若い衆たちは暗澹《あんたん》たる気分になった。

彼らはゆうべ下った、マリアを探せという命令のことを知っていたので、機嫌の悪い理由はだいたい想像がついた。

こうなったら、一刻も早くマリアを見つけ出して、組長に溜飲《りゅういん》を下げてもらわねばならない。でなければ、自分たちがどんな目にあうかわかったものではない――若い衆たちはそう思っていた。

いつもどおり、午前十時に代貸《だいがし》の和泉が事務所にやってきた。

彼は事務所内の暗い雰囲気に気がついた。和泉はマリアの一件をまだ知らない。代貸に、若い衆の側から組長の命令を伝えるなどということはないのだ。

「……どうした？」

和泉は茶を淹れて持ってきた若い衆に尋ねた。

「何かあったのか？」

「組長《オヤ》っさん、ご機嫌斜めなんすよ」

和泉は昨夜のことを思い出した。

『パピヨン』からマリアを連れ出したところまではよかった。そのあと、事がうまく運ばなかったに違いない。

和泉は苦い表情で言った。

「どうってこたあねえ。気にするな」

彼は茶をすすった。

若い衆が言う。

「そうもいかないっすよ。早いとこ、マリアっていう娘っこをとっつかまえないと……」

和泉は相手の顔をしげしげと見つめた。

この稼業を長年続けている男の眼だ。若い衆は落ち着かなくなった。

和泉は尋ねた。

「何のこった、そりゃあ……」

「知らないんすか、代貸……。ゆうべ、組長から檄《げき》が回ったのを……」

「知らん」

「全力でマリアを探し出せって……。今朝《けさ》、すでに何人か市内を駆けずり回ってますよ。自分らも、交替で出かけることにしてるんですが」

「稼ぎ《シノギ》はどうなるんだ!」

「組長命令ですからね。マリア探しが最優先ですよ」

和泉は席を立って、組長の部屋をノックした。返事もないうちにドアを開ける。和泉だけに許される行為だ。

「おう、和泉。ちょうどいい。訊《き》きてえことがあったんだ」

「組長《オヤジ》。それより……」

「なあ、和泉。おまえは、この俺より横浜でグレてたキャリアが長い。顔が利《き》くフーゾクの関係者はいねえか?」

「フーゾク……?」

「半端なのより、ズバリ、ソープがいいな。ホテトルでもいい」

和泉は、部屋にやってきた目的を一瞬忘れて思わず訊き返した。

「いったい、どうするんです?」

「マリアのやつを叩き売るのよ。せいぜい高く売ってその金は組がもらう。それがきっかけで稼《シノギ》ぎの幅が広がればと思ってな……。うちは、まだフーゾク関係の稼ぎがねえ」

「そのことだ、組長《オヤ》っさん。マリアのことは水に流せませんか?」

「冗談じゃねえ」

松任の眼が凶悪に光った。

「あのアマ、殺すくらいじゃおっつかねえ。死ぬよりつらい思いをさせてやる。一生、フーゾクでただ働きだ。松任組のために客を取り続けるのよ」

「剛のことも、少しは考えてやってください」

「おまえは、剛、剛と言うがな、あいつはもう松任組とは関係のない人間だ。てめえ、親の恥と剛とどっちが大事だ」

和泉は何も言わなかった。

親の恥というが、公私混同でしかない――彼はそう思ったが、それは口には出せない。白いものでも親分が黒といえば黒になる渡世だ。

「……当たってみますよ、フーゾクの線」

和泉はそう言った。

しかし、心のなかでは、別のことを考えていた。何とか組長の目を覚まさせなければならない――彼はそう思っていたのだ。

12

和泉は、事務所のなかで長い間考えごとをしていた。

事務所には、電話番の若者が残っているだけだった。皆、マリアを探して駆けずり回っているのだ。

和泉はあせっていた。

暴力団の情報収集力はたいへんなものだ。彼らは始終互いに連絡を取り合っているが、その情報網を活用すれば横浜市内から、フィリピン人の娘を見つけ出すことなど簡単なのだ。

連絡はヤクザの命だ。かつて、ヤクザは公衆電話を使うために十円玉を山のようにかかえて歩いていた。

カード電話ができ、ヤクザはその恩恵にあずかった。重い十円玉を持ち歩かなくて済むようになったのだ。

さらに、自動車電話と携帯電話の普及にはヤクザが一役買っている。

和泉にとって、マリアなどどうでもいいはずだった。

問題は組長なのだ、と当初、和泉は考えていた。

いつものたのもしい組長に戻ってくれさえすればいい、と――。

しかし、今、彼は、それだけでは満足できないと思っている自分に気づいた。

和泉は、明らかにマリアを助けたいと思っているのだった。

和泉は剛のことが気に入っていた。尊敬しているといっていいほどだった。

短い間だったが、剛といっしょに街を流していた頃のことを、彼は忘れられそうになかった。

和泉は喧嘩のプロフェッショナルだ。たいていの喧嘩を見ても驚きはしない。

彼は、若いころから、とんでもない場数を踏んできたのだ。さまざまな武道や格闘技の経験者とも戦ってきた。どんな武道の有段者もヤクザの喧嘩《ゴロマキ》にはかなわなかった。

しかし、剛の戦いを見て和泉は心底驚いたのだった。

和泉は、剛の喧嘩のレベルが、一般の人とはまったく違うと感じていた。そのレベルはもしかしたらヤクザをも超えているかもしれない、と――。

そして、和泉は、剛がただ一度だけ楽しそうな顔をしているところを見た。

それはマリアと会って話をしているときだった。

なぜだかわからないが、和泉はそれが妙に大切なことのように感じていた。

剛にとってはマリアは単なる情婦《イロ》ではないようだ。そのとき、和泉は思ったのだった。

和泉はあせりながらも、どうすべきかを冷静に考えていた。

彼はやがてつぶやいた。

「やっぱりこれしかねえか……」

和泉は立ち上がり、電話番の若者に言った。

「出かけてくる」

若者が言った。

「車どうします？」

「いや、いい」

和泉は事務所を出た。

事務所を出て、中華街まで歩いた。車ででかけるとかえって不便な距離だ。

駐車スペースを見つけるために、走っている以上の時間がかかる。

和泉は、菓子屋でクッキーの詰め合わせを買い、それを手みやげに『梅仙楼』を訪ねた。

十一時を過ぎたばかりで、店はまだ開いていなかった。

店に入ると、従業員が言った。

「すいません。お店、十一時半からなんですけど……」

その従業員は、言ってから表情を曇らせた。

一目見てヤクザとわかる男が立っていたのだ。和泉はさすがにチンピラとは違った凄味がある。

和泉が言った。

「いえ……、劉大人《りゅうターレン》にお話がございまして……」

従業員は緊張を隠し切れずに言った。

「失礼ですが、どちらさまで……？」

「和泉と申します。松任源造のところから来たと言っていただければ、大人《ターレン》はおわかりになると存じますが……」

和泉の口調はあくまでも丁寧だった。

「お待ちください」

従業員はすぐに奥に引っ込んだ。

和泉は五分ほど待たされた。彼は辛抱強く待った。どんなに待たされても文句が言える立場ではない。

彼は約束も取りつけずにやってきたのだ。

従業員が戻ってきた。

「どうぞ、こちらへ……」

彼は和泉を奥へ案内した。店は中国風の造りだが、それに続く母屋も中国式だった。

靴を脱がずにそのまま部屋まで行けた。

美しい原色の飾りのついたテーブルに向かって、劉栄徳《りゅうえいとく》がすわっていた。

彼は立ち上がらなかった。

礼儀を重んじる中国人だが、礼を尽くすべき相手とそうでない相手の区別も厳しい。

和泉はクッキーの包みをテーブルに置いた。

「おすわりなさい」

劉栄徳老人が言った。

「はい」

和泉はなるべく音を立てぬよう気をつけて椅子を引きすわった。

「用というのは？」

茶も出てこなかった。

「大人《ターレン》のお力をお借りしたいのです」

「私の力……？」

「もしくは、お仲間の……」

面と向かって華僑の力とは言いにくかった。しかし、意味は充分に伝わったはずだ。

「日本のヤクザを助けなければならぬ理由はないはずだが……」

劉老人の口調は実に淡々としていた。それだけにかえって取りつく島がないという感じがした。

「いえ、助けていただきたいのは、私どもではありません。フィリピンからきた娘です」

「フィリピン人……？　ますますわからない……」

「マリアという名の娘でして……。実は、朝丘剛と同じ船で横浜に着いた娘なんです。その後、『パピヨン』というクラブで働いていたのですが……」

「ほう……」

劉栄徳の表情に初めて変化が表れた。彼はようやく和泉の話に関心を持ったようだった。

「剛の知り合い……？」

「知り合いというか……。その……、どういうのでしょう。私ら、不粋で……。どうも……」

和泉は妙に照れ臭そうに言った。「どうも、剛の大事な人らしいのです」

「わかった。それで……？」

「恥ずかしながら、うちの社長が横恋慕しまして……。ゆうべのことです。店から連れ出して、その……、自分のものにしようとしたらしいのですが……」

「うまくいかなかった……」

「そうなんです。マリアは逃げたらしいのです。社長は、ゆうべからうちの者を動かしてマリアを探し回ってるわけでして……」

「まだ見つかっていないのだな……？」

「はい……。おそらくは市内を逃げ回っているのでしょう。駅はうちの若い者が張っているはずですからね」

劉老人は考え込んだ。

和泉は言った。

「何とか、マリアを助けてやっていただきたいのです」

「身内の恥をさらしてまで私に助けを乞うとは、ヤクザとも思えんな……」

「親の言うことには逆らえない世界です。私が止めようにも止められんのです。松任に意見できる親戚筋の親分がいないこともないのですが、それこそ、同じ稼業の連中に恥をさらすことになってしまいます。そして、警察を除いて、私ら以上に横浜に情報網を持っておられるのは、大人《ターレン》のお仲間たちだけなのです」

「なぜだ？」

「は……？」

「なぜ、マリアを助けようとする？　一銭にもならんだろうに……。日本のヤクザは金にならんことはやらないはずだ」

「なぜだか、自分にもわかりません」

和泉の言葉は歯切れが悪かった。「ただ、剛が優しそうな顔をするのはマリアを見るときだけなんで……。私らみたいな殺伐とした世界におりますと、そういうものがよけいに大切に思えるんです」

劉は、値踏みするように、じっと和泉を見つめていた。

和泉はその視線を感じていたが、黙ってテーブルの上を見ている。

劉栄徳が判断を下すのに、それほど時間はかからなかった。

彼は部屋の外に向かって声をかけた。

店の従業員のひとりがすぐさま現れた。劉栄徳は言った。

「電話を持ってきてくれ」

店の者は、うなずいて退出しようとした。劉老人は付け加えた。「それと、お客さんにお茶をお持ちして……」

和泉は驚いた。

従業員がコードレス電話を持って来ると、劉老人はある番号にかけ、中国語で何事かを話し始めた。

もちろん和泉には何を言っているのかわからない。

茶が出てきた。蓋のついた茶碗に入った本格的なジャスミン茶だった。

劉栄徳は切ってはまた電話をかけた。それを三、四回繰り返した。

和泉は茶に手を出さなかった。恐縮しているのだった。

早口の中国語を聞いていると、得体の知れない大きな力が動き始めるのが感じられた。

やがて劉栄徳が電話を切り、言った。

「茶が冷めたようだ。入れ直させましょう」

「いや、そんな……」

「そうだ、ちょうど昼の時間だ。食事をしていってください」

「……とんでもない……」

「剛は、一度私の門人となりました。門人というのは家族と同じなのです。あなたは、家族である剛の気持ちを思いやってくださり、大切なことを私に知らせてくれた……」

「あ……、いや……」

「昼食を付き合っていただきたい。それとも私のもてなしなど受けられませんかな？」

和泉は、劉を驚いたように見つめていたが、やがて頭を下げた。

「ごちそうになります」

食事の間、和泉は終始緊張しているようだった。

本来ならば、時間をかけて食事をするのだが、劉栄徳は和泉を見て早く解放してやったほうが彼のためだと思った。

何を食べても、味などわからないに違いない。

昼食は四十分ほどで終わり、和泉はそそくさと退散した。

和泉が去ると、劉は食器を下げに来た従業員に尋ねた。

「弘一は学校かね？」

松原弘一は大学生だ。

「いえ、今日はまだ部屋にいるようですが」

「呼んでくれないか」

「わかりました」

三分後に、松原弘一が現れた。

「お呼びですか、老師」

「どうやら、天は、私たちと剛を離ればなれにはさせたくないようだ」

「何があったんです」

松原が、期待を込めた表情になった。

劉栄徳は、和泉から聞いたマリアの話をして聞かせた。

「われわれより先に、ヤクザが彼女を見つけたら……？」

「あるいは、われわれが見つけた後に、ヤクザが彼女を奪いに来たらどうするか……。それを相談したくて呼んだのだ」

松原弘一は慎重になった。

ここで血気にはやるような男ではない。

「ここはひとつ度胸を決めなければならないかもしれませんね」

「相手はヤクザだ。戦う気はあるかね？」

「後ろ楯がないと戦う気はしませんね。ヤクザがこわいのは、戦いのそのときももちろんですが、そのあとなのですよ。喧嘩でヤクザに勝っても、結局は、ひどい目にあわされるのです。大けがをしたり、身内の者が耐えがたい威《おど》しや辱《はずか》しめにあったり、ひどいときには殺されたりします」

劉栄徳はそれを聞いてにっこりと笑った。

「華僑の後ろ楯では不足だろうか？」

「いいえ」

松原弘一は自信を持ってこたえた。

「決して不足ではないと思います」

「では、われわれは、そのときには戦うとしよう」

松原弘一は平然とうなずいた。

彼は門人となるとき、すでに劉栄徳に運命をあずけていた。

「それで、マリアという少女を見つけるのにどれくらいかかりそうです？」

「なに、横浜にいる限り、そうはかからん。今日の日暮れまでには見つかるさ」

劉栄徳は事もなげに言ったが、その言葉には自信の重みがあった。


チエリは学校へ出かけていたが、タダシは部屋のなかでごろごろしていた。

剛のひどい疲労は、一晩眠って回復していた。

だが、彼は、体のあちらこちらに凝《こ》りを感じていた。

体を動かしたかった。

毎日かかさずに『形意拳』の練習をしてきたのだ。

「ちょっと出かけてくる」

「どこ行くんだよ？」

「散歩だ」

「俺も行くよ」

「いや、ひとりで行く」

剛は外に出た。人目につかない場所を見つけるのにそれほど苦労はしなかった。

彼は周囲を見回し、馬歩《まほ》となった。

両足を、爪先から膝までの長さプラス拳ひとつ分の幅に取り、膝を曲げて腰を深く落とす。

ちょうど、馬にまたがっているような恰好なのでこの立ちかたを馬歩と呼ぶのだ。

両手の拳を正面に出す。両腕を伸ばした状態で、剛は、ゆっくりと深呼吸を始めた。

吸った息を、臍下丹田《せいかたんでん》に溜め、そこでぐっと力を入れる。

丹田から出た息が股間を通り背を昇り、頭頂を通って鼻から出るような気持ちでゆっくりと吐く。

それを繰り返す。

『小周天法《しょうしゅうてんほう》』と呼ばれる気功法だ。武術のために気功をやる場合は、こうして馬歩や、虚歩《きょほ》で下半身に負荷をかけて行なう。

虚歩というのは、片足に体重をかけて腰を落とした立ちかたで、日本の空手では『猫足立ち』と呼ばれている。

馬歩も虚歩もやってみるとわかるが、たいへんつらい立ちかたで、初心者は三十秒ともたない。

幼いころからこうした鍛練《たんれん》を続けている剛は、いつまででも馬歩でいられるくらいに足腰が練られていた。

さらに『エルドラド号』での荷役で、足腰はいっそう鍛《きた》えられている。

剛の拳の威力は、この足腰に支えられている。

このように、中国武術の伝統的な鍛練法はじっと負荷を耐えるようなものが多い。

ヒンズースクワットや縄跳びなどは、行なわない。

気功を合わせて行なうからだ。

『小周天法』で気をぐるぐると巡らせることができるようになると、同門の先達《せんだつ》からむやみに人を打つなと言われるようになる。気の働きによって拳の威力が飛躍的に伸び、時には打った相手を殺しかねないからだ。

充分に気を練った剛は、すでに汗をかき始めていた。馬歩で立っているだけで汗が出てくるのだ。

彼は、『五行拳』の練習に移った。

ひとつひとつに気を込め、威力のある拳を突き出す。決して気を抜かない。

たちまち汗が流れ落ちる。

ふと剛は動きを止めた。建物の陰に人の気配を感じた。

山で長い間暮らしたための過敏さがまだ剛に残っていた。

かすかな物音、息づかい、そして視線を感じる。

剛は苛立ちを感じた。

彼はその建物の陰に向かって言った。

「ついてくるなと言ったはずだ」

しばらくは反応がなかった。しかし、そこに人がいるのは明らかだった。

やがてタダシがにたにたと笑いながら姿を現した。

剛は言った。

「何のためにあとを尾《つ》けた」

タダシはおびえているように見えた。

「いや……。あんたのことが気になってさ……」

「今、僕が逃げ出すと、組織の連中に顔向けができないというわけか？」

「そんなんじゃねえよ」

タダシはふてくされたように言った。剛の言ったことは的を射ていた。

タダシは話題を変えた。

「な、今、何の練習してたんだ？　空手じゃねえだろ？」

剛は、かつて自分がこっそりと『形意拳』の道場をのぞき、『崩拳《ポンチェン》』をひとりで学んだことを思い出した。

そして、彼は『崩拳』だけを鍛えてものにした。『五行拳』すべてを学んだのは劉栄徳のもとに来てからだった。

タダシにも技を盗む権利はあるはずだった。

しかし、今の剛はひどく苛立っていた。

剛は、低く静かな声で言った。

「今度、僕の稽古《けいこ》をこっそりのぞいたりしたら、死ぬことになる」

タダシはふるえ上がった。

13

劉栄徳《りゅうえいとく》のもとに電話が入ったのは、彼が予測したとおり、日暮れまえの五時ころだった。ちょうど昼休みを終えて店を開けようとしていたところだった。

「見つけたか」

劉栄徳は中国語で言った。そばにいた松原弘一はそれを理解した。

松原は、中国武術を修練するのに役立つと考えて北京語を学んでいるのだ。

松原弘一は劉栄徳を見つめた。劉大人《ターレン》はなおも中国語で尋ねた。

「場所は？」

老人は電話を切ると言った。

「本牧だ。車を出してくれ」

松原弘一はすぐさま店で契約している立体駐車場へ向かった。

駐車場から劉栄徳のメルセデスを出す。

松原が車を『梅仙楼』の正面へ回すころには、劉大人《ターレン》はすでに店のまえに立って待っていた。

「急げ」

劉栄徳は言った。

「マリアは、私たちの仲間をヤクザと間違えて逃げ回っているということだ」

「誰を見ても追っ手と思うでしょうね」

「剛がいればな……」

劉栄徳が言った。

松原はそのつぶやきを意外に感じて、横目でちらりと劉栄徳の顔を見た。

そして、彼は言った。

「でも、今はいません」

「そうだ」

劉老人はうなずいた。

「だから、私らで何とかしなければならない」

マリアは、急な坂を登ったり降りたりして、とにかく歩いた。

元町のきれいな商店街へ出たときは心底悲しくなった。

こんなときでなければ、ショーウィンドウに並ぶ洋服に目を輝かせていただろう。

だが、今、彼女は疲れ果て髪は乱れ、昼間の町にはあまり似合わない派手なミニのワンピースを着ている。

そのワンピースは昨夜、男たちから逃げ回ったり、自動販売機の陰で眠ったりしたため、ひどくしわが寄り、汚れていた。

彼女は自分が、そこにいるべき人間ではないと感じた。

また『エルドラド号』の船底を思い出した。

みじめな気持ちで彼女は元町を離れ、急な坂を登った。

外人墓地のまえで、彼女は立ち止まった。

もう自分の行くところは、あの墓のなかだけかもしれない。ふと彼女はそう感じて、全身の力が抜けてしまいそうになった。

マリアはあわてて、そこを通り過ぎた。

でたらめに道を曲がって歩くうちに、山手を越え、本牧までやってきていた。かなりの距離を歩いたことになる。

すでにマリアの足にはマメができており、ひどく痛んだ。

そこでマリアは、ふたり組の男が自分のほうを見て何ごとか話し合っているのに気づいた。

その男たちは、中華料理店の店先で立ち話をしていた。

おそらく、自分はその場に不釣合な恰好をしているのだ——マリアはそう考えた。

その男のうち、ひとりがマリアに近づいてきた。

マリアは足を早めてその場を通り過ぎようとした。

男が言った。

「マリアさん。マリアさんですね」

とたんにマリアの血が逆流した。恐怖のため後頭部が冷たくしびれたような感じになる。

マリアは駆け出していた。足にひどい痛みが走った。

走り出したとたん、足のマメが破れたのだ。それでもマリアは走るのをやめなかった。

痛みよりも恐怖のほうが大きかったのだ。

男たちが追ってきた。

彼らは大声で叫んだ。

「待つんだ、マリアさん。違うんだ！」

だが、マリアにその言葉の意味がわかるはずはなかった。

自動車電話のベルが鳴った。劉栄徳がさっと手を伸ばす。

彼は相手の話を聞いたあとに中国語で言った。

「人数を集めろ。絶対に見失うんじゃない」

電話を切ると、今度は松原に言った。「マリアは、本牧から三溪園《さんけいえん》のほうへ向かっているということだ」

松原はうなずき、頭のなかにそのあたりの地理を描き出した。

やがて、車は本牧通りへやってきた。

「あそこだ、停めてくれ」

劉栄徳が言う。

松原は車と車の間にメルセデスを滑り込ませて路上駐車した。

劉栄徳が車を降りると、歩道に立っている男が駆け寄ってきて身振り手振りで言った。

「あっちへ逃げて行きました。ひとりが追っています」

それは中国語だったが、松原にはすぐ事情が呑《の》み込めた。

すぐさま、彼は走り出した。確かに車で追うよりそのほうが早そうだった。

劉栄徳はその場に残るしかなかった。

松原はひたすら走った。彼は不思議なことに気づいた。

角々に必ず人が立っている。

松原はためしに、中国語で尋ねてみた。

「どっちだ？」

男は道を指差す。これで要領がわかった。

松原はそうして正しい場所へ導かれていった。

彼は仰天していた。いったい、いつの間にこういう人々が集まってきて、我々を案内する段取りをつけたのだろう。

彼らは、どこからともなくやってくるのだ。

普段は、横浜の市内で在日中国人として生活している。

役目を終えた男たちは、またもとの場所へ帰り、何事もなかったように仕事を再開するのだ。

ついに松原は、ひとりの男がマリアらしい少女をつかまえるところに出くわした。

マリアはひどく抵抗していた。通行人が何事かと、彼らの様子を見ている。

松原は、そのふたり目指して駆けた。

足の痛みはどんどんひどくなり、頭の先まで響きそうだった。

両足ともマメがつぶれ、もう歩くことさえ困難なのだ。

だが、マリアは走るのをやめるわけにはいかなかった。

痛みと疲労のため、彼女は思考力が著しく低下して、細い路地へ逃げ込んだり、角を曲がったりということができなくなっていた。

ただただ、走り続けることしかできない。

男がどれくらい迫ってきているのかも、もうわからない。

振り向く気すら起きないのだ。

すでに感覚が麻痺《まひ》して、あまり恐怖も感じていない。

マリアは反射的に手足を動かして進んでいるに過ぎない。

突然、体が前に進まなくなった。

何が起きたのかわからなかった。

今までと異なった動きが足に加わり、つぶれたマメがまた激しく痛んだ。

腕にも痛みがあった。

見ると誰かが手をつかんでいる。

マリアは、そのとき初めて、自分がつかまってしまったのだということを知った。

足の痛みとつかまってしまったショックで彼女は激しく混乱した。

悲鳴は上げなかった。

ただ、無性に腹が立ってきた。彼女は涙を流して抵抗した。

つかまえている男を拳で殴り、手からのがれようと暴《あば》れた。

だが、男は決して離そうとせず、しっかりと胴に両腕を回してきた。

もう死ぬしかないのか！

それが神さまが定めた運命なのか！

彼女は大声で泣き始めた。

もうひとりの男が駆けて来た。どうやら、自分をつかまえた男の仲間らしいと彼女は思った。

マリアは、絶望で我を忘れた。最後の力をふりしぼり、前後を忘れて暴れた。

マリアをつかまえている男はついに耐えきれなくなって力をゆるめた。

その隙にマリアは男の腕を逃がれた。また走り出そうとする。

しかし、そのとき、ふたり目の男にまたしてもつかまってしまった。

マリアは泣き叫んだ。

「心配するな」

その男——松原は言った。

「剛に会えるまで、俺たちがちゃんと守ってやる」

マリアは、その言葉を聞き、信じ難《がた》いといった顔で松原を見た。

松原はほほえんでうなずいた。

松任組の人間も当然、剛のことは知っている。

マリアは、その言葉を疑って当然だった。しかし、もう疑うことにすら疲れていた。

彼女は力を抜き、松原にぐったりともたれた。

マリアは気を失っていた。

「彼女を見ていてくれ」

松原は中国語で、マリアをつかまえた男に言った。

「車をここまで持って来なくちゃならない」

すると、大手柄のその男は、片手を上げ、ズボンの尻ポケットから、二つ折り式の携帯電話を取り出した。

その男が電話で連絡すると、五分ほどで劉栄徳のメルセデスがやってきた。

本牧通りで最初に劉栄徳たちを待っていた男が運転していた。

松原やマリアの周りには人だかりがしていた。

松原とお手柄の男は、しきりに「何でもありません」と言って通行人を立ち去らせようとしていた。

メルセデスが駐《と》まり、劉栄徳ともうひとりの男が降りてきた。

ふたりの男と松原は協力してマリアをメルセデスのなかに運び込もうとしていた。

そこに、タイヤをきしらせて猛然と走り込んできた車があった。

それもやはりメルセデスだ。しかも黒塗りで窓には黒いフィルムが貼ってある。屋根やトランクの上には、電話やテレビその他のさまざまなアンテナが突き立っている。ひどく凶悪な雰囲気を醸《かも》し出しており、その車が猛スピードで走るということは、パトカーがサイレンを鳴らして走るのとほぼ同等の意味があった。

誰もそんな車の進路妨害をしようとは思わない。

その車は、おそらく劉栄徳の車の半分の時間で市内を走れるはずだった。

乱暴に停車すると、いきなり助手席から人相の悪い若者が飛び出してきて怒鳴《どな》った。

「待てや、こらあ！」

若者はオールバックにして、色のついた眼鏡をかけていた。

明るい茶色のスーツがひどく下品だった。

彼はヤクザ者独特のだらしのない姿勢で松原たちに近づいた。

「その女、どうするつもりだ？」

松原はこたえた。

「わけわれの知り合いです。彼女には手当てが必要です。連れて行きます」

「なめた口利《き》いてんじゃねえぞ、こらあ。その女は松任組のもんだ。そこに置いて、消えろ」

ふたりの中国人は顔を見合った。

彼らは、マリアの追跡劇が派手だったのでヤクザに気づかれてしまったのだということに気づいていた。

ヤクザの情報網を甘く見ていたのを反省しているのだった。

松原は強がっているわけでもなく、おびえているわけでもなかった。

ただ、おだやかに若いヤクザを見返していた。

劉栄徳が言った。

「彼女を置いていくわけにはいきませんな。大切な客なのです」

「劉栄徳……」

うめくように、つぶやく声が聞こえた。

名を呼ばれ、劉は振り向いた。

黒いメルセデスの脇に松任源造が立っていた。その両脇にひとりずつヤクザが立っている。

代貸《だいがし》の和泉の姿はなかった。

日が暮れかかり、人通りが増え始めている。

しかし、松任は、そんなものは目に入らないようだった。

劉老人は言った。

「松任源造……。確か、そうでしたね」

「何で、あんたが……」

さすがの松任も華僑の大物の顔を見て戸惑っていた。

「天の導きだと思いますよ」

劉栄徳は、松原たち三人に言った。

「さ、早く、車へ」

「ふざけんな！」

最初にメルセデスから飛び出してきた若いヤクザが三人のところに飛びついてきた。

「極道をなめてんのか！」

力ずくでマリアを奪い取ろうというのだ。

そのとき、松原弘一は、あとのふたりにマリアを任せて手を離した。

離したその手を鞭《むち》のように使い、若いヤクザの顔面をぴしゃりと打った。

ちょうど目のあたりなので、ヤクザは「あっ」と声を上げ、一瞬動きを止めた。

松原は、その男の手を右手で叩くようにして抑え、続いて左手で肘を抑えた。

そして、すぐさま右手で二の腕を抑え、左手で肩を抑える。

そうしながら後方へ回り込んでいた。

相手の襟首《えりくび》を後ろからつかむ。そのまま、真下へ引き落とした。

若いヤクザはすとんと腰を地面についてしまった。

そのヤクザには松原の動きが見えなかった。松原はヤクザのうしろに立っている。

若いヤクザはきょろきょろとまわりを見てから、立ち上がった。

「野郎……」

彼は怒りのために、眼を赤く血走らせていた。

その隙にふたりの中国人は、マリアを無事、劉栄徳の車に運び込んだ。

若いヤクザは怒りにまかせ、わめきながら松原に突っ込んでいった。

突進の勢いを右の拳に乗せ、思いきり振り抜くようなフックを見舞ってきた。

喰らったらひとたまりもない。

そして、勢いに乗ったフックは、逃げようとして退がっても、驚くほど伸びてくるので、逃げきれない場合が多い。

松原は、相手がフックを出したとたんに入身《いりみ》になり半歩進んだ。

手を出すと、ちょうど相手がフックを出す途中の肘に当たった。

その肘を内側から抑えると同時に右の拳を顎をめがけて突き上げた。

『躓拳《サンチェン》』だった。

相手は、自分の勢いが災いし、その一撃であおむけにひっくり返った。

松任の両側にいたふたりのヤクザが歩み出てきた。

ひとりは、ひどく大柄で首が太い男だった。髪を角刈りにしている。耳がつぶれていた。柔道の選手だったようだ。

その男は、やはりサングラスをしていたが、歩み出てくる途中に外して胸のポケットにしまっていた。

もうひとりは、ひどくやせて、頬骨の浮き出た男だ。小柄だが、目が大きく、その眼が異様な光り方をする。不気味なタイプだ。

松原は身構えた。

ふたりの中国人も、体勢を整えている。

まず、大柄な男がつかみかかってきた。この男に、思いきり投げを打たれ、アスファルトに叩きつけられたら命が危ない。

松原は伸ばしてきた相手の手を、指先、手首、肘、という具合に、両手で叩きながら制していき、その巨漢の外側に身を転じた。

体重差があり過ぎて、まともな殴り合いでは勝てないことがわかり切っていた。

こういう相手こそ、戦いかたを考えなければいけないのだ。

松原は、相手の外側へ回っても手を止めなかった。相手の顔面、喉、後頭部、胸、背、腹と、矢継ぎ早に両手の掌を打ちつける。

巨漢は、雨あられと襲いくる掌打に冷静さを失い、腕を振り回した。

「うおーっ！」

太く長い腕がうなりを上げる。それが、松原のチャンスだった。

彼はその腕をかいくぐり『崩拳』を相手の脇腹に見舞った。会心の一撃だ。

だが、巨漢は崩れ落ちない。タフな男だった。

松原は慌《あわ》てなかった。その場で前足を強く踏みつけ、顎《あご》に向かって『躓拳《サンチェン》』を突き上げる。

さらに、両手の掌をもう一度脇腹めがけて打ち降ろした。『虎形拳《こけいけん》』だ。

今度はさすがの巨漢も、体をくの字に折って倒れた。

「弘一、退がりなさい」

そのとき、松原は、そういう劉栄徳の声を聞いた。

見ると、小柄でやせた男が、九寸五分の匕首《あいくち》を持って立っていた。

その男は、右手に持った匕首をだらりと下に向け、うすら笑いを浮かべるような、どこか狂気じみた表情で、松原たちを見すえていた。

劉栄徳が松原のまえに歩み出た。

松原は、ふたりの中国人が、いつの間にか劉栄徳の車のなかに入っているのに気づいた。

ひとりはマリアを守り、ひとりはさかんに自動車電話で何かを話している。

やせたヤクザが匕首を下げたまま、ずず、と一歩踏み出してきた。

劉栄徳は動かない。

相手の眼がぎらぎらと光る。さらに、ヤクザはわずかに踏み込んで来る。あと一歩踏み込めば刃物が届く距離だ。

劉栄徳はまだ動こうとはしない。

「死ねや！」

やせた男は、一声吠《ほ》えると、突然両手で匕首を構え、突っ込んできた。体ごとぶつかる暗殺の鉄則を守っている。

劉栄徳はやはり、半歩まえへ出ていた。

相手の刃物を無視したように、両手を相手の胸に打ち降ろすように突き出した。

相手は車にはねられでもしたかのように吹っ飛んだ。劉老人の動きはそれほど大きくは見えなかった。

『虎形拳』を小さくまとめた『虎撲子《こぼくし》』という技だ。

「極道のこわさを知らねえと見える」

松任源造が言った。

彼は、おもむろに、懐《ふところ》からリボルバーを取り出した。

遠巻きに見物していた野次馬《やじうま》が、口々に何かを言いながら、我先に逃げ出した。

松任は拳銃で劉栄徳を狙った。

劉栄徳は表情を変えず、言った。

「こわさを知らないのは、そちらの方ではないですか」

「はったりかましてんじゃねえ……」

だが、そのとき、松任は奇妙な人の動きに気づいた。

辻々に人が姿を見せ始め、それが、自分たちのほうへ歩いてくる。

人は四方八方からやってきた。やがて、すっかり、取り囲まれてしまった。

それが劉栄徳の仲間だとわかるのにそれほど時間はかからなかった。

松任は、額から汗を流していた。

彼は銃口を下げた。

劉栄徳が言った。

「客を連れて行きますよ」

松任は、すでに打ちひしがれた表情になっていた。彼はその場に立ち尽くし、力なく言った。

「好きにしろ……。あんたたちにゃ勝てねえ……」

14

日が暮れると、タダシは、外出の用意を始めた。

チエリも着替えを済ませている。

剛はあいかわらずジーパンにTシャツ。その上にジャンパーを着ていた。

髪は後ろで一本に束《たば》ねている。

「夕メシでも食いに行こうや」

タダシが言った。

ただ食事に行く雰囲気ではなかった。それは剛にもわかった。

だが剛はなにも言わなかった。

さきほどから、テレビの音と映像が気になってしかたがないのだ。鋭角的な音。狂躁《きょうそう》的な出演者のしゃべりかたと表情。刺激的過ぎる色彩と光のまたたき――。

それから逃がれるためにも、外に出るのはありがたかった。

タダシとチエリは腕を組んで歩き出した。

剛はふたりのあとに続いて歩いた。山の夜に比べて、街のなかは日が暮れても明るい。

剛の眼には昼間と大差なく感じられる。

「車がいかれちまったんで、ちょっと歩くぜ」

タダシが言った。

チエリに言ったのか剛に言ったのかはわからなかった。

もちろん、どんなに歩こうが剛は平気だった。

福生の町を過ぎ、国道一六号ぞいの喫茶店に着いた。

その喫茶店のまえにはやはり、改造されたバイクや車が駐まっていた。

「ちわっす！」

タダシはドアを開けると、大声で言った。剛が入ると、店のなかにいた連中が、注目した。

そこにいた客は一目見て暴走族とわかる連中ばかりだった。

『フラストレーション』のように、完全に彼らに占領されてしまっているわけではない。しかし、その喫茶店が暴走族の溜まり場であることは誰にでもわかる。つまり、他の客は入ってこないわけで、事実上は同じことだった。

「タダシ。ちょっと、こっちへ来い」

店の奥から声がかかった。

タダシはそちらへ行った。タダシを呼んだ男は、髪を赤く染めており、細いサングラスをかけていた。

「何ですか、火野さん」

タダシは言った。髪の赤いサングラスの男が『福生鉄騎兵』のリーダー、火野だった。

「連合の理事会から連絡が入ってる。あいつが朝丘か？」

「そうです」

「身分は親衛隊だってえじゃねえか？　こんなところ連れてきていいのか？」

「いいんすよ。手柄立てたいみたいだから……。あいつ、車もバイクも持ってないし
……」

「そうか」

火野は狡猾《こうかつ》そうな表情になったが、サングラスのせいで、それは周りの者にはよくわからなかった。「あいつの手柄ってことは『福生鉄騎兵』の手柄ってことになるわけだ」

「そうです」

「だがな……」

火野は急に表情を引き締めた。「てめえ。朝丘が埼玉のやつ九人をあっという間に片づけたっていう話、フカシだったら、ただじゃ済まねえぞ」

「だいじょうぶですって」

「わかった。行け」

タダシは愛想笑いを浮かべてから火野のもとを去り、剛とチエリのところへ戻ってきた。

彼は剛に言った。

「好きなもん食ってくれ」

剛は、ハンバーグステーキを注文した。

『福生鉄騎兵』のメンバーたちが、無遠慮に剛を観察していた。

剛は痛いほどそれを感じていたが、無視した。

ハンバーグステーキとライスがカウンターに置かれた。

剛はそれを食べ始めたが、またしても彼はそのうまさに驚いた。

一口ほおばると、次の一口が待ちきれないほどだ。

その様子を見ていたタダシが言った。

「昼メシ食ったときも思ってたけど、あんた、すごい勢いでものを食うね」

剛は言われて、はっとし、気恥ずかしさを覚えた。

今まで、自分が何かを食べている様子が他人の眼にどう映るかなど考えてもいなかったのだ。

山にいるときは、食えるものをむさぼり食った。おそらく、香港にいたときも『エルドラド号』にいたときも、あまり大差はなかったはずだ。

劉栄徳《りゅうえいとく》や松原は何も言わなかったが、おそらくそれに気づいていたに違いない。

何気ない他人の一言が本人には大きく影響することがある。剛は、自分のあさましい姿を厳しく指摘されたような気がした。

そのとき、着信音が断続的に聞こえた。

店のなかの連中はいっせいに火野のほうを見た。

火野が携帯電話を取り上げるのが見えた。

「わかりました」

火野が電話を切る。彼はとなりの男に言った。

「連合からだ。埼玉のやつらが総勢十五人、一六号をまっすぐ南下してくる。福生の入口で迎えて討てという指令だ」

その言葉は、店内の皆にも聞こえた。

彼らは即座に立ち上がった。

タダシも同様だった。剛は食事を続けている。

火野のとなりにいた男が皆に声をかけた。

「出撃だ。遅れるな！」

若者たちはいっせいに店を飛び出して行った。

タダシは、号令をかけた男をつかまえて言った。

「自分ら、今夜、車もバイクもないんです」

その男は、『福生鉄騎兵』の参謀と呼ばれていた。

参謀は素早く剛を見て言った。

「しょうがねえな。親衛隊のメンバーをないがしろにゃできねえ。朝丘さんには自分の車に乗ってもらう。タダシ、おまえは、誰かのケツに乗っけてもらえ」

「チエリは……？」

「ばかたれが。戦争に女連れて行く気かよ！」

「すいません」

剛は、彼らの会話を聞いて思った。

戦争？　彼らは戦争をしているつもりでいるのか？

『福生鉄騎兵』は、米軍基地の脇を走る国道一六号線に集結して、埼玉の暴走族を待ち受けた。

一般の車両の運転手は何ごとかと道の脇を見やった。

事情をよく知っているドライバーは、またか、と顔をしかめた。

『福生鉄騎兵』は、今夜、十二人いた。やってくる敵は十五人。やや劣勢だ。しかし、待ち受けるという強みがある。

剛は参謀の車のなかにいた。参謀と剛のほかにふたりいる。

剛を除く三人は、暑くもないのに、額に汗をにじませていた。顔色が少し蒼ざめて見える。

彼らは緊張しているのだ。

どんなに豪胆な者でも、戦いが迫れば緊張するし、恐怖を感じる。

遠くから、派手なエンジンの空吹かし音が響いてきた。奇妙なクラクションの音が混じっている。

「来た」

参謀が言った。

『福生鉄騎兵』の三人が車から降りた。彼らは手に武器を持っている。

参謀は滑り止めにテープを巻いた木刀を持っている。あとのふたりは鉄パイプだ。

剛は車のなかにいた。

彼は、あとの三人と違った意味で興奮していた。

戦いが始まるのが待ち遠しくてたまらないのだ。胸が躍ってしかたがない。

神経が過敏になっているがための苛立《いらだ》ちは、今、消え去っていた。

戦いのときには、研ぎ澄まされた五感がものをいうのだ。

『福生鉄騎兵』の連中は、手に金属バット、鉄パイプ、バール、木刀、ヌンチャクなどを持って待機している。

エンジンの空吹かしやクラクションがたちまち迫ってくる。蛇行するヘッドライトが見えた。

「行けえ！」

参謀が叫んだ。

あっという間に戦いが始まった。

乱戦だ。誰が誰を殴っているのかもわからない。

当初、『福生鉄騎兵』は完全な待ち伏せだと考えていた。

だが、それは考えが甘かった。埼玉の連中は、いわば敵地へ乗り込むのだ。それなりの覚悟と準備はしていた。

それればかりか、今夜、彼らは、必ずや「戦果」を上げたいと考えていた。埼玉の連中にしてみれば、それは襲撃だったのだ。

『福生鉄騎兵』に迎え討たれて体勢を乱した埼玉の暴走族は、バイクから降りて、攻撃に転じた。彼らも武器をたずさえている。

『福生鉄騎兵』は劣勢に追いやられつつあった。

怒号、悲鳴、武器がぶつかる金属音が錯綜《さくそう》する。

パンチや蹴《け》りが決まる音など聞こえない。音自体が小さいし、こういう乱闘状態では、見事に決まる蹴りやパンチなどほとんどないのだ。

その様子を見ていた剛の興奮はピークに達した。

彼は車から出た。

『福生鉄騎兵』のメンバーが、ふたりの敵に追われて逃げてきた。

プライドも面子《メンツ》もない。頭をかかえ泣きわめきながら逃げてくる。

ふたりの敵のうちひとりはバットを、もうひとりは木刀を持っている。

剛は、逃げてくるメンバーのまえに立った。

そのメンバーは剛を見ると言った。

「あんた……、助けてくれ」

その男はバットの一撃を、後ろから頭に喰らった。

さらに、肩に木刀を喰らう。

悲鳴ではなく、奇妙な音を喉《のど》の奥から洩《も》らして、その少年は前のめりに倒れた。

ふたりの敵はうすら笑いを浮かべている。余裕の笑いではない。どこか異常さの感じられる笑いだ。

そのふたりは、立っている剛を見て、無造作に近づいてきた。

剛は、いきなり、一歩半進んで狙いすました『崩拳《ポンチエン》』を見舞う。バットを持っているほうの相手だった。

殺傷力のある武器を持っている方を先に倒すのが鉄則だ。

木刀は、剣道や剣術の心得のある者が使うとおそろしい武器になるが、そうでない場合は金属バットのほうが強力な武器だ。

『崩拳』を喰らった少年は、声も出さず体を折ったと思うと、そのまま崩れ落ちた。

「……野郎！」

もう一人の少年は、怒りを露《あら》わに木刀を振りかぶった。

しかし、剛はそれを振り降ろす隙《すき》を与えなかった。

まず軽く『躦拳《サンチエン》』を顎《あご》に見舞う。

軽く見えるが、発勁のために、そこそこ威力はある。その『躦拳』だけで相手は一瞬脳《のう》震盪《しんとう》を起こしてくらくらとなった。

すかさず、剛は両手《もろて》の掌で相手の胸を打ち降ろす。その時、前足を高々と上げて踏み込んでいた。

相手は大きく後方に吹っ飛び、もんどり打って倒れた。

『虎形拳《こけいけん》』だ。

それは、一瞬のできごとだったが、剛の動きに気づいた者が、敵味方合わせて数人はいた。

剛は続いて、鉄パイプを振り回している敵に後ろから近づき、背を掌で打った。

打たれた敵は、冗談のように思いきり前のめりに倒れ、アスファルトにしたたか顔面をぶつけた。そのまま動かなくなった。

次に剛は、味方のひとりと取っ組み合いをしている敵の顔面を掌で張った。
その少年は頭にきて、『福生鉄騎兵』のメンバーをつかんでいた手を離した。
剛は、『福生鉄騎兵』の少年をぐいと退《さ》がらせ、その敵のまえに立った。
敵はやはりつかみかかってくる。
剛は、横から振るように掌で再び敵の顔面を張った。左の掌だった。
驚いたように敵の動きが止まる。今度は、剛は右の掌で顔面を打つ。
さらに左。三発で敵は眠った。『横拳《ワンチエン》』だった。
『福生鉄騎兵』の少年は、ぽかんとした顔で剛を見ていた。
彼は信じられないという態度で言った。
「ビンタ三発で……」
そのころには、その場にいた者の多くが、剛のことに気づき始めていた。
とにかく、おそろしく強い。たいていは、たったの一撃で相手を眠らせるのだ。
『福生鉄騎兵』は勢いづき、埼玉の暴走族は浮き足立った。
「何だ、何だ。強えのはひとりだ。やっちまえ！」
敵の誰かが怒鳴った。
『福生鉄騎兵』の連中が武器で相手に殴りかかる。
剛は戦場のなかを駆け回った。

山林のなかを走り回った足腰だ。どんなところも平気だった。息も上がらない。下生《したば》えを踏み越えながら急な勾配《こうばい》を駆け登り、また駆け降りていたのだ。

「邪魔だ。これは僕の獲物だ」

剛は駆けながらそう心のなかで叫んでいた。

驚いたように振り向く敵に、『躓拳』を突き上げる。

襲いかかってくる敵には、『崩拳』か『炮拳《パオチェン》』を叩き込む。

こちらから攻めたいときは、左右の『横拳』で揺さぶる。

剛はひとりで敵の三分の二を倒していた。

「退《ひ》き上げろ！」

敵が叫んだ。

彼らはやられた仲間を残し、バイクに乗って撤退した。

『福生鉄騎兵』の連中は、敵が逃げたことを知り、しばらく茫然としていたが、やがて、大喚声を上げ始めた。

パトカーのサイレンが聞こえてくる。

『福生鉄騎兵』は、その場を即座に離れ、堂々と凱旋《がいせん》した。

マリアが目を覚ましたとき、そばに白衣を着た医者と看護婦の姿があった。

彼女は、そこが病院かと思ったがそうではなかった。ベッドは病院のものよりはるかに豪華だった。

「気がついたようです。もうだいじょうぶでしょう」

医者が言った。

「過労による脳貧血ですね。血糖値も下がっている。栄養注射を射っておきました」

「ありがとう、先生」

医者に礼を言ったのは劉栄徳だった。

医者と看護婦は去った。

劉栄徳のそばには松原弘一がおり、マリアは松原の言葉を思い出した。

「ここはどこですか？」

マリアが尋ねた。

劉栄徳がこたえる。

「私の家だ。もう心配しなくていい」

「どうして、私を……？」

「剛は、私の門人だ。門人というのは家族だ。あなたは、剛の大切な人だ」

「私が剛の……？」

「まあいい。そのことを確かめるためにも、あなたは剛に会わなければならない」

「剛はどこにいるのですか？」

劉栄徳は残念そうにかぶりを振った。

「それはわからない。だがね、私はこう思う。天が、私にあなたを助けるチャンスをくれた。これは、天が私と剛をまだ結びつけていたいと考えている証拠だ、と――」

「あなたと剛を……？」

「剛はある日突然、ここを出て行った。私も、ここにいる弘一も、このまま剛と別れたくないと考えているのですよ」

マリアは黙って劉栄徳と弘一を見た。

あなたたちも――と心のなかでつぶやいた。

劉栄徳が言った。

「早く元気になることだ。元気になったら、うちで働いてもらいたいがどうかね？」

「うち……？」

「『梅仙楼』という中華レストランだ。わが家に住んで働くといい。もちろん強制はしないが……」

マリアは、言葉にならないくらいうれしかった。肉親に出会ったような気がしていた。

だが彼女は、はっと気がついたように言った。

「でも、松任源造はヤクザです。ヤクザ、おそろしい。あなたにも、迷惑、かかります」

劉栄徳はまったく動揺しない。

「だいじょうぶ。何も心配することはない。あなたと契約しているエージェントとも話をつける。すべて私にまかせればいい」

15

『福生鉄騎兵』は、その後もさまざまな場所へ出撃し、連戦連勝だった。

すべて剛の活躍のおかげだ。

国道一六号の守りは強固となり、その方面を担当している『福生鉄騎兵』の名が上がった。つまり、多摩連合のなかで評価が高まったということだ。

同時に、剛の噂はまたたく間に広がった。彼はいつどこでも先頭に立って戦った。

それが目的なのだから、本人にとっては当然だ。

そのために、彼の戦いぶりは目立った。とにかく見事な戦いかただ。ほとんど一発で相手を片づけるのだ。

三多摩はもちろん、都心部、埼玉、神奈川方面の暴走族の間にも剛の噂は広まっていった。

多摩連合の理事会は、正式に剛を親衛隊に入れることに決めた。

親衛隊は武闘派の精鋭ばかりを集めた集団だ。理事会では剛に最適のポジションと考えたのだ。

事実上、『福生鉄騎兵』の連中とは行動をともにできなくなった。だが、あいかわらず剛は、タダシのアパートに住んでいた。

タダシは、剛を紹介した功労を認められ、『福生鉄騎兵』では、使い走りから多少は出世することになった。

また、彼は、同じ理由で、多摩連合の幹部の溜まり場『フラストレーション』への出入りも許されるようになった。

彼は、チエリに対して鼻高々だったが、実際は、剛を『フラストレーション』へ送り迎えしたり、パトロールに出る——つまりは、暴走行為を行なうときに、剛を乗せる足に他ならなかった。

タダシはそのことにもちろん気づいていたが平気だった。自分はそうやってしか出世できないのだということを、彼は自覚しているようだった。

剛は連日、『フラストレーション』へ顔を出した。

だが、総長は一度も剛と口をきこうとしなかった。剛はまだ親衛隊の一員に過ぎないのだ。

総長は不気味な男だった。

滅多に口をきかない。喜怒哀楽を表に出さないので、何を考えているのかまったくわからないのだ。

体格はすこぶる良く、プロレス道場にも入門できそうだった。

剛は、総長に興味を持っていた。

というより、総長にしか興味がなかった。彼は、総長に会うために『フラストレーション』へやってくるのだ
やつは強いのだろうな――剛は思っていた。

これだけの組織をまとめていくのだから、強いはずだ。

彼のそばにいれば、それだけ戦うチャンスがある。

そう思うだけで剛はわくわくしてくるのだった。

剛に反感を抱く者は、すでに『フラストレーション』のなかにはいなかった。

だが、話しかけようとする者もいない。

最初のうちはあれこれと話をしたがる者もいたが、そのうち、剛は無口なのだということになってしまった。

親衛隊や多摩連合の理事たちは、そのことに何のわだかまりも持っていない。

剛は気づいていなかったが、彼らは剛に対して、総長の吉田に対して感じているのと同

質の畏《おそ》れを抱き始めているようだった。

強い男に対する畏怖《いふ》だ。


「やばいぞ」

『フラストレーション』に理事のひとりが駆け込んできた。

「蝦沼《えびぬま》組とトラブルだ」

親衛隊の連中にさっと緊張が走った。

剛はそれを感じ取り、そばにいたタダシに尋ねた。

「何のことだ？」

「蝦沼組か？　地元の暴力団さ。前々から、イチャモンをつけられていたんだ。多摩連合を作ったころから、ちょっかいを出してきてな……。やつらにしてみりゃ、プロをなめるな、と言いたいところなんだろうが……」

理事長の名取がカウンターのほうに声をかけた。

「親衛隊は何人いる？」

すぐに誰かがこたえた。

「五人です」

「少ねえな。すぐにあと何人か集めろ」

「それじゃあ、間に合わねえ。もう睨《にら》み合ってるんだ」

駆け込んできた理事が興奮して叫んだ。

そのとき、総長が何ごとか名取にささやいた。

名取が驚いて言った。

「総長が直々に……！」

その言葉にまた、店内にいた他の者が驚いた。

総長の吉田は立ち上がった。いつもの丈の長い独特の上着を着ている。その下にはさらしを巻いているようだった。

おそらく、それが連合総長の『正装』なのだろう。暴走族やツッパリといった暴力主義的な少年はこうした愚かしい恰好にすぐ夢中になる。

総長は、長い鉢巻きを締めて、出口に向かった。

総長が出ると、店内のほぼ全員があとに続いた。

剛とタダシもあとについて行った。

「相手がヤクザか……。おもしろいな……」

車に乗ると剛が言った。タダシの車の窓の修理はまだでき上がっていないため、連合のメンバーの車を借りていた。

今の日本では、いつでもどこでも車の一台くらいあまっているのだ。

その独り言を聞き、タダシは嫌な顔をした。

「冗談じゃないぜ。プロを相手になんかしたら、命がいくつあったって足りやしない。親や親類だって何されるかわかんないんだ」

「ほう……」

剛は、わざと意外そうに言った。

「おまえでも親や親類のことを気にするのか？」

タダシはまた苦い顔になり、それきり何も言わなかった。

多摩連合総長を乗せた車は、五日市街道を立川市に向かって走った。

その後を親衛隊のバイクや車が続いた。彼らはスピードを出していたが、エンジンの空吹かしもやらなければクラクションも鳴らさない。蛇行運転もやらなかった。

彼らはそれだけ緊張しているのだ。恐怖におののいているのかもしれない。それも当然だ。相手は本物のヤクザなのだ。


メルセデスが二台、でたらめな形で駐《と》まっている。五日市街道の路上だ。

一般車両は、おそるおそるその脇の隙間を通り過ぎて行く。

一方では、派手な改造をした車と、それを囲むバイクの群れが威嚇《いかく》的にエンジンを空吹かししていた。

何が原因でトラブルになったかは誰に聞いてもはっきりとしない。こうした騒ぎはそんなものだ。たいてい両者の言い分は食い違う。

すでに両者は、睨み合いの時期に入っている。吠える時間は過ぎ去ったのだ。

ヤクザたちもさんざん威しの言葉を吐き続けたが、今は静かに凶悪さを強調していた。

一台のメルセデスの脇に三人ずつの若い衆が立っている。

そこに、総長の車が到着した。

その到着のしかたが尋常ではなかった。いきなり、メルセデスの一台に突っ込んでいったのだ。

そのメルセデスは、追突された勢いで、もう一台のメルセデスにぶつかってしまった。

そばにいた計六人のヤクザはあわててその場から飛びのいた。地面に転がって難を逃がれた者もいる。

突っ込んで停まると同時に総長は飛び出した。

倒れていたヤクザの頭をいきなり踏み降ろす。

ヤクザたちはもちろん、見ていた多摩連合のメンバーたちも驚いた。

しかも、一度ではなく、二度三度と踏みつけたのだ。

多摩連合のメンバーたちは、実のところどうしていいかわからなかったのだ。彼らは、ヤクザのおそろしさを知っている。

彼らに逆らうと、本当に命が危ないのだ。命を落とさなくとも、指を落とされた仲間はいくらもいる。

手を出すとあとがこわい。しかし、このままなめられっぱなしだと、それもあとがおそろしい——そういうわけで多摩連合のメンバーたちは圧倒的人数の優位に立ちながら何もできずにいた。

総長に頭を蹴り降ろされたヤクザはすでに動かなかった。

「この野郎！」

ようやく我に返ったヤクザのひとりが総長に殴りかかった。

見事なフックだった。切れがよく、しかも腰が入っているために重い。

だが、総長はそれに対して、見事なカウンターを出した。

最初に、頭を踏み降ろしたときと同様、まったくためらわなかった。

だからカウンターが成功したのだ。カウンターはパンチの威力を二倍にも三倍にもする。

そして、総長のパンチは見るからにすさまじかった。

その巨体の全体重を乗せている。ピッチングフォームのようなパンチだった。

総長のカウンターパンチをくらったヤクザは、そのまま地面に叩きつけられるように倒れた。

総長は、またしても一歩進み、そのヤクザの頭を踏みつけた。

その残忍な行為もおそろしかったが、剛がおそろしいと感じたのは、総長がまったく表情を変えない点だった。

総長は、ごく淡々と日常の行動のように、ヤクザの頭を踏みつぶしている。

相手が死ぬことなど何とも思っていないようだった。

その行為が相手を本当に怒らせた。

ヤクザたちは匕首《あいくち》を抜いた。

その時点でも、多摩連合のメンバーたちは手出しできずにいた。やはりヤクザに対しておびえているのだ。

ヤクザかそうでないかというのは、暴力の世界ではそれくらい違いがあるのだ。

剛が集団のなかから飛び出した。

多摩連合のなかで、相手がヤクザであろうが何であろうがかまわないと考えているのは、総長と剛くらいなものだった。

剛の行動も唐突だった。

ひとりのヤクザの背後に駆け寄ると相手が振り向くまえに、背に両手《もろて》を突き出したのだ。

『虎形拳』だった。

相手は、そのまま前方に吹っ飛び、もんどり打って倒れた。

ヤクザたちは、はっと剛のほうを見たが、総長は見なかった。その一瞬が大切だった。

総長は、最も近くにいたヤクザの顔面に、思いきりパンチを叩き込んでいた。

やはり何のためらいもない。

相手が匕首を持っていようとおかまいなしだった。

ためらいがないから、一瞬の隙を生かすことができる。そして、やはりためらいがないからその攻撃は強力なものとなる。

あいかわらず、総長は表情を変えない。度胸がすわっているかどうかの問題ではない。それは生まれ持った資質のようなものかもしれない。どんな残忍なことも平気でできるのだ。

パンチをくらったヤクザは、何とか踏みこたえ、匕首で反撃を試みようとした。

しかし、総長はそれを許さなかった。今度はしたたか金的を蹴り上げた。

奇妙な声を上げて体をくの字に折るヤクザの髪をわしづかみにし、顔面に膝を叩き込んだ。ヤクザは、そのままぐずぐずと地面に崩れていった。

その間、剛はもうひとりのヤクザを片づけていた。

剛は、ヤクザに突いてこさせた。ヤクザは頭に血が昇っているので簡単に誘いに乗った。怒りにまかせて匕首を突き出す。

普通なら、ヤクザの匕首を見ただけで相手がひるんでしまって喧嘩にならない。ヤクザはそのひるんだ隙に、刺すのだ。

誘った方が勝ちだ。

剛は、左手で刃物を持つ手を払いながら、膻中に拳を突き出す。受けると同時に突く。『炮拳《パオチエン》』だ。

カウンターになり、相手は体重移動の途中だったので、おもしろいくらいに吹っ飛んだ。倒れるとそのまま動かなくなった。

ヤクザがひとりだけ残った。

そのときになって、やっと親衛隊が動いた。ヤクザを取り囲む。

すると、他のメンバーたちも動いた。武器を手に親衛隊に加担した。

いくらヤクザでも、たったひとりで、武器を持つ二十人近くの暴走族を相手にはできない。彼は袋叩きにあった。

総長が剛を見ていた。

剛はそれに気づいて見返した。

やはり総長の表情には何の変化もない。どういうつもりで自分を見ているのか、剛にはまったくわからなかった。

剛は、さまざまな犯罪者や暴力専門家を知っている。

だから、総長のような男がおそろしいことはよく心得ていた。

このタイプは、情緒の障害を持っていると言ってもいい。

おそろしいとか、こわいとかいう感情がもともと欠落しているのだ。もちろん善悪などということは考えない。

自分がどうしたいか――ただそれだけなのだ。

総長のほうから眼をそらした。

彼は、メルセデスにぶつかった車の後部座席に乗り込んだ。

すぐさまその運転席と助手席に理事が乗り込む。つぶれたのはバンパーくらいのもので、エンジンはちゃんと生きていた。

総長の車は走り去り、剛たちも『フラストレーション』に戻ることにした。

蝦沼組とやらが今後、どう出るか――剛はふと考えたが、それはどうでもいいような気がした。

抗争を続けるならそれもいい。臆した少年たちは多摩連合から足を洗うだろう。

総長はひとりになっても蝦沼組と戦うはずだ。そして死ぬのだ。

おそらく本人は死ぬことすらも、何とも感じていないだろう。

剛はそう思った。

『フラストレーション』で留守番をしていたのは、バーテンダーとチエリだった。

総長が、まっ先にドアを開けて入ってきた。

「お帰んなさい」

バーテンダーが言って、すぐさまビールの栓を抜いた。

総長が帰ったときの決まりとなっているようだった。バーテンダーがグラスに注ごうとしたが、総長は、その手からびんをむしり取り、ラッパ飲みした。

中びんをほぼ一息で飲み干した。

帰ってきた誰もが興奮していた。蝦沼組をおそれている者など、今夜のこの場にはいない。勝利に酔っているのだ。

総長は、いつもの席に戻ろうとせず、カウンターのところに立っていた。バーテンダーはビールをもう一本あけた。

総長は、剛たちのほうを見ていた。剛とタダシ、チエリがひと固まりになっている。

剛は総長の視線に気づいた。

また自分のことを見ているのか。剛はそう思ったが、すぐにそうでないことに気づいた。

総長はチエリを見ているのだった。

突然、総長は剛たちのところへ近づいてきた。全員が総長に注目した。

総長はいきなりタダシを突き飛ばした。

タダシは、驚いて目を丸くしている。

総長はチエリのまえに立ちはだかった。チエリは訳がわからずぽかんとした顔をしている。

総長はチエリの服に手を伸ばした。ゆったりとした、厚手のシャツをジャケットのように羽織っている。

それを無理やり脱がし始めた。

見ていた者たちは、皆、あっけに取られた。

総長の態度は、ヤクザの頭を踏みつけたときのように、平然としている。

「何するの！　やめて、はなして……」

沈黙のなか、チエリのもがく声だけが聞こえる。

やがて、シャツブラウスのボタンが引きちぎられ、スカートが引きはがされる。

誰も総長を止められない。

剛にはわかった。戦いのせいで血がたぎっているのだ。総長の体が女を求めている。

「や、やめてください」

タダシが総長につかみかかったとき、皆は驚いた。タダシにそんな度胸があるとは思ってもいなかったのだ。

タダシは、総長の手の甲で払いのけられた。その一撃で口のなかを切り、鼻血を流した。

チエリはブラジャーをはぎ取られ悲鳴を上げた。

タダシは血を流しながらも、また総長にしがみついていった。

今度は腹を蹴られる。

それでも、また総長ににじり寄っていく。タダシは涙を流していた。

だが、そんなタダシの気持ちも総長には通じない。ついにチエリはパンティーを引きちぎられそうになった。

「やめろ！」

タダシとは別の声がした。

剛が立ち上がっていた。

びくりと総長が顔を上げた。

剛は、まっすぐに総長の眼を見て言った。

「女から離れろ」

総長は、凍りついたように身動きを止めた。

16

『フラストレーション』のなかはしんと静まりかえった。

総長がストップモーションのようにぴたりと動きを止めてから、他の者も身動きをしなかった。

総長は長い間剛を見すえていた。

何の感情もない眼だ。

剛の眼差しは、それに比べて鋭かった。彼は怒っているようにも見えた。

確かに彼は腹を立てており、それは自分でも意外だった。

ゆっくりと総長が動いた。

チエリから身を離す。チエリはあわててあたりに散らばった衣服をかき集め、胸に抱くようにして体を隠した。

すでに総長の関心はチエリから剛に移っているようだった。

誰も何も言わない。

総長をなだめる者もいなければ、剛を諫《いさ》める者もいない。

このふたりに逆らおうとする者などひとりもいないのだ。

総長と剛の間に言葉のやり取りはなかった。何も言う必要がなかった。

総長がゆらりと剛に近づいた。

まったく自然な動きかただった。ただ一歩そばに寄っただけという感じだ。

その状態からいきなりパンチを飛ばしてきた。

ジャブでけん制するわけでも、リードフックできっかけをつかむわけでもない。

一発目が本命だった。

野球のピッチングフォームのような全体重を乗せたパンチだ。

剛が退がった。

退がるしかなかった。合わせて反撃する余裕がなかったのだ。

武道家は、攻撃のための予備動作を訓練によって小さくしていく。

予備動作が小さければ小さいほど、相手はその攻撃を見切ることがむずかしくなってくる。

総長は、まったく自然な日常の身のこなしから攻撃することができる。

パンチのモーション自体は、思いきり体重をかけるので大きいが、事前の動きがまったくないので、技がおそろしく早く感じられる。

剣の世界では一の太刀という言葉がある。

初太刀を研《と》ぎ澄《す》ませば、二の太刀、三の太刀は必要なくなる。

相手がよけることも受けることもできない、鍛えに鍛え抜いた一撃があればいい。それを追究することこそが極意《ごくい》だという考えかただ。

その一太刀のために、相手の呼吸を読み、間を盗み、気で相手を押す。

避けることのできない状態に相手を追い込んでから、一太刀を浴びせるのだ。研ぎ澄ませば研ぎ澄ますだけ、力みが抜け、動作は自然なものになっていく。

総長のパンチはまさにそれだった。

修行のたまものなのか、生まれつきの才能なのか剛にはわからない。

だが、おそらく後者だろうと剛は思った。

喧嘩や格闘技にも才能というものはある。

どんなに稽古を積んでも学べないものもあるのだ。

店中の者が息を呑んでいた。

総長のパンチは、誰もよけられないというのが伝説だった。

総長は、それでも表情を変えない。伝説などにこだわる男ではないのだった。

剛は間合いを測ろうとした。間合いさえ誤らなければ、どんなに早いパンチでも見切ることはできるはずだった。

また総長が一歩出た。と思った瞬間に、左のアッパーが来た。

さきほどよりさらにタイミングが早かった。剛はまた退がるしかなかった。

今度は、退がったところに、総長のストレートがきた。

アッパーをフェイントに使ったのだ。

フェイントといっても、もし喰らっていれば、ノックアウト間違いなしのアッパーだ。

だからこそ、かえって有効なフェイントとなったのだ。

剛はよけることも間をはずすこともできなかった。

反射的に両手で顔面をブロックした。

その両手にしたたかな衝撃が伝わる。

剛は大柄なほうではない。その一発で大きく後方へ投げ出された。

剛は出入口のドアまで吹っ飛んだ。

ドアに背を打ちつけ、その勢いでドアが開いた。

剛はそのまま外に飛び出した。三段の木の階段を転がり落ちる。

背や脇腹をあちらこちらに打ちつけ、息が止まった。

一瞬、自分の手足がどこにあるのかわからなくなる。

肩もひどくしびれている。

苦しさとしびれ、そしてショックがあり、頭がはっきりしない。

痛みはまだ感じない。もう少ししてから――ショックが去り、手足が動かせるようになってから猛然と襲いかかってくるのだ。

剛はまず息を吐いた。

吸うよりまず吐く。吐ききれば自然に吸うように人間の体はできている。吐くことがまず大切なのだ。

剛はそのことを知っていたため、呼吸をいち早く取り戻すことができた。

手を動かす。まだ不自由だが動いた。足もなんとかなる。

だが、動くたびに、肩に激痛が走る。

そのとき、剛は『フラストレーション』の戸口に総長が立っているのを見た。

総長は、散歩にでも出かけるときのようにぶらぶらと歩み出てきた。

ぽんと階段の上から跳んだ。

階段をいちいち下るのが面倒なときなどによくやる調子だった。

だが、普通と違うのは、その着地の地点に剛の頭があるという点だ。

剛の頭より早く体が危険を察知した。

体の動ける部分を総動員して横に転がった。

総長が着地する。

剛の体にアドレナリンがゆきわたり、痛みが薄れた。

頭がはっきりしてきた。

彼は立ち上がった。

総長のパンチを受けた両手の前腕部がまだしびれていた。

背中と脇には鈍痛があり、腰も打っているようで、痛みがある。

さらに右肩はひどい打撲傷だった。

外れてはいない。だが、打ったときに、一瞬亜脱臼を起こしたのだろう。満足に動かせる状態ではない。

右の拳は役に立たないと考えたほうがいい。

剛は無造作に『崩拳《ポンチェン》』などを打ち出しているように見えるが、その実、すべての関節を実に合理的に動かしているのだ。

それは、訓練によって自然に身につけた技術だ。

だから、たった一カ所、どこかの関節を痛めていても、本来の破壊力は望めない。

総長は、剛を見つめている。

剛は、ようやくショックから解放されたところだった。

ふたりは対峙《たいじ》した。

多摩連合の連中が『フラストレーション』の外に飛び出してきて、遠巻きに輪を作り、勝負のゆくえを見守っている。

剛は左手を掲げ、構えた。

たいへん珍しいことだ。剛は、いつも、右足をわずかに引き、やや半身になっただけで戦うのだ。

その剛が、今、腰を落として左手を前に出して構えている。

見切りに徹するためだ。

構えというのは、自分の技を出すための準備だ。決して防御のためのポーズではない。

剛でさえ、技を出すための構えが必要なくらい総長のタイミングは測りにくい。

また総長がゆらりと動いた。

右のパンチを予知した剛は、それを見切って飛び込もうとした。

「なにっ！」

反射的に、また剛は退がり、両手でブロックした。

そのブロックに再びすさまじい衝撃が加わる。

その場に立っていられず、ふらふらと右側へ移動してしまった。

総長は、右のパンチを臭わせておいて、右の蹴りを放ったのだ。

中段への回し蹴りだった。

これほどの破壊力があれば何も急所など狙わなくてもいい。上段を蹴る必要はないのだ。

相手のボディに叩き込んでやれば、それだけで相手は抵抗力を失う。

剛もブロックしていなければ危なかった。ブロックの上からでも、脇腹に衝撃が伝わった。

腹のショックというのは、一点ではなく全体へ広がっていく。そして、体力を奪っていくのだ。

蹴りをさばいてから攻撃に転ずるというのは、こちらが見切りのできる余裕があるときに初めて可能なのだ。

総長のように、タイミングがつかめない場合、ブロックできただけでも上出来なのだった。

多摩連合のメンバーたちは本当に驚いていた。

これまで、総長と戦って十秒と立っていた相手はいなかったのだ。

そして、剛は、総長に三度も手を出させている。それでもまだ倒れずにいるのだ。

剛は総長の伝説をことごとく破り続けているのだ。

剛は、臍下丹田《せいかたんでん》に力を込めて深呼吸をしていた。

気が丹田に落ちてくるのがわかる。慣れるとこの感覚は比較的簡単にとらえることができるようになる。

初心者でも、一週間ほどで気の巡りは体感できるようになるものだ。

腹に残っていたショック、腕に残っていたしびれを追い出す。

気はこのように内功に使うもので、他人に向けてぶつけたりするものではない。

確かに総長のパンチや蹴りはすさまじかった。そのタイミングもわかりにくい。

だが、剛は三発も相手に出させている。

その三発は、充分とはいえないまでも、参考になる。

剛は、総長の攻撃のタイミングをつかみつつあった。

彼は再び構えた。

今度は剛が一歩出た。

総長は退がらない。さらに剛が半歩出る。

いきなり総長は右のパンチを出してきた。届く、と思ったらためらわず最高のパンチを出す。

総長の強さの秘密は、その単純な真理にあった。単純だがなかなかできるものではない。人間は単純にはなりきれないのだ。

今度は、剛がそのタイミングを読んでいた。パンチが見える。初めて見切ることができた。剛は半歩踏み込んで『崩拳』を見舞った。『崩拳』は、総長の膻中に決まる。

そのとき、右肩に激痛が走った。

しまった！　剛は思った。

思ったより肩の具合はよくなかった。『崩拳』は不完全だった。

総長は、胸で剛の『崩拳』を受け止めた、見かけよりずっと威力があるので意外に思ったようだが、それでも耐えて立っていた。

おそろしいのは次の瞬間だった。

剛が技を出し終えた瞬間に、総長は、ショートのアッパーを突き上げてきた。

剛は辛うじてかわした。

剛の耳をアッパーがかすめて通った。

すかさず、剛は左の『横拳《ワンチェン》』を総長の顔面に叩き込む。

総長は続いてショートのフックを出そうとしていたが、その一打で動きが止まった。

顔面への攻撃はこうして、相手の動きを止めるために使うこともある。

顔面を攻撃されると、人間はどうしても目をつむってしまう。

目を閉じないように訓練すべきだという格闘技家もいるが、それは間違いかもしれない。

目を閉じるというのは、大切な眼を守ろうとする反射的な働きなのだ。

グローブをつけた格闘技ならいざしらず、素手で行なう実戦なら、相手は十中八九目を攻めてくる。

動きが止まった総長の顎に、剛は『躦拳《サンチェン》』を突き上げる。

総長はタフで、倒れようとはしなかった。それでもふらふらと後方へ退いた。

間合いが広がった。

今、総長の状態は『虚』だ。今決めなければ、もうチャンスはないかもしれない。

剛の右拳ではおそらく倒すことはできない。できることはひとつだった。

剛は、地を蹴って突進した。

その勢いをまったく殺さず、左肩から総長にぶつかっていった。

すさまじい勢いだった。

総長は何が起きたのか一瞬わからないような表情をした。

初めて彼の表情が変わった。

総長は後方に吹っ飛び、停めてあったバイクに倒れ込んだ。

バイクは次々と将棋倒しになった。

多摩連合のメンバーたちが思わず声を上げた。

全員が総長を見つめている。

剛は肩で息をしている。

総長の両腕が動いた。

剛は驚いた。まだ眠ってはいないのだ。

剛の体当たりは、『心意把《しんいは》』といって、中国武術では殺し技とされているくらい強力なのだ。

剛は、感嘆していた。世の中、どこにどんな人間がいるかわからない。

やがて、ゆっくりと総長は立ち上がった。剛を睨みつけている。

だが、剛は気づいた。総長はすでに意識が朦朧《もうろう》としているのだ。

剛は、強者への敬意を払うことにした。最後まで手抜きはなしと決めたのだ。

剛は再び突進した。

そして、体当たりをしながら、頭を総長の顔面に叩き込んだ。

総長は再び、後方へ吹っ飛ぶ。

バイクの上にあおむけに倒れた。動かない。今度は起き上がってこようとはしなかった。

剛は、しばらく総長を見つめていた。

やがて、彼は大きく息をついた。

多摩連合の理事と親衛隊は、ショックのあまり、何をすべきかまったくわからない様子だった。

伝説を目のまえで打ち砕かれてしまったのだ。

剛は眼を転じて、彼らを見た。

多摩連合のメンバーたちは、剛を明らかにおそれていた。

剛はゆっくりとタダシに近づいた。

剛はまだ戦いの興奮から冷めていない。

タダシも剛におびえているように見えた。

剛はタダシに言った。

「おまえは、女を守ろうとした」

「え……？」

「自分がどんな目にあうかわかっているのに、女を守るために総長につかみかかっていった」

タダシは口をぽかんとあけて剛を見ている。

「その気持ちは、いつどんなとき、どんな場所でも大切なものだ」

タダシはひどく意外な言葉を聞いた気がした。

剛は、タダシの物問いたげな眼から視線をそらした。

彼は、再びいつもの調子にもどり、ぶっきらぼうに言った。

「行くぞ……」

「え……？」

「約束だ。横浜まで送ってもらう」

17

横浜に着くまで、剛もタダシも口をきかなかった。

チエリは後部座席で小さくなっていた。

車は関内に近づいた。横浜球場が見えたとき、剛は心底なつかしいと感じていた。

自分がそう感じていることが意外だった。

その球場の横で車を停めさせた。

「ここでいい」

タダシは正面を向いたまま言った。

「俺、多摩連合、やめようと思うんです」

「そうか……」

剛は知ったことではないというように、車を降りようとした。

「『福生鉄騎兵』からも足を洗います。何というか……。総長に向かっていったときの気持ち……。うまく言えないけど……。何か別のことができそうな気がして……。せっかく、朝丘さんに助けてもらったんだから……」

口調が改まっていた。

剛は言った。

「別に助けたわけじゃない」

「助けられました。二度も……」

「僕は戦いたかっただけだ。戦いの予感がすると血が騒ぐんだ。おまえたちが埼玉の暴走族に囲まれているときも、さっき総長とやったときも……。僕は戦いたいからうまい口実を見つけて喧嘩を売った――ただそれだけだ……」

「でも、総長ぶったおしたあと、朝丘さん、自分に言ってくれたじゃないですか……」

「何か言ったかな」

タダシは何か言いかけて、やめた。そして笑った。

「いいんです。でも、自分は忘れません」

剛は車を降りた。

車は走り出さなかった。剛は車に背を向けて歩き出した。

車のなかから、じっとタダシが剛を見ているのがわかった。だが、一度も振り向かなかった。

剛が目指す場所は『パピヨン』しかなかった。

横浜に来て、マリアに会いたいという気持ちが、抑えがたいくらいになっていた。『パピヨン』への道は何もかもがなつかしい。

自然に小走りになっていた。

やがて、店の看板が見えてきた。

剛は今、ジーパンとジャンパー姿だ。クラブに行くのにあまりふさわしい恰好とはいえない。

だが、もうためらってなどいられなかった。剛は、ドアのまえに立っている。

胸が高鳴る思いがした。

剛はドアを開けた。

「いない……？」

ママが剛を見るなり立ち上がり、出入口のところまでやってきた。

剛は、一瞬、何を言われたかわからなかった。ママの言葉を信じたくなかった。

「マリアがいなくなった……？」

「そう。突然のことでね……」

「なぜ……？」

ママは、松任のことは言いたくなかった。松任がマリアを自分のものにできなかったことは知っている。

そういう情報は入ってくるものだ。

今さら、剛に松任の悪行を教えてどうなるというものではない。ママは気配りのできる人だった。

「理由はよくわからないの。でも、あの娘のことだから妙な理由じゃないと思うわ。きっと訳があるのよ」

「どこにいるか、まったくわからないのか？」

「わからないの」

これは本当のことだった。

マリアはまだママに連絡を取っていないのだ。

剛は打ちのめされた。

どうしていいのかわからなくなってしまった。彼は、ふらふらと出て行こうとした。

「ちょっと待って……」

かわいそうになって、ママは言った。

「久し振りじゃない。せっかくだから飲んでいきなさいよ。ごちそうするわ」

剛は、もう断わる気力もなかった。

カウンターにすわって飲み続けた。

実に久し振りの酒だった。そのために、よく回った。

したたかに酔い、それでも剛は飲み続けた。まだ酒の飲みかたを知らない。

突然、剛は席を立った。

「どうしたの？」

よその席にいたママが飛んできた。

「帰る」

「どこに？」

「帰る……」

「マリアちゃんから連絡があったら知らせるわ。どこに知らせればいい？」

「わからない……」

剛は出口に向かった。

「あ、ちょっと待って……」

剛が席を立ったのは、あのままずわっていたら、涙を流し始めそうだったからだ。

人に涙を見られるのは耐えられない。
彼は、横浜の街をふらふらと歩いた。ひどく酔っぱらっていた。
行くあてもない。なぜか劉栄徳《りゅうえいとく》のところへは行こうとは思わなかった。
恥ずかしいのだった。そして口惜しい。
今の自分の姿を見られるのはいやだった。
向かい側からチンピラが三人歩いてきた。剛は気にしなかった。
三人のひとりに肩がぶつかった。
実は、むこうからぶつかってきたのだ。典型的ないやがらせだ。
「痛えな。てめえ、どういうつもりだ」
剛は、振り向いた。
酒のために剛の眼はすわっている。彼は言った。
「失せろ、チンピラ」
「何だと、この野郎！」
かっときたチンピラのひとりが剛に殴りかかった。
剛は踏み込んで『崩拳《ポンチェン》』を出すつもりだった。
しかし、自分が思ったより相手の動きははるかに鈍かった。酔っているせいだ。
酒のせいで反射神経が鈍り、見切りを誤ったのだ。

チンピラのフックをしたたか顔面にくらった。

すかさずチンピラはボディーブローを打ち込んでくる。総長と戦って痛めた脇腹を打たれた。

その瞬間、剛の神経が目覚めた。

剛は、左の『崩拳』だけで、あっという間に三人を打ち倒した。

倒れた三人を見ずに、剛はもう歩き出していた。

歩きながら、彼は笑い出していた。

下を向き、小さな声で笑い続けている。

なぜ笑うのか自分でもわからない。だが、止まらないのだ。

彼は、ふらふらと歩き続けている。

笑いながら、涙を流し始めていた。

『孤拳伝㈡』に続く

解説

増田俊也

本書『孤拳伝』は、警察小説などで圧倒的読者数を抱える今野敏先生の作品のなかにあって、作家生活中期の頂点に屹立《きつりつ》する格闘技小説の傑作群である。

警察小説を読んだだけで今野文学を理解した気になってはならない。この『孤拳伝』を読まずして今野文学は語れない。今回久しぶりに読み返して、今野敏という名の大河の源流まで遡《さかのぼ》り、滾々《こんこん》と湧き出す泉の動画を見た気がした。今野先生の原点は、やはり武道であり空手である。

主人公の朝丘剛《あさおかつよし》は、香港に売り飛ばされて死んだ母の復讐のため、香港のスラム街でストリートファイターとして鳴らしながら独力で形意拳《けいいけん》（打撃系中国武術の一派）を身に着け、日本に密航する。そして横浜中華街で中国武術の極意を老人から授けられ、復讐相手を探しながら戦っていく——。

格闘技小説でありながら文体は抑制され、しかしその静けさのなかにとてつもないエネルギーを含んでいる。この心静かな感覚は本当に拳を交えて戦った者にしかわからぬものだ。文中から引いてみよう。

《剛は近づくと、まず近いほうの手でナイフを持つ手の手首をおさえた。すぐさま、その肘をもう片方の手で制する。

次には、手首にあった手で肩を制する。そして劈拳《ピーチェン》を顔面に叩き込んだ》

一文一文を切り取って見ると、無駄を削いだ言葉が刻まれ、動きのないただの情景描写のようでさえある。しかしその文章たちが重なっていくと、登場人物たちが眼前で格闘しはじめる。今野先生の筆によって命を吹きこまれた人物たちの存在感は圧倒的であり、まるで生きて血の流れる肉体がそこにあるかのようだ。

ここに描かれるのは痛みと恐怖を伴った肉体そのものだ。これを描ける作家は、すでに日本から絶滅しつつある。殴られると痛いという当たり前のことを、普通に生活していれば経験せず過ごせる世の中になってしまったからだ。街から喧嘩は消え、酔客も消え、暴走族や不良グループも滅多に見ることがなくなった。いや、喧嘩どころか、肉体そのものがなくなりつつある。この作品ではその肉体性を、淡々とした日常にまで敷衍《ふえん》させている。


《農夫は鶏の両足を持ってぶら下げ、少年のところへやってきた。

鶏は羽をばたばたいわせていたが、農夫はまったく平気だった。

農夫は、鶏の両足を納屋にあったビニールの紐でしばった。そのまま少年に渡す。少年は農夫がやっていたのと同じように、両足を持って鶏をぶら下げた。
鶏はあいかわらず羽をばたつかせている。少年は、米や卵を大きな麻袋に入れた》

こういったディテールの積みかさねによって物語の強度はいや増し、主人公ら登場人物をより鮮明に浮かび上がらせる。実際に自身の肉体を使ってさまざまな経験を積んだ作家にしかできないことである。

平成に入ってから、日本は昭和時代に戦後の急成長の推進力となった前世代の父母たちの土まみれの努力を忘れ、一気に変貌し、未舗装の土の上を裸足で歩いたことがない者すら大勢でてきた。彼ら彼女らは観念のなかだけで閉じた人生を過ごし、あたかもゲームソフトのなかの格闘シーンのように、観念論に終始している。論壇誌や新聞の活字での論争を見ても、小中学校のイジメ問題から中国やアメリカ合衆国との国際関係まで、手触りのあるものではなくなってきている。活字の向こうに肉体が見えないのだ。

だが、観念論など、拳で一発殴られただけで吹っ飛んでしまう。観念はそれ単体では意味をなさない。肉体を動かすことによって錬《ね》られ、形作られ、完成されるのである。観念は肉体の子供でしかない。

今野敏先生の小説には、はっきりとしたリアルがある。リアリティではない。リアルである。それは御本人が、精神性の極北である文芸界に居ながら、空手という肉体性の最前線に居る武道家でもあるからだ。東京都下に「空手道今野塾」を構え、弟子をとり、海外にまで支部を広げているのはコアな読者には知られた事実である。

昨夏、武道雑誌の対談企画で初めて今野先生にお会いする機会を得た。私にとっては、なにしろ三十年来の憧れの方である。緊張しながら御自宅を訪ねた。しかし書斎に迎えてくださった今野先生は、私が話しているあいだじっくり耳を傾けて、真摯《しんし》に答えてくださった。その悠揚《ゆうよう》迫らぬ居ずまいに、まるで大きな懐に抱かれた子供のような安心感に浸れたのを覚えている。

書斎での対談のあと、道場内に入り、今野先生は空手着、私は北海道大学時代の柔道着に着替えての表紙撮影になった。武道場というのは本来なら他流派に対して排他的なところがある。ましてや空手他流派どころか異武道である柔道だ。しかし、今野先生だけではなく、道場生のみなさん全員が、笑顔で受け入れてくださった。私はそれらすべてのことに感動し、この道場こそ、今野先生の魂が体現された場所だと思った。今野先生は空手そのものであり、空手は今野先生自身である。だからこそ『孤拳伝』は格闘技小説の金字塔として評価され、読者の心をつかんで離さないのだ。

（ますだ・としなり　小説家）

『孤拳伝　黎明篇』一九九二年二月刊
『孤拳伝　迷闘篇』一九九二年一一月刊（ともにC★NOVELS）
『復讐　孤拳伝1』二〇〇八年一一月刊（中公文庫）前記二冊を合本

中公文庫

孤拳伝《こけんでん》 (一《いち》)
——新装版《しんそうばん》

2017年7月25日　初版発行

著　者　今《こん》野《の》　敏《びん》

発行者　大橋 善光

発行所　中央公論新社
〒100-8152　東京都千代田区大手町1-7-1
電話　販売 03-5299-1730　編集 03-5299-1890
URL http://www.chuko.co.jp/

ＤＴＰ　柳田麻里
印　刷　三晃印刷
製　本　小泉製本

Published by CHUOKORON-SHINSHA, INC.
Printed in Japan　ISBN978-4-12-206427-0 C1193

定価はカバーに表示してあります。落丁本・乱丁本はお手数ですが小社販売部宛お送り下さい。送料小社負担にてお取り替えいたします。

書号	タイトル	サブタイトル	著者	内容紹介	ISBN
こ-40-22	任俠病院		今野 敏	今度の舞台は病院!?「世のため人のため、阿岐本雄蔵率いる阿岐本組が、病院の再建に手を出した。大人気「任俠」シリーズ第三弾。〈解説〉関口苑生	206166-8
こ-40-27	慎治 新装版		今野 敏	同級生の執拗ないじめで、万引きを犯し、自殺まで思い詰める慎治。それを目撃した担当教師は彼を見知らぬ新しい世界に誘う。今、慎治の再生が始まる!	206404-1
こ-40-15	膠着		今野 敏	老舗の糊メーカーが社運をかけた新製品は「くっつかない接着剤」!? 新人営業マン丸橋啓太は商品化すべく知恵を振り絞る。サラリーマン応援小説。	205263-5
こ-40-13	陰陽	祓師・鬼龍光一	今野 敏	連続婦女暴行事件を追う富野刑事は、不思議な力を駆使する鬼龍光一とともに真相に迫る。警察小説と伝奇小説が合体した好シリーズ第一弾。〈解説〉細谷正充	205210-9
こ-40-14	憑物	祓師・鬼龍光一	今野 敏	若い男女が狂ったように殺し合う殺人事件が続発。現場には必ず「六芒星」のマークが遺されていた。恐るべき企みの真相に、富野・鬼龍のコンビが迫る!	205236-9
こ-40-18	鬼龍		今野 敏	古代から伝わる鬼道を駆使し、修行中の祓師・浩一最強の亡者に挑む。「祓師・鬼龍光一」シリーズの原点となる傑作エンターテインメント。〈解説〉細谷正充	205476-9
こ-40-16	切り札	トランプ・フォース	今野 敏	対テロ国際特殊部隊「トランプ・フォース」に加わった元商社マン、佐竹竜。なぜ、いかにして彼はその生き方を選んだか。男の覚悟を描く重量級バトル・アクション第一弾。	205351-9
こ-40-17	戦場	トランプ・フォース	今野 敏	中央アメリカの軍事国家・マヌエリアで、日本商社の支社長が誘拐された。トランプ・フォースが救出に向かうが、密林の奥には思わぬ陰謀が!? シリーズ第二弾。	205361-8